VINÍCIUS GROSSOS

O GAROTO QUASE ATROPELADO

FARO
Editorial

Diretor editorial PEDRO ALMEIDA

Preparação TUCA FARIA

Revisão GABRIELA DE AVILA

Capa OSMANE GARCIA FILHO

Projeto gráfico e diagramação OSMANE GARCIA FILHO

Imagem de capa NATA_DANILENKO | SHUTTERSTOCK

Ilustrações internas CAIO PARIZI E SHUTTERSTOCK

Dados Internacionais de Catalogação na Publicação (CIP)
(Câmara Brasileira do Livro, SP, Brasil)

Grossos, Vinícius
    O garoto quase atropelado / Vinícius Grossos. —
São Paulo : Faro Editorial, 2015.

    ISBN 978-85-62409-46-2

    1. Diários brasileiros (Literatura) I. Título.

15-05154   CDD-869.35

Índice para catálogo sistemático:
1. Diários : Literatura brasileira   869.35

1ª edição brasileira: 2015
Direitos de edição em língua portuguesa, para o Brasil,
adquiridos por FARO EDITORIAL

Alameda Madeira, 162 – Sala 1702
Alphaville – Barueri – SP – Brasil
CEP: 06454-010 – Tel.: +55 11 4196-6699
www.faroeditorial.com.br

Eu rabisco o sol que a chuva apagou
Quero que saibas que me lembro
Queria até que pudesses me ver
És parte ainda do que me faz forte
E, pra ser honesto
Só um pouquinho infeliz
Mas tudo bem
Tudo bem, tudo bem...

(Trecho de *Giz*, Legião Urbana)

A todos os meus amigos,
os presentes e os que já se foram,
que em algum momento fizeram parte
de um triângulo da minha vida,
me entendendo,
me ajudando,
me amando.

E aos meus pais,
que foram os primeiros
a me ensinar sobre amizade.

Introdução

ANTES de começar a ler, ATENÇÃO! Você não saberá o nome do autor deste diário, nem onde ele mora, nem terá nenhuma outra informação que possa identificá-lo. Ele pode ter sido o seu vizinho, um caso de que ouviu falar, ou o menino que estudou com você semestre passado... Mas uma coisa é certa: você irá conhecê-lo de uma forma profunda, verdadeira e cruel.

O garoto quase atropelado sofreu uma terrível perda e precisa começar a escrever um diário para tentar entender o sentindo da morte e sair de um princípio de depressão profunda. Só que ele não imaginava que ao conhecer a cabelo de raposa, o James Dean não tão bonito e a menina de cabelo roxo sua vida mudaria para sempre.

Através de um retrato fiel da adolescência, prepare-se para se sentir quase atropelado de uma forma intensa, seja pelas dores do primeiro amor, pelas alegrias de uma nova amizade ou pela tristeza profunda do adeus que nunca foi dito; para aprender que estar vivo e viver são coisas totalmente diferentes, e para também poder se tornar mais uma bolinha dentro do triângulo.

1º de novembro

Pela janela, eu podia avistar o sol se pondo e um crepúsculo alaranjado começando a tomar conta do céu. A porta entreaberta do meu quarto me permitia escutar meu irmão mais velho assistindo ao seu programa de esportes favorito e minha mãe reclamando com ele sobre algo que deixou sujo no banheiro, depois sua voz sumindo enquanto o volume do programa de TV se eleva.

Não sei se estou fazendo o certo. Minha psicóloga disse que eu deveria colocar todos os meus sentimentos em um diário, simplesmente para desabafar e aliviar meu peito, já que eu não levo muito jeito com as palavras.

Tentei evitar começar a escrever, confesso. Não por achar tedioso ou por preguiça, mas porque gosto da minha privacidade em relação aos meus sentimentos. Porém minha mãe parece estar bem preocupada comigo e, com os últimos acontecimentos que permearam minha vida, basicamente, me obrigou a começar a escrever.

Não literalmente obrigar porque minha mãe sempre foi do tipo mais amiga do que mãe. Ela me dá conselhos, me explica sobre o mundo, mas me deixa tomar minhas decisões. No entanto, era explícito o medo que ela e meu irmão demonstravam sentir, durante os meses após o ocorrido, de que ao acordarem algum dia não fossem mais me encontrar. Não por eu ter fugido em um ato de rebeldia ou por estar em algum lugar e esquecer de mandar notícias, mas... bem... é difícil falar disso porque é sobre a minha vida, mas eles temiam que eu desistisse de viver. É basicamente esse o motivo das visitas à psicóloga.

Realmente, é difícil lidar com a dor, que parece infinita, quando você perde a única pessoa que não o deixava se sentir a criatura mais solitária e perdida do mundo.

De vez em quando ainda escuto a voz dele... Ele grita, desesperadamente, pedindo minha ajuda... Mas eu falho. Não consigo salvá-lo e sempre o perco, repetidas vezes.

Mas de uns tempos para cá, venho me forçando a tentar fugir dessas recordações... Pensar nisso sempre me leva para um buraco fundo de dor e tristeza e eu estou tentando voltar a viver.

Meu caderno, ou diário (ainda estou decidindo como chamar isso, porque a palavra "diário", na minha cabeça, está ligada à ideia de ser apenas escrito por meninas, o que é um pensamento idiota, eu sei), tem a capa preta de couro, e o que eu mais gosto nele é o ar de antigo que ele tem, como se tivesse pertencido a algum escritor importante e devesse estar exposto em um museu. Isso pelo menos é legal. Ficar olhando pra ele e tal. Eu adoro olhar para as coisas e imaginar a possível história de suas existências...

Pois bem, aqui estou. Escrevendo. Até agora, o diário ainda é um estranho para mim e ainda não me sinto confortável para entregar a ele segredos que são só meus.

Por enquanto, acho que tudo o que posso revelar sobre mim são os acontecimentos nada espetaculares que ocorreram no decorrer do meu dia.

Hoje foi mais um dia tipicamente normal e tedioso — não ir à escola quando todos os seus colegas de turma estão basicamente superocupados com trabalhos de final de semestre e provas deveria ser considerado um privilégio. Mas, no geral, só consideramos isso uma dádiva quando estamos atolados e cansados. Quando nos encontramos do outro lado, com a mente desocupada e um tempo exageradamente vago à disposição, queremos apenas algo a que nos agarrar para seguir.

Mas não vou reclamar. Estou lendo todos os livros que comprei no decorrer do ano e por falta de tempo, ou algum outro motivo de força maior, ficaram aguardando meu contato na estante do meu quarto.

Comecei agora *Admirável mundo novo*, clássico aclamado do escritor Aldous Huxley. É uma leitura interessante, flui bem e me prende. Resumidamente, é uma distopia que conta a história de um mundo em que todos somos condicionados a viver com uma série de regras sociais, inclusive uma divisão por castas. No mundo criado para a história, basicamente, não há nenhum tipo de valor moral, familiar ou religioso da forma como conhecemos. Até que Bernard Marx, personagem principal do livro, se sente meio que insatisfeito com isso tudo e a história começa a se desenvolver...

Acho que se eu fosse um personagem do livro, seria o tal Bernard Marx, porque, por mais que eu não fale muito, não me conformo com algumas engrenagens que fazem o mundo funcionar.

Pensamento estranho esse. É, eu sei. Sou mestre em pensamentos estranhos. Mas adoro autores que me despertam esses tipos de pensamento, então, está bem.

Na verdade, não tão bem quanto se pode imaginar, porque estou rindo alto, já é quase meia-noite e estou me sentindo ridículo por estar escrevendo algo que ninguém nunca vai ler. É como se eu conversasse comigo mesmo. A única coisa que me faz continuar é minha mãe (uma das poucas pessoas no meu mundo que valem a pena). E digo isso não apenas por ela ser minha mãe/pai, mas porque a mulher é extraordinária mesmo!

Enfim, não sei se escrever me ajudará. Nem sei qual o propósito disso tudo. Mas, por ora, vou deixar rolar pra ver no que dá...

Algum dia, quem sabe, eu descubro.

2 de novembro

Hoje, minha mãe me sugeriu que saísse um pouco de casa; disse que eu deveria pelo menos fazer um passeio pelo condomínio onde moramos. Obedeci, sem contrariar, pois sabia que ela não me deixaria em paz se não fizesse a sua vontade. Além disso, como eu andava totalmente envolvido com a leitura de *Admirável mundo novo*, imaginei que sair para respirar ao ar livre me faria bem.

Assim, peguei a velha bicicleta azul do meu irmão e fui dar uma volta pelo bairro. Era um dia nublado, com folhas secas voando com o vento frio — um típico dia perfeito para mim e para passear com mais tranquilidade.

Andar de bicicleta sempre foi uma das minhas atividades preferidas; sempre me traz uma sensação de liberdade que me faz bem. E o mais legal é que enquanto a bicicleta corre pelo asfalto, eu, graças as minhas habilidades de ciclista, posso tirar as mãos do guidão e apenas esticar os braços no vazio, como se fosse um pássaro prestes a voar.

Isso me faz parar de pensar um pouco na vida. Principalmente no passado e em tudo o que aconteceu há alguns meses.

Ninguém em casa toca no assunto, como se morte fosse um tema proibido. Mas, morrer deveria ser um assunto mais natural, não? Por que tanto drama com algo cujo impacto todos sofreremos um dia? É natural. É incontrolável. Morrer é apenas um efeito colateral de se estar vivo.

Por isso, tenho pensado que devemos sempre viver nossos dias como se fosse o último de nossas vidas. É meio clichê, mas é a mais pura verdade. E é, basicamente, por esse mesmo motivo que sei que se eu morresse agora, esfaqueado por um estranho, atingido por um raio, com um ataque fulminante de coração ou por uma doença esquisita de que ninguém nunca ouviu falar, eu morreria feliz.

E foi enquanto me ocorriam esses pensamentos e eu pedalava que pensei que realmente fosse morrer!

A buzina de um carro ameaçou estourar meus tímpanos, produzindo um ruído histérico, embalado pelo som dos pneus do veículo marcando o asfalto numa freada brusca.

Fechei os olhos, pronto para receber o impacto.

Pronto para receber a Morte.

Meu coração aos saltos.

E...

Nada?

Abri os olhos, só para confirmar que eu ainda estava vivo (tanto estou que estou escrevendo agora, né?), e vi que por uns cinco centímetros mais ou menos o Fiat Uno branco de uma menina não me atingiu.

À primeira vista, ela parecia xingar, principalmente no momento após a freada, quando sua cabeça retornou do contato agressivo com o volante em um movimento rápido e brusco. Ela esfregou a parte machucada e me olhou muito séria. Mas, em poucos segundos, ela abriu a boca e riu. Era um riso quase indecente, como aqueles que a gente dá quando está sentindo que o álcool vai chegando ao cérebro e lembra de uma piada muito suja.

— Oi — ela sibilou, de dentro do carro, se recuperando da crise de riso.

— Oi — respondi na hora.

O cabelo dela era castanho-avermelhado, como a pelagem das raposas dos livros infantis, e caía sobre seus ombros magros. Eu também podia ver o início do que parecia um vestido azul-marinho com bolinhas brancas por baixo de uma jaqueta preta de couro.

Os raios de sol batiam no rosto dela e — uau! — juro que ela parecia um anjo fugido do Paraíso. A sensação que eu tinha era de que podia ficar apenas olhando para ela a minha vida toda...

Então, esse momento fugaz foi quebrado quando ela deu ré com o carro, passou a primeira marcha e parou com o veículo ao meu lado, com a janela do lado do carona totalmente aberta.

— Você está bem? — ela quis saber.

Por instantes, apenas pisquei, como um bobão, até que sacudi a cabeça em confirmação.

Ela sorriu e, então, enfiou na boca um desses cigarros que têm gosto de hortelã, e falou algo que, por culpa do cigarro pendurado entre os dentes, eu não pude entender direito. Ou ela disse: a) bem-vindo ao mundo, de novo; ou b) bem-vindo ao mundo novo. E se a opção b fosse a correta, seria porque ela conhecia o livro que eu estava lendo, e, mesmo que se leve em consideração a popularidade do *Admirável mundo novo*, há que se admitir que ele é pouco lido por adolescentes.

Ela acendeu o cigarro, tragou profundamente, soltou a fumaça espessa e disse por fim:

— A gente se vê por aí. — E saiu com o carro, logo em seguida.

Assim que o automóvel sumiu do meu campo de visão, caiu a ficha de que a garota era realmente muito bonita e que eu havia agido como um idiota, ainda mais levando em consideração as posições em que estávamos: ela, dentro do carro, parecendo adulta, e eu, na bicicleta, com ar de assustado, parecendo uma criança perdida no shopping.

Apesar de tudo, tentei me consolar com o pensamento de que não é sempre que eu cruzo com meninas iguais a ela e consegui tirar duas conclusões com aquele acontecimento:

1) Nunca mais andar de bicicleta com os olhos fechados;
2) *Acabar logo de ler Admirável mundo novo.*

Acho que esse livro está meio que mexendo com a minha cabeça.

3 de novembro

Já estou terminando o livro e começo a ficar meio abalado. É um sentimento sadomasoquista, inclusive, pois estou demorando na leitura de propósito, por não querer deixar a história ter um fim; a cada dia que passa, a trama me envolve mais e eu me surpreendo com a forma como o autor previu fatos que vieram mesmo a acontecer.

Além disso, não vou atribuir somente ao meu futuro sentimento de perda o fato de demorar na leitura. Nos intervalos entre um capítulo e outro (pois sou metódico e odeio parar um capítulo no meio), minha mente viajava até a menina de cabelo de raposa, com seu sorriso abobado e ao mesmo tempo sexy.

Quem era ela? Infelizmente, começo a perceber que minha necessidade de saber sobre ela só aumenta...

É insano e incontrolável, mas minha mente cria certos tipos de situações como se fosse uma realidade alternativa da minha própria vida. E, exatamente agora, minha mente está me fazendo sentir um pouquinho do gosto prazeroso/amargo disso — digo amargo porque a qualquer momento, assim que minha fantasia for quebrada, por mais que seja bom vivê-la, eu acordarei na realidade crua. Simplificando, é como tirar doce de uma criança.

Por enquanto, ignorando os contras, tudo o que consigo pensar é no vento frio sacudindo meu cabelo, lambendo o meu rosto. Estou num carro — um Fiat Uno branco —, percorrendo uma estrada de asfalto perfeito, dessas que costumamos ver nos filmes americanos, e ponho minha cabeça para fora da janela. E, então, escuto uma gargalhada explodir no ar, enquanto o rádio toca alguma canção inspirada no rock dos anos 80. Viro o rosto para o lado e observo a menina do cabelo de raposa.

Ela está com uma blusa branca tomara que caia e eu consigo ter um vislumbre generoso de seu decote. Ela é perfeita, MEU DEUS! E o mais surpreendente é que ela sente algo parecido por mim. Então, com o sol brilhando num céu profundamente azul, sem nuvens, ela continua sorrindo, mantendo uma das mãos no volante e a outra me acariciando. Primeiro meu rosto, depois vai descendo pelo meu pescoço, pelo meu peitoral, e dá um pulo, pousando na minha coxa.

Eu me sinto preenchido. Sinto como se nem a chegada do fim do mundo fosse capaz de destruir a aura perfeita que nos cobre.

E nesse momento — eu ainda perdido nos olhos castanhos dela, que parecem um crepúsculo vermelho —, ela se inclina para mim e me dá um beijo.

Sua boca é macia, molhada e quente.

Uma vibração cresce dentro de mim e tudo o que consigo sentir é um desejo insaciável de ter mais...

"Eu te amo", sussurro, e a menina do cabelo de raposa apenas me responde com um sorrisinho de canto de lábios, jogando o carro para o canto da estrada e parando embaixo da sombra de uma árvore solitária.

Logo após o motor parar de roncar, nós ficamos nos olhando por alguns segundos, tentando quase decifrar os pensamentos um do outro, até que ela me surpreende num movimento rápido, retirando sua blusa e deixando os seios à mostra...

"Meu Deus" é tudo o que consigo dizer. Ela abre um sorriso e diz: "Tira logo sua camisa também."

Eu obedeço, jogando a camisa no banco de trás, ao mesmo tempo em que ela se inclina para o meu pescoço, me beijando lentamente; sua saliva deixa um caminho fresco por onde passa e meus pelos vão se eriçando instintivamente.

— Quero mais — deixo escapar num gemido.

Ela beija delicadamente meu peito e vai descendo, cobrindo cada parte do meu corpo com seus beijos quentes, me fazendo querer mais e mais e mais e...

— PUNHETEIROOOOOOO!!!

Acordo da minha fantasia num susto que, facilmente, poderia ter me levado a óbito. Meu irmão mais velho, Henrique, está no meu quarto, pulando como um macaco, rindo alto e gritando uma sucessão de "Tara-dão!", "Safado!" e milhares de "Punheteirooooooooo!".

Meu rosto queima de vergonha e só quando lhe mostro o dedo do meio ele sai do meu quarto, ainda gargalhando. Procuro me lembrar de que preciso respirar novamente…

O Henrique e eu somos completamente diferentes; se eu estivesse no lugar dele, teria saído correndo de seu quarto, sem deixar que soubesse que percebi que estava tendo um sonho erótico. Mas ele não. O Henrique faz questão de tornar a coisa toda ainda mais constrangedora, impessoal e perturbadora.

Suspiro, cansado. Da próxima vez terei que me lembrar de não *fantasiar* tanto assim… Ou de, ao menos, trancar a porta do quarto, o que é mais óbvio.

Apesar de que, para ser honesto, a fantasia é uma das poucas coisas que ainda me restam.

4 de novembro

O livro acabou e estou concretamente atingido por uma depressão. Além de a história de *Admirável mundo novo* ser de um futuro pessimista, eu sempre fico nesse período de hiatos quando acabo uma leitura, digerindo a mensagem. Sinto que talvez isso seja uma forma de agradecimento e respeito ao autor do livro; ficar alguns dias apenas pensando na leitura de sua obra, sem que o troque automaticamente por outro, deve eclipsar qualquer vestígio de um possível sentimento de traição e o tornar mais satisfeito. Não que eles tenham noção de que eu faça isso, mas se algum dia eu me encontrar com algum deles (pelo menos os que ainda estão vivos), irá saber que esta é minha forma de agradecimento.

Minha mãe ficou meio revoltada comigo, por estar tanto tempo dentro de casa, só lendo e tal. Ela diz que eu criei raízes no meu quarto e que, já que sou uma árvore completa, preciso de sol para realizar minha fotossíntese. Assim, para deixá-la mais tranquila, decidi que depois do almoço iria dar algumas voltas pelo meu condomínio, incentivado, lógico, pela esperança de o destino colocar a menina do cabelo de raposa em meu caminho novamente.

Hoje, almoçamos em família. Minha mãe preparou lasanha de frango e comemos todos juntos à mesa, mesmo com meu irmão reclamando e esperneando como uma criança mimada por querer almoçar vendo TV. Meu irmão tem vinte e poucos anos, é alto e tem um corpo atlético, musculoso. E a cena, de seus chiados e suas reclamações, foi terrivelmente engraçada, porque ele parecia um bebê gigante em uma crise de pirraça.

Eu e a namorada da vez dele, uma loira de cabelo comprido, olhos azuis, corpo do tipo daquelas mulheres que vão para a academia até aos domingos, trocamos um olhar e começamos a rir. Isso meio que deixou meu irmão sem jeito e o fez parar de reclamar.

Todos comemos em silêncio, a não ser por comentários pontuais sobre como a comida estava deliciosa. Fiquei feliz por isso, pois minha mãe não tem muito o costume de cozinhar, já que vive ocupada correndo de um lado para o outro com o seu trabalho e organizando a casa. Ela é uma das líderes da equipe de marketing de uma empresa multinacional, ou seja, vive viajando, fazendo coletivas de imprensa e participando de muitas reuniões.

No fim, meu irmão se jogou no sofá, como queria, enquanto eu e a Jéssica, a namorada dele, fomos lavar a louça.

— Você parece ser legal — ela me disse, esfregando os pratos brancos com a esponja encharcada de detergente azul.

"Você parece ser legal" é algo simpático para se dizer a alguém que você não conhece e por algum motivo quer agradar. Não que eu tivesse algo contra a Jéssica — eu realmente achava o rosto dela bonito, seu corpo, bem atraente, e sua bunda, incrível —, mas é que eu tinha esse receio por todas as namoradas semanais que meu irmão arrumava. Porque, na verdade, esse círculo vicioso começou quase um ano atrás, quando a Valéria, a única menina que ele namorou sério (e gostou de verdade até hoje), descobriu uma traição e terminou com ele.

O pior é que o Henrique e a Valéria formavam um belo casal e já estavam juntos fazia mais de dois anos quando tudo aconteceu. Pelo que entendi, após uma briga boba, o Henrique saiu com os amigos, ficou bêbado demais para que sua consciência pudesse exercer seu trabalho e acabou beijando uma menina de quem ele não lembra nem o nome nem o rosto. Nos dias que se seguiram, Henrique ficou muito deprimido com toda a situação, eu nunca o vi assim. Ver como ele, uma montanha de músculos, passou a viver sem brilho desde então, era triste.

Após o acontecido, Henrique acabou abrindo o coração e contando o que houve para Valéria. Ela tentou seguir em frente e perdoar, mas olhar nos olhos do Henrique e imaginar que outras traições poderiam acontecer a estava destruindo, mesmo que ele repetisse milhões de vezes que só errara daquela vez.

Por fim: a confiança que existia no relacionamento deles se quebrou e eles nunca mais conseguiram colar os caquinhos. Então "decidiram" se separar.

Henrique ficou mal por um tempo, mas depois deve ter ligado um tipo de anestesia psicológica intrínseca em sua mente para dores do amor e começou a se envolver com uma menina por semana; às vezes, quando com sorte (ou azar), duas.

O pior é que as meninas acabavam ficando caidinhas por ele, de verdade. Mas o Henrique, ao contrário delas, era inabalável e nem se afetava, mesmo quando as garotas eram mais bonitas que Valéria ou mais inteligentes. E eu acredito, de verdade, que essa frieza dele para com essas meninas era o que mantinha o combustível delas acesso, com o desejo de ser a primeira a derreter o gelo do coração do meu irmão com seu misto de rudeza e indiferença, depois que elas já estavam na dele.

No fundo, era tudo um jogo. Henrique usava o que queria delas e elas jogavam pesado quando tinham sua chance de fisgá-lo.

Pena que esse era um jogo perdido.

No fim das contas, apenas olhei para a Jéssica e sorri. Eu não queria ser mal-educado nem nada. Ela não tinha culpa de ter sido envolvida nas artimanhas sedutoras dos músculos do meu irmão.

— Obrigado — respondi, secando o último prato lavado.

Ela assentiu de leve e foi se sentar ao lado do Henrique que estava tão entretido num jogo qualquer de futebol do campeonato espanhol que nem notou a chegada dela. Sem muito o que fazer em casa, peguei a bicicleta e fui dar umas voltas (minha mãe comemorou esta decisão).

O tempo estava claro, e a sensação térmica, agradável; o céu, de um azul-piscina belíssimo, daquele tipo que faz ser agradável você ir até a padaria da esquina para apenas comprar um picolé.

O vento bagunçava meu cabelo e eu não conseguia tirar Henrique/Valéria/Jéssica da cabeça. Não que eles fossem um tipo de triângulo amoroso — até porque não teria competição para ninguém se Valéria entrasse na disputa —, mas é que, olhando por cima, era nítido que uma relação sem sentimento só trazia dor aos envolvidos.

E por que digo isso? Bem, Henrique ama Valéria, e Valéria deve amar Henrique ou ainda nutrir algum sentimento bem forte, apesar de tudo. E em vez de juntos, eles estão separados, e dói estar separado da pessoa que se ama, o que torna tudo, por assim dizer, uma grande burrice da parte deles.

A meu ver, uma das coisas mais difíceis é justamente conseguir achar alguém a quem você possa confiar seus medos, seus sonhos e suas fraquezas. Quando você encontra uma pessoa assim, e sente que ela também compartilha desse mesmo sentimento de cumplicidade, é algo maravilhoso e aí está toda a verdade do amor.

O que pra mim soa ainda mais terrível nisso tudo é a coitada da Jéssica que não percebe que todos os seus esforços serão sempre em vão, porque não há espaço a ser conquistado no coração do meu irmão. Tudo está tomado. Cada pedacinho, por mínimo que seja, carrega o nome da Valéria. Infelizmente, Jéssica só vai cair em si quando: a) Henrique deixar isso muito claro, depois de enjoar dela; ou b) Jéssica se olhar no espelho e disser para si mesma que precisa de alguém que demonstre algum sentimento por ela.

Jéssica é a pessoa de quem mais sinto pena nessa história toda; por mais que ela seja linda, é do tipo de menina com a autoestima beirando o subsolo e meu irmão sabe aproveitar bem dessas fraquezas, mesmo que inconscientemente. Eu queria muito dizer a Jéssica que ela é gostosíssima, mas não no sentido unicamente sexual e depreciativo. E dizer também que o sorriso dela é bonito e, juro, muito mais bonito que seus seios fartos.

Uma pena que esse tipo de coisa não esteja exclusivamente no meu poder: a capacidade de fazer as pessoas se enxergarem como... bem, como eu as vejo.

Devo ter ficado pedalando pelo condomínio, sendo justo, por mais ou menos três horas. Tudo isso atrás das chances do destino que eram a favor do meu novo encontro com a cabelo de raposa.

Infelizmente, não a encontrei.

Voltei pra casa com a bicicleta azul velha e a frustração.

5 de novembro

Domingo é um dia que só me remete a tédio. Quem na história da humanidade costuma adorar domingos e a se divertir neles? No geral, odeio domingos. E, como ainda estava no período de luto pelo fim de *Admirável mundo novo*, sem me permitir ler nada para que não soasse como uma traição a Aldous Huxley, a coisa toda se tornou ainda mais chata.

Minha mãe estava atarefada com questões do trabalho, então, se limitou a esquentar o arroz do dia anterior para comermos com algum acompanhamento congelado. E como o Henrique foi almoçar fora com Jéssica, éramos só nós dois mesmo e eu não queria de jeito nenhum que minha mãe atrasasse seu trabalho para cozinhar para mim.

Após comermos, fiquei de lavar a louça e ela voltou a se enfiar no seu escritório. Algo que me incomodava um pouco, confesso. Desde a separação de meu pai, minha mãe simplesmente se afundou no trabalho e... bem, eu não era o tipo de filho ciumento-possesivo-maníaco que achava que ela teria que morrer sem namorar ou conhecer outros caras. Eu realmente torcia para um cara legal aparecer e fazer minha mãe feliz — ela merecia.

Depois da louça lavada, sentei na sala e aproveitei a paz que se tinha quando o Henrique não estava em casa e simplesmente monopolizava praticamente tudo com seu jeito naturalmente expansivo. Sentei no sofá e fiquei vendo um pouco de desenho na *Cartoon Network*. Infelizmente, logo fiquei entediado. Então, decidi pegar minha bicicleta (sim, apesar de ser oficialmente de Henrique, eu já tomei posse) e andar por aí sem rumo.

O condomínio onde moro consiste em um conjunto de sete ruas arborizadas, cortadas por mais três transversais. E, para mim, um adolescente de dezessete anos, esse número de ruas se torna terrivelmente limitado (e entediante) de percorrer depois de dois dias.

Parei por alguns instantes em frente à cancela do condomínio, apenas observando os carros e ônibus e a movimentação que seguia do lado de fora. Era como se o mundo estivesse seguindo em frente e eu preso nos limites ao derredor de casa, junto à velha bicicleta azul que nem ao menos era minha. Foi aí que olhei para o céu e me deparei com o sol.

As ruas ainda estavam incrivelmente claras e decidi, movido por uma impulsividade repentina, sair do condomínio e dar uma volta nos arredores.

Minha mãe não queria que eu fizesse isso, mas que mal teria? Sua preocupação era algo que eu entendia e respeitava, mas a minha saída momentânea era motivada por uma força maior. Eu não queria passar por cima das suas ordens, mas precisava afastar aquele sentimento de sufocamento que me atacava todos os dias.

Fora do condomínio, parecia que o ar era mais denso e sujo. E eu queria muito senti-lo.

Pedalei, desviando por vezes de carros e ônibus, até uma *Hamburgueria* (sim, é esse o nome do lugar, e sim, também é autoexplicativo), e sentei lá, deixando minha bicicleta parada à porta. Quando a garçonete me atendeu, pedi um *cheesebacon* e um milk-shake de chocolate.

Eu costumava frequentar essa *Hamburgueria* com meus amigos, em outros tempos...

Sempre simpatizei com o lugar por parecer o tipo de lanchonete incomum no Brasil; não sei ao certo o que era, mas a iluminação amarelada, as mesas vermelhas, os bancos amarelo-mostarda e os uniformes listrados das garçonetes remetiam àqueles *fast-foods* de beira de estrada (mas que, verdade seja dita, são os mais gostosos que se pode provar).

Em pouco tempo, meu pedido chegou e eu comecei a comer, enquanto nas telas acima do balcão uma TV de tela plana começava a exibir um videoclipe de Britney Spears.

"It's Britney, bitch", ela gemeu, começando a batida da música.

Atrás de mim, um menininho de uns cinco anos apontava para a bunda branca de Britney e ria, com a boca cheia de batatas fritas. Sua mãe o repreendia enquanto seu pai apenas ria junto.

Eu ri também. Era realmente engraçado, a bunda quase nua de Britney e a risada prolongada do menino. Por fim, a mãe se irritou pra valer e a família toda foi embora, enquanto versos provocantes eram entoados e a batida bate-estaca desacelerava.

Eu até entendi o que se passava na cabeça da mãe, porque tudo bem, ela pode considerar um clipe daqueles impróprio para uma criança. Mas o filho dela ria apenas porque, por algum motivo, a bunda da Britney lhe parecia engraçada. Era quase a mesma coisa que rir do Barney, aquele dinossauro roxo e nu, que fica se sacudindo de um lado para o outro, com outros dinossauros nus, como se estivessem num tipo de dança do acasalamento.

Não que eu ache que há alguma semelhança entre Britney e Barney, tirando o fato de que seus nomes começam com a letra B e terminam com Y.

O que quero dizer é que a maldade está na cabeça dos outros. Às vezes, uma bunda pode ser apenas uma bunda e nada mais do que isso.

Quase no fim do meu lanche, o sino da porta soou (até isso a *Hamburgueria* tinha de legal) e um vozerio incrivelmente animado invadiu o lugar. Eu me virei para ver quem vinha chegando e lá estava a cabelo de raposa e mais dois amigos: um menino e uma menina!

Meu coração deu um salto.

A cabelo de raposa vestia uma jaqueta jeans azul, uma camisa da *Florence and The Machine* por baixo e shorts jeans escuro. Também usava botas de couro até os joelhos. Seu cabelo estava solto e voava à mercê da mais simples brisa. Parecia que ela era uma cantora de rock que acabara de se apresentar em um festival de bandas alternativas.

O seu amigo tinha um estilo despojado e legal também. Ele vestia uma camisa flanelada vermelha, com calça jeans e óculos escuros *Ray-Ban*. Seu rosto era anguloso e o cabelo bem cortado. Parecia um projeto de James Dean — não tão bonito — saído de algum filme antigo.

A outra menina era a mais diferente, com seu vestidinho de flores azuis e botas de couro cheias de detalhes em ferro, bem punk. E só. Mas o mais legal era que seu cabelo era comprido e roxo. Literalmente roxo, da cor de um crepúsculo no verão.

Os três sentaram a uma mesa afastada, meio longe de onde eu estava, e riam alto e falavam de piadas internas do tipo que só bons amigos podem entender. E eu, ainda analisando o visual deles, me senti um pouco mal. Eu estava com uma camisa branca normal, bermuda jeans e tênis. Poderia estar mais básico e óbvio?

No fim das contas, a garçonete se aproximou deles e perguntou quais eram os seus pedidos. Pelo seu tom rascante, que ouvi mesmo à distância, era óbvio que ninguém estava curtindo a algazarra deles. A não ser eu.

A cabelo de raposa pescou o *Ray-Ban* do amigo, o colocou no próprio rosto e sussurrou:

— Vodca, por favor.

A garçonete fez uma careta que enrugou todo o seu rosto.

— Não temos bebidas alcoólicas aqui, querida.

A cabelo de raposa fez um beicinho que teria me comovido se não fosse o teor cômico da situação.

— Como assim vocês não vendem álcool? — o amigo indagou, parecendo ofendido. — Em que tipo de lugar nós vivemos?! Chamem a presidente!

A de cabelo roxo conteve o riso e se voltou para a garçonete.

— Por favor, perdoe os meus amigos e me diga o que vocês têm — pediu, parecendo a mais sensata do grupo.

A garçonete revirou os olhos, mas começou um discurso monótono e ensaiado de todo o cardápio da *Hamburgueria*.

— Temos hambúrguer, *cheesebúrguer, cheesebúrguer-egg, cheesebacon-egg, cheesetudo, cheesecalabresa...*

Depois de mais de dois minutos, a garçonete ergueu a sobrancelha artificial para a menina de cabelo roxo, que mordia o lábio com seus dentes brancos, como se estivesse fazendo força demais para pensar.

No fim, ela abriu a boca e disse:

— Traga, então, vodca, meu amor.

E os três explodiram em risadas. E eu também. E o melhor era que isso era ainda mais engraçado que a bunda branca da Britney.

Por alguns instantes, todos na *Hamburgueria* pareceram incomodados, menos nós quatro, rindo da situação e da cara de raiva da pobre garçonete. Não era nada contra ela, óbvio, que até devia ser bem simpática quando não estava em seu horário de trabalho. Só que a situação era tão idiota e sem graça que ganhava forte teor cômico.

No fim, os três já estavam se recompondo, mas a expressão da garçonete ficou tão gravada na minha cabeça que eu ainda ri mais um pouquinho e acabei chamando a atenção deles para mim.

Isso realmente me deixou embaraçado. Porque era como se eu estivesse rindo de algo que não me pertencia, sabe? Rindo de uma piada que era deles, não minha. Rindo com os amigos que não eram meus, até porque eu não tinha amigos... Não mais...

Então, baixei a cabeça, como uma reação espontânea, e voltei a sugar meu milk-shake pelo canudo branco com listras vermelhas.

Até que senti uma sombra se aproximando e, quando ergui o rosto, a cabelo de raposa se jogou no banco à minha frente, com a mesma expressão divertida de quando a conheci e de quando a vi em meus sonhos/fantasias.

— Ei, garoto quase atropelado!

Eu forcei um sorriso. Sentia-me terrivelmente ansioso e nervoso por dentro.

— Oi!

O James Dean não tão bonito e a menina de cabelo roxo também se aproximaram, um de cada lado da cabelo de raposa.

— Ei, gente, esse é o garoto quase atropelado. Digam oi — incentivou a cabelo de raposa, ainda me encarando de uma forma determinada.

Os dois obedeceram e eu respondi com um aceno, ainda com a boca no canudo, parecendo um menino problemático. Quando me sinto tomado pela vergonha, o senso do ridículo me alcança com uma eficácia admirável.

— Então, muito ocupado? — ela perguntou, estourando uma bola de chiclete num alto estalo.

Eu apenas fiz que não. Realmente, não estava ocupado no momento. Apesar de ter toque de recolher, isso não entrava na premissa de se estar ocupado ou não, certo?

— Vem dar uma volta de carro com a gente, então! — ela convidou, se pondo de pé, animada. — Não quero te ver sendo *quase* atropelado por aí...

Encolhi os ombros.

— Eu estou de bicicleta, não sei se vai ter como.

O James Dean não tão bonito rodou um chaveiro no dedo indicador.

— Eu estou de picape. Não tem problema nenhum.

Isso fez com que as sobrancelhas da cabelo de raposa se arqueassem.

— E então, garoto, topa ou não topa? — desafiou ela.

Topar ou não topar?

Há quanto tempo eu não saía para me divertir?

Há quantos meses não me permitia uma "loucura moderada" como essa?

Há quantos dias eu não saía da rotina?

Há quantas horas eu não pensava em como seria meu próximo encontro com a cabelo de raposa?

Eu não vivia algo parecido desde... É... Desde quando tudo aconteceu e minha vida mudou e se transformou numa droga depressiva.

Sorri, excitado.

— Topo!

E, então, como se eu estivesse sonhando e acordasse, ou vice-versa, me vi em outro lugar. Em outro mundo.

A picape do James Dean não tão bonito era de um vermelho gasto, que parecia a cada dia mais e mais ganhar uma tonalidade laranja fosca. Mas isso não era defeito. Eu até gostava. Sua cor era única.

O vento sacudia meu cabelo e eu cheguei até a sentir frio. O sol já havia ido embora fazia algum tempo e pequenas estrelas salpicavam o céu azul-escuro, junto com a lua cheia amarelada.

As luzes dos postes, os prédios da cidade, as montanhas que rodeavam a estrada pavimentada, os carros escurecidos pela noite, tudo ficava para trás conforme a picape ia deslizando pela pista. Era uma visão estonteante, mas nem se comparava ao fato de se estar sentado na caçamba da picape, com a cabelo de raposa ao meu lado e o ferro gelado do aro da minha bicicleta encostando em nossos pés.

Quem dirigia era o James Dean não tão bonito e, ao lado, estava a menina de cabelo roxo. Nos alto-falantes do rádio, explodia a música *Cool Kids* da banda *Echosmith*:

She sees them walking in a straight line

That's not really her style
They all got the same heartbeat, but hers is falling behind
Nothing in this world could ever bring them down
Yeah, they're invincible and she's just in the background
And she says

Ela os vê andando numa linha reta
Esse não é realmente seu estilo
O coração deles bate do mesmo jeito, mas o dela fica para trás
Nada neste mundo poderia deixá-los tristes
Sim, eles são invencíveis, e ela fica no fundo
E ela diz

Sem que percebêssemos, eu e cabelo de raposa cantamos juntos:

I wish that I could be like the cool kids
Cuz all the cool kids, they seem to fit in
I wish that I could be like the cool kids, like the cool kids

Eu gostaria de ser como as crianças legais
Pois todas as crianças legais parecem se encaixar
Eu gostaria de ser como as crianças legais, como as crianças legais

Olhamo-nos ao mesmo tempo, envergonhados um com o outro, mas não nos inibimos e continuamos a cantar, agora, a plenos pulmões, com o ar noturno fazendo nossas gargantas arderem.

Eu não sabia aonde estava indo com aqueles estranhos, mas estava feliz. Feliz mesmo. Pela primeira vez em muito tempo eu me sentia vivo. Sentia-me quase atropelado.

Sabe aquele momento em que você realmente é quase atropelado por alguma coisa e vê sua vida passando rápido diante de seus olhos, e, então, nada acontece e você está apenas lá, parado, os olhos arregalados, o medo cantando aos ouvidos e o coração martelando de forma doentia? E aí, nesse instante, você percebe que está tudo bem, você respira e é como se tivesse mais uma oportunidade. E no fim das contas, tudo se resume a apenas um sentimento: você realmente se sente vivo.

Foi isso o que eu senti quando conheci a cabelo de raposa. E estava experimentando esse sentimento de novo naquele momento...

Do lado de dentro da cabine do carro, James Dean cantava com uma das mãos para fora da janela, fazendo ondas, e a outra no volante, enquanto a menina de cabelo roxo sacudia a cabeça de um lado para o outro, alegremente.

Na caçamba, cabelo de raposa ficou ajoelhada, sacudindo o corpo numa dança elétrica e contagiante. E eu, sentado, apenas sorria para aquilo tudo. E eu sabia que todos nós, mesmo não nos conhecendo, estávamos felizes e nos sentindo como se quase tivéssemos sido atropelados, cada um à sua maneira.

— Nós somos os donos do mundo! — gritou cabelo de raposa, ficando em pé e abrindo os braços como se fosse voar.

Se, de repente, o veículo freasse, num piscar de olhos ela estaria morta, com seu sangue banhando o asfalto. Mas ela parecia não ter medo. Parecia até gostar dessa adrenalina alucinante.

A cabelo de raposa parecia indestrutível.

"Sim", pensei, "nós somos os donos do mundo..."

— Vem! — ela gritou, a boca escancarada num sorriso extravagante, o cabelo alternadamente cobrindo todas as partes do rosto.

Cabelo de raposa parecia de novo um anjo. Tudo bem que um anjo rebelde, que tinha cara de fumante e deliberadamente desbocada. Mas mesmo assim, um anjo em todas as suas imperfeições perfeitas.

— Vem logo! — ela tornou a gritar, rindo, os braços ainda erguidos como se a qualquer momento suas asas fossem erguê-la no ar.

Eu senti aquele formigamento no fundo do estômago. Aquele instante em que o carrinho da montanha-russa que ia subindo bem lentamente pelos trilhos se prepara para cair em queda livre e te levar para o grande clímax.

Tentei me levantar com as pernas bem afastadas para buscar estabelecer meu equilíbrio, mas sem me permitir esse tempo, cabelo de raposa segurou-me pelo pulso, sua mão tão gelada como a de uma defunta e ao mesmo tempo com a atitude quente de uma fogueira viva. Isso fez com que nós dois nos desequilibrássemos e eu senti o coração gritando, atingido por ondas de adrenalina e medo. Mas aí cabelo de raposa me empurrou diretamente contra seus pés e eu caí no aro duro da bicicleta. E, num piscar de olhos, ela se jogou em cima de mim, gargalhando para o mundo que passava rapidamente por nós. Gargalhando para a morte que não conseguiu nos alcançar...

Quando ela caiu por cima de mim, eu senti minhas costelas protestando contra o aro da bicicleta, mas a pele dela, nas partes onde estava exposta, nas partes onde o pano branco com a estampa *Florence and The Machine* não cobria, tocou o meu corpo e eu senti um formigamento corrente por debaixo da carne, como se uma linha de êxtase corresse pelos meus ossos.

Ela ficou lá, parecendo bêbada, com a boca molhada roçando meu ombro, rindo feito louca. E eu apenas olhava as estrelas lá no céu e sorria, com ela em cima de mim, a música explodindo no ar e James Dean não tão bonito e a menina de cabelo roxo gritando, animados.

Pra mim, não havia algo que pudesse definir tão bem o sentido de perfeição e felicidade. Felicidade, na minha opinião, é algo muito superestimado. O que é felicidade?

As pessoas enchem a boca para falar que buscam a felicidade. Mas, para mim... Aqueles segundos, momentos como aquele poderiam ser felicidade. Pois eu podia afirmar que, mesmo doloridas, minhas costelas e todo o resto do meu corpo estavam felizes com aquela desconhecida com cheiro de álcool deitada em cima de mim, soltando a risada mais gostosa que já ouvi em toda minha vida ao mesmo tempo que eu podia olhar as estrelas piscando no céu...

Um segundo depois, cabelo de raposa rolou para o lado, ofegante, a barriga subindo e descendo, deixando escapar suspiros cansados depois de tanto rir.

Nesse ponto, fiquei contente por não precisarmos dizer nada. Odeio ter que falar coisas desnecessárias quando o momento só pede que você fique quieto e sinta tudo aquilo.

A picape velha começou um trajeto de subidas, permeado por buracos e árvores vastas dos dois lados. Eu e cabelo de raposa éramos jogados de um lado para o outro, e mesmo que doesse, apenas ríamos da situação.

Nas minhas contas, esse trajeto deve ter demorado uns quatro a cinco minutos e, no final, desembocamos num lugar amplo, com pouca iluminação, mas que me deixou sem ar. Estávamos num mirante.

Eu nunca havia ido a um mirante na vida, só vi o tal lugar em filmes e séries ou em confins da minha imaginação quando era guiado numa boa leitura. E, ao estar pessoalmente em um, confirmei a ideia de que mirantes deveriam ser considerados lugares sagrados, por serem dotados desse ar elevado e reflexivo.

Descemos do automóvel, com o rádio ainda no último volume, e corremos para o parapeito. A madeira que o contornava era velha e gasta, mas ele parecia feito na medida para aquele lugar. Lá embaixo, luzes piscavam tanto quanto as estrelas no céu, mas ao contrário delas, essas luzes eram das casas das pessoas que deviam estar preocupadas com seus trabalhos na segunda-feira, ou com as provas dos professores carrascos, ou simplesmente entediadas com suas vidas rotineiras. Por que as pessoas não podiam apenas se permitir viver de vez em quando em vez de sempre se afundar em suas monotonias?

O lugar estava deserto e isso foi ainda mais fantástico; o mirante parecia ter se aberto apenas para nos receber.

James Dean não tão bonito ofereceu seu maço de cigarros Marlboro, que passou pelas mãos de todos até pararem nas minhas. Cabelo de raposa me olhou, curiosa, enquanto eu apenas segurava o maço, sem esboçar nenhuma reação. Ela abriu um sorrisinho zombeteiro, mas ao mesmo tempo carinhoso.

— Você nunca fumou? — ela me perguntou, a sobrancelha arqueada num ângulo teatral.

Eu a olhei, sem conseguir conter certo nervosismo, e dei de ombros.

— Já. É só que... — E me calei.

A última vez que eu havia fumado foi antes de tudo ter acontecido. Antes de a minha vida ter mudado para sempre... Foi em uma situação que precisei provar minha amizade e fumei simplesmente para que meu amigo não se sentisse tão sozinho. Não se sentisse alguém perdido no mundo. O pior era que na época eu não fazia a menor ideia de como era se sentir assim. Acabei sentindo na pele a forma mais profunda de solidão quando o perdi...

Cabelo de raposa apenas se aproximou mais, me retirando dos meus sentimentos, e passou o braço magro pelo meu ombro, se apoiando em mim. E eu deixei. Era quase um abraço.

Eu a olhei, curioso, sentindo o coração palpitando de um jeito louco. Ela então sorriu e aproximou dos meus lábios a mão que segurava o cigarro. Eu os abri, admitindo o cigarro e tragando profundamente, como se todo o fumo fosse queimar naquele ato.

James Dean não tão bonito e a menina de cabelo roxo estavam no centro do mirante, rodopiando numa dança improvisada e engraçada, enquanto eu e a cabelo de raposa dividíamos o mesmo cigarro. Era estranho, mas eu senti uma conexão tão grande com ela naquele momento... e fiquei feliz de estar vivo para experienciar aquilo.

Por fim, James Dean e a menina roxa se aproximaram de nós dois, e foi bom porque o cigarro já estava no fim e eu não iria aguentar segurar a vontade de beijar a cabelo de raposa e meu maior medo era ela achar esse ato um abuso meu. Era difícil pensar na cabelo de raposa tendo algum tipo de atitude muito conservadora, mas meninas são tão imprevisíveis. Então, deixando meus desejos registrados apenas neste diário, nós quatro nos juntamos numa dança única e ridícula, mas bem legal.

Todos estávamos de mãos dadas, pulando como crianças hiperativas; eles embriagados de álcool e eu... Bem... Eu apenas feliz.

6 de novembro

Quando cheguei em casa já era de manhã, passando um pouco das seis. Encontrei minha mãe com olheiras profundas e uma preocupação que logo foi eclipsada pela raiva. Ela gritou comigo, disse que eu ter sumido daquele jeito era injusto com ela depois de tudo que a fiz passar e que eu ficaria de castigo pelo resto da minha vida.

Ela gritou um monte de coisas mais, mas não consigo lembrar porque apenas subi as escadas, fui para o meu quarto e dormi.

Quando acordei, horas depois, quase senti o gosto do arrependimento de ter feito o que fiz; meu pai estava lá em casa, depois de tanto tempo sem nos vermos, e eu não sabia se os momentos de felicidade que vivi valeriam a pena agora que teria que encará-lo.

Antes de sair do quarto, ouvi a voz dele, pontuada por comentários desnecessários, respondidos por frases igualmente avulsas por parte da minha mãe. Ouvi também um pigarro do meu irmão e percebi que ele preferia se manter à margem daquela conversa. Dessa vez, infelizmente, todo o peso da discussão seria comigo.

Não me sinto feliz com os rumos que minha relação com meu pai tomou, mas o tempo se encarregou de nos afastar cada vez mais. Depois de anos de casamento, minha mãe descobriu que meu pai tinha uma amante. Uma outra família, na verdade, com filho e tudo.

Após a descoberta, ele saiu de casa para morar com eles e, apesar de legalmente ter se separado apenas da minha mãe, a separação também aconteceu comigo e com o Henrique. De um pai normal, aos poucos, ele foi se transformando num estranho.

Desci as escadas e encontrei minha antiga família na cozinha, todos com xícaras de café nas mãos, me encarando com olhares diversos. Senti-me mal automaticamente; parecia que alguém havia morrido e estávamos nos despedindo. Talvez fosse o enterro do meu antigo eu, apesar de me sentir o mesmo de antes.

Minha mãe continuava muito nervosa e preocupada com o que poderia ter acontecido comigo. Acho que ela tem medo de que um dia eu enlouqueça por causa do que houve — mas enlouquecer mesmo, ficar doidinho, de forma irrecuperável, como esses que não reconhecem ninguém e precisam ficar internados pra sempre em clínicas especializadas.

Eu tentei agir com naturalidade e sentei na única cadeira vazia, em frente à mesa. Meu pai estava com as mãos juntas como em uma oração, diante de mim; o Henrique, meu irmão, parecia apenas curioso para saber o que eu tinha feito naquela noite; e minha mãe me encarava com lágrimas nos olhos, como se eu fosse um ingrato.

Ninguém falou nada e minha atenção se concentrou em acompanhar a fumaça da xícara de café do meu pai passear pelo ar. Isso me lembrou o cigarro que fumei junto com a cabelo de raposa e como aquela fumaça dançou até o céu e se desfez, para jamais ser reencontrada.

— Bem... — Surpreendi-me quando constatei que a voz que soou era a minha. — O que você faz aqui? — perguntei ao meu pai, indo direto ao ponto.

Não queria ser grosseiro nem nada, mas também precisava entender a situação. Aquilo tudo era por minha causa?

Ele me encarou com um olhar duro. Meu pai é alto, de rosto anguloso e expressões rudes; uma generosa calvície o deixara com cabelo apenas nas laterais da cabeça, o que tornava seu rosto ainda mais severo. Ele costumava dizer que sua constante expressão ranzinza vinha do meu avô — um eficiente militar, nascido na Alemanha e criado no Brasil. Meu avô morreu antes que eu o conhecesse, mas, pela descrição, acho que bastava conhecer meu pai para ter uma noção de como ele era.

— O que você fez na madrugada de ontem? — ele quis saber, e me pareceu tão idiota que essas fossem as primeiras palavras que ele estivesse me dizendo depois de tanto tempo sem nos vermos.

— Fumei — respondi, sério.

Eu sabia que dizer isso iria ferir minha mãe, mas, naquele instante, eu só pensava em desafiar meu pai. Quem ele pensava que era? Após tanto tempo de descaso e indiferença ele realmente se achava no direito de interferir na minha vida?

— O que você pensa que está fazendo, seu moleque insolente?! — ele revidou, furioso.

Eu apenas fiz a minha melhor expressão de desdém e sussurrei:

— Vá se ferrar!

No fim das contas, meu pai me xingou e veio para cima de mim, completamente possesso de raiva e pronto para me agredir. Foi aí que meu irmão se levantou e o expulsou de casa. Ficou claro naquele momento que a ideia — fosse de quem fosse — de tentar levar meu pai para uma conversa de família era errada e equivocada. Ele não era mais parte daquela família.

Meu pai foi embora e só então senti que eu voltava a respirar. Havia muita coisa engasgada dentro de mim em relação ao meu pai que, infelizmente, eu não conseguia colocar pra fora.

Minha mãe começou a chorar e foi para seu quarto, deixando nós dois, eu e meu irmão, na cozinha. O que poderíamos falar depois disso? Nós éramos irmãos, nos amávamos, mas não tínhamos tanta afinidade. É complicado de explicar.

Depois de alguns minutos de silêncio, fui tomar banho e, quando voltei para o quarto, havia em cima da minha cama uma folha de ofício explicando os males do cigarro, com dados tirados do Wikipédia. Notei que a maioria das informações eram verdadeiras e válidas, mas mais válida ainda era a intenção do Henrique. Senti-me, naquele momento, muito feliz por tê-lo como irmão.

À tarde, tentei ver um filme, mas tudo em que eu conseguia pensar era que, apesar da situação tensa que eu estava vivendo em casa, não havia uma gota de arrependimento em mim. Se eu tivesse a chance, viveria tudo de novo.

No fim da noite, entrei no quarto da minha mãe. Eu a encontrei deitada em sua cama, deprimida. Aproximei-me e deitei-me atrás dela, abraçando-a o mais forte que eu podia.

— Mãe, eu fumei só um cigarro, e ainda o dividi com uma menina de quem estou a fim... — sussurrei. — Não vou me envolver com drogas nem nada disso! Fica tranquila. Eu só não queria ficar com cara de bobo...

Minha mãe, então, se virou para me olhar.

— Se eu pudesse, eu te deixava debaixo das minhas asas para sempre... — ela respondeu, com os olhos marejados, e então chorou.

Senti-me desnorteado. O que responder para uma mãe depois de uma frase tão emotiva? E foi então que a minha ficha caiu... Eu conhecia bem a minha mãe e sabia que, naquele momento, tudo o que ela sentia era medo. Ela precisava saber que eu estava seguro...

Assim, apenas beijei-lhe o topo da cabeça, deitando ao seu lado e ficando ali. Naquela noite, deixei que ela me fizesse dormir debaixo de suas asas.

7 de novembro

Na madrugada em que aconteceu a minha saída com a cabelo de raposa e seus amigos, eles me deixaram em casa normalmente e eu me sentia tão feliz, tão distraído, que nem ao menos lembrei de pegar o celular de algum deles. Sim, isso foi completamente idiota. O pior era que agora eu passava o resto do meu tempo, a não ser quando estava distraído vendo TV, me perguntando quando veria aqueles estranhos outra vez.

Pelo menos as coisas em casa haviam melhorado. Vez ou outra, minha mãe parava à soleira do meu quarto, me olhava e perguntava se estava tudo bem. No fundo, eu sabia que era só pra confirmar se eu continuava lá.

"Estou bem e aqui", eu respondia sempre, pois sabia que era exatamente isso o que ela queria ouvir.

Minha mãe sorria para mim e se afastava, mas, sem dúvida, dali a pouco ela voltaria.

Na realidade, a minha inquietação vinha alcançando níveis muito altos e eu tive que lutar de verdade contra o meu desejo de pegar a bicicleta e sair por aí, pois sabia que isso traria uma nova onda de terror e preocupação para minha mãe; e o que mais ela precisava no momento era voltar a sentir que podia confiar em mim.

No entanto, é frustrante demais, confesso, viver uma vida "preso" dessa forma; pois, uma vez que você sente o gosto da liberdade, é praticamente impossível se conformar com certas restrições.

Acho que essa deve ser a mesma sensação que um passarinho nascido livre tem ao ser capturado e posto numa gaiola. Não existe essa história de que eles se acostumam, porque você sabe que se eles tiverem uma oportunidade, eles vão fugir.

Nós nascemos para ser livres...

Para voar.

E não para ficarmos presos em gaiolas.

Penso o quão ruim deve ser viver em uma gaiola, seja ela do tipo que for; gaiolas físicas, gaiolas de sentimentos, gaiolas de alma. E, definitivamente, as gaiolas invisíveis que nos cercam, das quais muitas vezes nem ao menos temos consciência de que nos prendem, são as mais devastadoras.

O pior de tudo, para somar à minha lista de frustração de não poder sair de casa e não ter contato nenhum da cabelo de raposa, é que há algo importante que eu sei que estou esquecendo. Não sei se é uma data especial ou algo do tipo... Mas minha mente resolveu me pregar uma peça. E eu odeio quando isso acontece, porque, naturalmente, eu já me sinto um perdedor e quando minha mente me dá provas concretas de que estou certo quanto a isso, fico ainda mais deprimido.

Mas tudo bem... Um dia pode ser que eu acabe descobrindo que não sou tão perdedor assim. Quem sabe?

8 de novembro

Eu quase havia me esquecido, mas hoje é meu aniversário. Achei engraçado/trágico ter me esquecido do meu próprio aniversário, porque me fez pensar que tipo de distúrbio uma pessoa que esquece o próprio aniversário pode ter. Porém, pelo menos a data em si serviu para aliviar de vez as tensões aqui em casa.

Minha mãe já estava melhor e meu irmão vivia fazendo piadinhas, pelas costas dela, de quando seria minha próxima fuga. Até eu já começava a achar engraçado e, no fim das contas, levando em consideração os bons momentos que vivi, eu continuava sem me arrepender.

O dia transcorreu bem; eu, minha mãe e meu irmão tomamos café da manhã juntos e depois ganhei um livro de presente de cada um: da minha mãe, o famoso *On the Road — Pé na estrada*, de Jack Kerouac; e do meu irmão, o clássico *O apanhador no campo de centeio*, de J. D. Salinger.

— Eu não sabia o que te dar... — Henrique encolheu os ombros. — Li esse livro quando tinha mais ou menos a sua idade. Foi um dos poucos que eu realmente li e gostei, então... Espero que goste também.

Com sinceridade, fiquei muito animado com os presentes. Os dois livros são clássicos muito respeitados e, definitivamente, marcaram algumas gerações.

Agradeci aos dois, muito feliz e animado, e subi para o meu quarto, onde passei o resto da manhã devorando *Pé na estrada*. Tenho um ritmo de leitura invejável, e já estou quase na metade do livro, o que não foi nada legal, pois não quero que o livro acabe... Ele está sendo uma ótima válvula de escape para eu não pensar na cabelo de raposa.

Mas, verdade seja dita: nem quando o livro me distraía eu conseguia me esquecer dela e dos outros; foi impossível não me imaginar no lugar do Sal Paradise desbravando o mundo dentro de um carro com amigos, sendo o personagem de um livro que inspirou uma época.

E é triste pensar isso, porque nem sei quando a verei de novo e, muito menos, se o "de novo" vai acontecer. E a coisa fica ainda mais insana e idiota quando penso que nem sei o nome dela! Como eu pude passar uma noite inteira ao lado dela e simplesmente não perguntar o seu nome?

Porém, apesar de isso soar tolo — porque realmente acho que é —, me forço a lembrar que a noite foi simplesmente perfeita, e que se eu tivesse a chance de revivê-la, de fato, não mudaria nada.

Continuei entretido na leitura, até que minha mãe invadiu o quarto e pediu que eu me arrumasse para almoçarmos fora; iríamos ao meu restaurante favorito de comida italiana. Só eu e ela, uma vez que o Henrique sairia com sua nova namorada (quero dizer nova mesmo, pois Jéssica já havia se tornado ex). Claro que topei na hora!

Coloquei uma blusa quadriculada azul, bermuda jeans e tênis branco. Como o Henrique não iria conosco, decidi levar meu mp3 para conectar ao rádio do carro sem ter que ouvir reclamações sobre meu "duvidoso" gosto musical.

Assim que saímos de casa, eu ativei o aleatório e deixei rolar. A primeira música a tocar foi *It's Time*, da banda *Imagine Dragons*. Minha mãe elogiou a música, apesar de eu saber que ela preferia mesmo era ouvir Chico Buarque.

E depois de alguns minutos rodando pelas ruas e quase fora do nosso condomínio, eu a vi.

Sem perceber, minha boca se abriu e eu entoei um desesperado "Pare!", que assustou minha mãe e a fez frear bruscamente.

O ruído dos pneus marcando o asfalto chamou a atenção dela...

Cabelo de raposa estava com a cabeleira presa num rabo de cavalo, usando óculos escuros incrivelmente redondos e grandes para seu rosto. Sua blusa jeans e de botões terminava num nó acima da cintura, pouco acima do shorts também jeans, de cintura alta. Cabelo de raposa parecia uma personagem saída de algum filme americano dos anos 60, à lá Lolita.

Ela abriu um sorriso enorme quando me viu. Estava parada em frente ao quintal florido dos velhos Silva — um casal de idosos simpáticos que se mudara havia alguns meses para o condomínio.

— Quem é essa? — minha mãe perguntou, ainda atordoada.

Eu olhei para minha mãe, desconfiado. Será que era o momento certo para apresentá-la a cabelo de raposa? A minha irresponsabilidade ainda era algo muito recente e eu tinha medo de isso ser fator decisivo no julgamento da minha mãe sobre ela. Além do mais, ainda havia o fato de que eu nem ao menos sabia seu nome. Isso parecia soar muito estranho, mas eu não conseguia imaginar um nome apropriado para cabelo de raposa além do apelido com que eu já a batizara em minha mente.

Tarde demais para arrependimentos. Cabelo de raposa já vinha correndo ao nosso encontro.

— Oi! — ela exclamou, se apoiando na janela escancarada do banco do carona, onde eu estava. — Olá! — disse, olhando sorridente para minha mãe.

— Mãe... — eu falei, nervoso. — Essa é uma das amigas que estavam comigo no domingo... — as palavras saíram tremidas, mas não tinha como ser diferente.

— Domingo? — Minha mãe sorriu, sarcástica. — Madrugada de domingo para segunda, não?

Cabelo de raposa soltou um sorrisinho torto.

— E tudo por culpa minha, a responsável pelo convite! Eu não sabia que ele não podia... voltar tarde — ela falou, meio sem graça.

— Lógico que a culpa não é sua, querida! Esse mocinho é que deve saber de suas obrigações. — Minha mãe olhou para mim, mas seu tom era leve e isso me fez relaxar um pouquinho. — Hoje é aniversário dele e estamos indo almoçar. Não gostaria de nos acompanhar?

Senti minhas entranhas se contorcendo loucamente.

— Acho que meus avós não ficariam chateados com a minha ausência diante de uma data tão importante... — cabelo de raposa respondeu, piscando para mim.

Ela foi até seus avós, disse alguma coisa e os beijou, depois correu de volta e entrou no banco de trás do carro.

Merda!, xinguei mentalmente por um longo período. Como em um segundo encontro (meu quase atropelamento não conta!) saímos eu, minha mãe e cabelo de raposa? Não que a madrugada de domingo tenha sido um encontro também, até porque tinha os amigos dela e não aconteceu nada entre a gente, mas mesmo assim, naquele momento, estávamos saindo, repito: eu, ela e minha mãe, e até ontem eu nem sabia quando teria a chance de vê-la de novo! Isso era muito surreal!

— Então, querida, já que é amiga do meu filho, quero conhecer um pouco de você... Qual o seu nome? O que faz da vida? — minha mãe foi direto ao ponto.

Provavelmente adivinhou que ela era a menina que havia despertado o meu interesse e, decerto, não deixaria a oportunidade passar.

— Mãe! — rosnei, numa tentativa de manter um pouco da minha dignidade, mas cabelo de raposa parecia não se incomodar nem um pouco.

— Meu nome é Laís. Eu moro sozinha, perto da universidade onde faço o segundo período do curso de letras... E... Bem, acabei entrando mais cedo de recesso e vim visitar os meus avós.

uau! Quanta informação!

Cabelo de raposa se chama Laís e já está na faculdade. Ela deve ter quantos anos? No mínimo dezoito, mas aposto em dezenove. E eu, em comparação, com dezessete! Quer dizer, completando dezoito hoje! Como posso imaginar uma menina tão inteligente e mais velha nutrindo algum interesse por mim?

Minha mãe elogiou a Laís, disse que é raro encontrar adolescentes que já sabem o que querem da vida nos dias de hoje e enveredou por todo aquele papo de pessoa que acha que sua época era melhor que a atual — "No meu tempo, os jovens tinham um ideal" e blablablá. Mas Laís parecia gostar e foi nessa troca de diálogo entre ela e minha mãe que descobriu que eu era menor de idade e que iria, ano que vem, para o terceiro ano (minha mãe, graças a Deus, não mencionou que eu tinha saído no meio do ano pelos motivos pelos quais saí).

— Ele é sempre tão quieto assim, Laís? — minha mãe perguntou, e eu senti meu rosto ardendo.

A Laís riu.

— Sim. Ele sempre tem esse jeito de pessoa quase atropelada.

Meu coração bateu forte e minha mãe crispou a boca, sem entender a piada. Porém, aquilo nem ao menos era uma piada. Era apenas um daqueles códigos que apenas algumas pessoas reconhecem.

Eu e a Laís tínhamos um código...

Chegamos logo ao restaurante e almoçamos lasanha de carne moída, à minha escolha. O momento foi agradável, apesar de eu ter preferido que esse almoço fosse só entre mim e a Laís.

Em vários momentos, com minha mãe falando sem parar sobre seu trabalho e em como estava atarefada, Laís me lançava olhares que faziam meu corpo todo tremer. Dava medo admitir, mas uma vontade incontrolável de conhecê-la mais e mais começava a me dominar.

Eram quase duas da tarde quando minha mãe recebeu um telefonema da empresa em que trabalha. Ela ficou apenas um minuto na linha e sua expressão mudou completamente; parece que parte da equipe de publicidade precisava dela, então, teríamos que voltar pra casa por causa dessa urgência. Mas eu não queria ir.

— Tudo bem nós irmos depois? Eu e a Laís queremos ficar — eu disse, mesmo sem saber se Laís realmente queria ficar.

— Mas vocês vão comer mais? — minha mãe indagou, surpresa.

— Não, mãe! — eu afirmei, rápido. — Já estamos cheios!

— Cheios? — minha mãe repetiu, nervosa. Ela odeia quando falo isso.

— Satisfeitos, mãe — eu me corrigi, sem paciência.

A Laís escondeu a risada atrás do guardanapo.

Minha mãe me deu uma olhada do tipo não abuse da minha bondade, e me beijou no topo da cabeça.

— Nada de passeios pela madrugada, vocês dois! — Ela disse antes de pagar a conta e sair afobada do restaurante.

Eu estava tão vermelho que sentia que minha cabeça iria explodir, mas cabelo de raposa apenas abriu um sorrisinho, apoiando os dois cotovelos em cima da mesa.

— Vamos sair daqui? — ela perguntou, animada.

Eu não precisei pensar duas vezes.

— Vamos!

Estávamos num restaurante chique; com cadeiras e mesas de madeira nobre, um aquário gigantesco decorando o ambiente e todo adornado com as cores da Itália. Mas, naquele momento, ignoramos aquele clima todo comedido e corremos feito crianças por entre as mesas dos clientes, sob olhares críticos, como se quisessem nos fuzilar. Nós não demos a mínima!

Do lado de fora do restaurante, Laís me olhou com uma cara tomada por uma raiva fingida.

— Agora você sabe muito sobre mim.

Encolhi os ombros; um ponto para minha mãe!

— Eu não gosto disso... Prefiro ser a garota misteriosa! — Ela bateu de leve no meu ombro. — Como iremos resolver isso?

Mordi o lábio e fiquei em silêncio. Eu já sabia aonde ela queria chegar.

— Você precisa me falar de si... — ela afirmou, baixinho.

Eu assenti, a contragosto, mesmo sabendo que isso era justo.

Fomos caminhando até uma pracinha que tinha ali perto e ela sentou no primeiro balanço vago.

— Vem cá e me empurra! —Laís pediu, sacudindo as pernas no ar como uma criança.

Fui para trás dela, puxei os aros do balanço, a fim de obter impulso, e a empurrei. Cabelo de raposa voou à minha frente.

— Dezoito anos hoje? — ela perguntou.

Eu respondi que sim, enquanto a empurrava de novo.

Uma brisa fraquinha começou a movimentar as folhas secas sob meus pés.

— Você mora com quem?

— Com minha mãe e meu irmão mais velho.

— Hum... Como é seu irmão?

— Alto, pele morena, cabelo preto, forte e... bem... tipo saradão.

Laís achou graça.

— Boa observação.

— Sim. A maioria das garotas gosta.

— Ih... Eu sou uma ET, então!

— Por quê?

— Prefiro meninos mais normais.

Ok. Um ponto para mim.

— E você? Qual seu tipo de menina? — ela quis saber.

Nossa! Pergunta difícil! Eu nunca havia pensado nisso... Então comecei a tentar pensar em algo que não ficasse clichê, brega ou denunciasse demais minha queda por ela.

— Ah... Então... Eu não tenho bem um tipo...

— Todas são o seu tipo, né, garanhão? — E ela riu.

— Não! Não é assim... — tentei consertar. — É difícil. Eu gosto de tipos diferentes de meninas.

— Disserte sobre isso.

— Eu não olho bunda, peito, essas coisas... Quer dizer, olho, mas isso não é fator primordial para chamar realmente a minha atenção. Eu gosto de meninas... diferentes.

— Diferentes, como?

— Bem... Meninas que tenham algo que as tornem únicas.

— Nossa! Que definição complexa e original... E você já encontrou alguma menina assim?

Meu coração parou por um segundo.

— Só uma.

Laís saltou do balanço e parou de pé um pouco à frente. Ela se virou e me olhou bem nos olhos.

— Eu quase te atropelei... — disse ela, rindo. — Isso me torna única, né?

Eu ri também. Não queria falar ali como eu a achava incrível e todas as coisas que soariam insanas para alguém que a conhecera poucos dias atrás, apesar de ser exatamente o que eu sentia.

— Sim. Isso a torna completamente única — eu confirmei, já que ela havia deduzido de forma correta.

Nós ficamos nos olhando por um tempo que pareceu ser o mais gostoso do mundo, até que ela baixou o rosto e depois me fitou, com um sorriso sincero nos lábios vermelhos.

— Hoje é seu aniversário e você precisa de uma comemoração!

Enfiei as mãos nos bolsos da bermuda.

— Você acha que minha mãe me liberaria?

— Ah... Não vai ter problema se for dentro do condomínio, não é? Meus avós viajam hoje e voltarão só no fim de semana, eles certamente conhecem sua família e não ligariam se eu fizesse a *gentileza* de te dar uma festa de aniversário. Afinal, não é sempre que se faz dezoito anos.

"A cabelo de raposa existia mesmo?", pensei. Em toda minha vida, eu só tinha encontrado outra pessoa que era tão boa quanto ela, e essa pessoa já havia partido daqui (do mundo dos vivos, quero dizer). Parece que pessoas assim, totalmente especiais, são logo levadas para o outro mundo, como se aqui, a Terra, não os merecesse...

Foi então que algo me ocorreu e que era de total importância para a realização de uma festa.

— Laís... Eu... Bem... — Senti-me tão envergonhado.

— O que foi? — Ela prendeu uma mecha do cabelo atrás da orelha.

Eu encolhi os ombros, como se isso fosse me ajudar a desaparecer dali.

— Sabe, eu não tenho muitos amigos... Costumo ficar mais em casa, lendo. Saí da escola no meio do ano letivo e... perdi contato com os poucos colegas que me davam um bom-dia. Nem sei se eles iriam a uma festa para comemorar o meu aniversário...

Laís me olhou bem fundo nos olhos. Isso me incomodou. Eu quase podia sentir o cheiro do sentimento de piedade em sua pele.

— Eu nunca conheci alguém que não tivesse amigos... — ela comentou, como quem ponderasse a respeito.

Por alguma razão, isso me inflamou.

— Eu não preciso de amigos! — respondi, soando mais agressivo do que pretendia. — Já tive amigos, mas bem... eles se foram. E eu não sinto necessidade de ter mais amigos só para mostrar ao mundo que sou popular!

Cabelo de raposa arregalou os olhos, um tanto chocada. E, nessa hora, o arrependimento se abateu sobre mim.

— Você está se referindo ao Acácio e à Natália? — ela me indagou.

Associei o Acácio ao James Dean não tão bonito e a Natália à menina de cabelo roxo.

Dei de ombros. Foi bem isso o que eu quis dizer, apesar de já me sentir completamente arrependido porque eu não conhecia nada da relação deles. Acabei falando sem pensar.

Laís se aproximou de mim com o dedo indicador erguido.

— Eles são os meus melhores amigos em toda a vida! Sinto muito quebrar sua expectativa, mas eles estão comigo em todos os momentos. Seja para me oferecer um ombro pra chorar ou para ficarmos bêbados num domingo entediante. Não tenho culpa se eu tenho isso e você não!

Aquela resposta me veio como um soco no estômago e o pior era que eu nem ao menos sabia como tínhamos chegado àquela discussão sem sentido. A Laís queria me preparar uma festa de aniversário e eu estava retribuindo daquele jeito ignorante e irracional...

Meus olhos se encheram de lágrimas e eu mordi o lábio para não desabar ali. No céu, nuvens começavam a se colocar diante do sol.

— Sou o maior babaca do mundo... — eu disse, uma confissão mais do que sincera.

A minha vontade era sair correndo e nunca mais ver a Laís, para nunca mais ter que falar coisas tão idiotas como as que eu disse. Mas, então, surpreendendo qualquer expectativa minha, ela segurou minha mão.

A mão da Laís era menor que a minha e de uma maciez incrível. Nossos dedos se entrelaçaram quase de forma natural.

— O mundo é feito de babacas e pode ter certeza de que você não é um deles. Eu sei reconhecê-los bem. — Ela apertou minha mão. — E você está certo, não se deve forçar uma amizade com babacas apenas para dizer que tem amigos. Amizades verdadeiras nascem dos momentos mais inusitados e impróprios.

— Esquece o que eu falei sobre seus amigos. Eles não são desse tipo. Aliás, eu os adorei. Gostaria muito que eles fossem ao meu aniversário, se você ainda estiver disposta a fazer algo para mim.

Laís ergueu uma sobrancelha.

— Sim... Ainda estou avaliando isso. Mas vamos indo pra casa enquanto eu penso se você merece.

— Acho justo.

Ela soltou minha mão e passamos a caminhar lado a lado de volta para o condomínio.

Andamos em silêncio por um longo trecho, e isso era uma das coisas que eu mais gostava na nossa breve relação: não precisávamos ficar falando coisas bobas e sem sentido apenas para preencher o tempo entre a gente. Nossos silêncios concebidos e mútuos eram tão bons quanto os tempos de conversa. E eu me sentia bem assim, porque não me causava agonia por falta de assunto. O nosso silêncio soava como: o silêncio é o que temos agora e está bom assim, então, vamos desfrutar disso.

Olhei para Laís, totalmente encantado com sua beleza natural e selvagem — selvagem, porque os olhos dela eram de um castanho-avermelhado que os fazia parecer chamas crispando em folhas secas.

— Você sabe que pode confiar em mim, não é? — ela perguntou de supetão, quebrando a quietude da caminhada e me olhando com profundidade. — Sei que nos conhecemos pouco, mas se você quiser desabafar, eu estou aqui. É que... — Sustentou meu olhar. — ...parece que você é uma piscina carregando o peso de uma lagoa, bem perto de transbordar.

Ao ouvir aquilo eu me senti perfurado. Não existia uma definição mais completa de como eu estava por dentro.

— Vou me lembrar disso — foi tudo o que pude responder.

Laís sorriu, e então sua expressão mudou de reflexiva para entusiasmada. Parecia até outra pessoa.

— Bem, vamos pensar... A música eu posso deixar nas mãos do Acácio, ele tem um ótimo gosto. E com a decoração, a Natália pode me ajudar. Só preciso de sua opinião para os comes e bebes!

A ficha de que eu iria ganhar uma festa da menina que quase me atropelou ainda não havia caído e, mais uma vez, ela fazia com que eu me sentisse assim: quase atropelado — agora pela excitação.

— Qual porcaria comestível você mais gosta? — ela me perguntou.

Essa era uma resposta fácil.

— Doritos — respondi.

— Sim... Eu também adoro. Podemos pedir para todos levarem um pacote de Doritos. Agora, e a bebida?

— A seu critério. — Sempre tive dificuldade para escolher algo que iria agradar a todos.

Laís pareceu se alegrar com isso.

— Vodca com suco de limão ou suco de abacaxi! E... Cerveja? Acho que cerveja é sempre bem-vinda... E...

— Acho que já está de bom tamanho, Laís. As pessoas têm uma tendência grandiosa de misturar bebidas e não acho que isso seria muito legal.

Laís sacudiu meu cabelo.

— Consciente. Isso é bem maduro — ela disse, de um jeito sedutor. Eu ri.

— Há muita maturidade escondida aqui.

— Já percebi. Você tem alma de velho.

Ri alto e adorei essa nova definição. Eu quase sempre me sentia assim.

Nesse momento, já estávamos atravessando os portões do condomínio.

— Quanto às pessoas que virão, você tem total liberdade — eu disse, com sinceridade. — Pode convidar quem você quiser.

— Prepare-se, garoto quase atropelado! — Laís, então, me olhou com notável determinação. — Você terá um aniversário inesquecível!

Eu não disse nada, contendo a excitação que saltava dentro de mim. Ela se despediu com um rápido beijo no meu rosto e correu para dentro da casa dos avós, claramente ansiosa com os preparativos da festa.

Eu fui pra casa, tomei banho e esperei minha mãe chegar. Para minha alegria, não foi das tarefas mais difíceis convencê-la a me deixar ir a minha própria festa de aniversário. E eu acabei contando com a ajuda do Henrique, que me surpreendeu ao apresentar argumentos para convencer minha mãe de que minha presença era essencial.

Logo após, tomei um dos banhos mais completos da minha vida e escolhi uma roupa especial que vivia guardada para uma ocasião legal que nunca parecia chegar. E agora eu a usaria para encontrar uma menina como a cabelo de raposa. Pus uma calça jeans escura, com uma linda blusa flanelada vermelha e, na cabeça, uma touca cinza.

Acabei ficando pronto duas horas antes da festa, e isso foi bom porque tive tempo para escrever aqui. Agora, tenho tempo de chegar à festa antes da hora, o que eu prefiro, pois estou me sentindo ansioso — quase atropelado, mas de um jeito muito feliz! Se eu pudesse fazer um pedido para que tudo fosse perfeito como em um sonho, a única coisa diferente da realidade seria que eu poderia contar com a presença do meu amigo... Ele era muito mais animado em festas do que eu — um dos primeiros a chegar e o último a sair... Mas sei que nada tem de ser tão perfeito e, de certa forma, lido bem com isso. A perfeição é imperfeita.

Acho que já está na hora...

Amigo, onde quer que esteja, torça por mim.

9 de novembro

Uma observação: eu sempre adorei trilhas sonoras — e esta noite teve a sua, então, irei listá-la conforme minha lembrança me permitir.

Quando cheguei à casa dos avós da Laís, todas as luzes ainda estavam apagadas. Não havia nenhuma movimentação dentro. Olhei no celular e vi uma dezena de ligações da Laís. Foi aí que comecei a pensar que talvez os avós dela não tivessem gostado da ideia da festa e tudo houvesse sido cancelado. A Laís tentou me avisar, mas não conseguiu. Suspirei, enquanto tentava ligar para ela e o celular só chamava. Imaginei que talvez estivesse chateada por eu não ter atendido suas ligações.

Eu já ia me virando para voltar pra casa quando ouvi uma risada e vi que a porta da frente estava entreaberta. Então me aproximei e abri a porta de uma vez.

Minha visão foi eclipsada por uma forte luminosidade que atingiu meus olhos, me impedindo de ver o que estava acontecendo, ao mesmo tempo que o som de uma música explodiu no ar, fazendo meus tímpanos e as paredes da casa tremerem.

Imagine Dragons — Radioactive

I'm waking up, I feel it in my bones
Enough to make my system blow

Estou acordando, sinto isso em meus ossos
O bastante para explodir meus sistemas

A mão de alguém agarrou meu pulso e me puxou para dentro; meu corpo esbarrava numa infinidade de tantos outros corpos que me saudavam balançando o cabelo, me beijando no rosto ou dando tapinhas na minha bunda.

Só então, quando eu e minha companhia viramos um corredor, e fomos iluminados pela luz avermelhada da cozinha, pude constatar que a Natália, a menina de cabelo roxo, era quem estava me guiando.

— Parabéns, garoto quase atropelado! — Ela piscou. — Vai se acomodando que vou te preparar uma bebida…

— Obrigado. — Eu sentei em frente aos bancos que ficavam dispostos ao redor de uma bancada de mármore, onde estavam organizados potes com Doritos e as bebidas.

A Natália ficou de frente pra mim, e, uau, ela estava muito bonita. Tinha prendido seu cabelo roxo em um rabo de cavalo e seu rosto quase não tinha maquiagem. Ela vestia uma camiseta customizada cinza com o símbolo da banda Nirvana, shorts jeans e botas lotadas de detalhes metálicos.

A Natália percebeu que eu a olhava e apenas sorriu, falando comigo enquanto preparava meu drinque:

— Primeiramente, irei fazer algo mais leve… — Ela entornou um pouquinho de vodca num copo de plástico verde fosforescente. — Depois, vamos para algo mais… apropriado. — E, então, derramou no copo o suco de limão que estava numa jarra transparente ali do lado.

— Obrigado. De novo.

— Você sempre agradece tanto assim? — Ela sorriu, debochada.

Baixei a cabeça, encarando meus tênis All Star.

— Só quando acho que devo.

— Então, que seja o último agradecimento de hoje — ela falou, enquanto preparava sua bebida com muito mais vodca do que a minha.

Assenti, mas acho que a Natália nem notou. Ela observava as pessoas que vinham até a cozinha e saíam com seus copos cheios, rindo como abobados. Procurei entre elas um rosto conhecido, mas não encontrei.

— Er… A Laís está por aqui? — perguntei, sem conter a ansiedade.

— Logo você a verá — Natália respondeu. — Ela está linda.

Por um segundo, fechei os olhos, e minha imaginação começou a se exercitar tentando visualizar a Laís de forma ainda mais original. Então pigarreei antes de falar:

— Queria muito te agradecer pela festa… — eu disse, afinal a Natália acabou sendo enfiada na organização improvisada da comemoração.

Ela me olhou de cara feia.

— Já esqueceu que combinamos que por hoje não haveria mais agradecimentos? — A Natália entregou meu copo. — Mas só pra te responder: foi um prazer, gatinho! — Então apanhou seu copo e pegou a minha mão. — Agora, vamos!

30 Seconds to Mars — Up in the Air

Up in the air
Fucked up on life
All of the laws I've broken
Loves that I've sacrificed
Is this the end?

No ar
Com a vida ferrada
Todas as regras que quebrei
Amores que sacrifiquei
Isto é o fim?

Ela me puxou pelo corredor, jogando-me de volta na sala de estar, onde meu corpo encontrou o de outros desconhecidos e, de alguma forma, dançamos como se todos já nos conhecêssemos. De vez em quando, alguns corpos esbarravam no meu e eu repetia o ato em tantos outros, mas ninguém estava nem aí pra isso. O suor já nos inundava, mas de uma forma legal, justamente por ninguém estar ligando pra esse tipo de coisa.

Logo a Natália se juntou na dança comigo e encostou seu copo ao meu como se fosse um brinde. Eu ainda não havia bebido e, copiando a Natália, ingeri num só gole; senti o líquido descer rasgando pela minha garganta. Quase vomitei, mas minha mente convenceu o meu estômago de que isso soaria vergonhoso demais.

A Natália riu da minha careta involuntária.

— Muito forte? — gritou por cima da música.

Eu fiz que sim com a cabeça.

— Depois da primeira, as outras vão descer mais fácil — ela garantiu.

— Isso é completamente verdade! — disse-me o Acácio num sussurro quente ao meu ouvido, ficando de frente para mim. — Garanto, garoto quase atropelado!

Os dois, a Natália e o Acácio, seguraram as minhas mãos, quase formando um círculo, e começaram a pular como se fôssemos amigos de infância, enquanto a música explodia em nossas cabeças.

Eu me sentia muito feliz, mas faltava a Laís. Estava infinitamente grato pela festa, mas aquele lugar se achava repleto de estranhos e eu não tinha tido tanto contato assim com a Natália e o Acácio. A pessoa mais próxima que eu tinha era ela...

Nós três paramos de pular com o fim da música e o Acácio puxou a Natália para si, encostando a boca no ouvido dela, apesar de que eu ouvi tudo o que ele disse, mesmo sem querer.

Tove Lo — Habits

Spend my days locked in a haze
Trying to forget you, babe, I fall back down
Gotta stay high all my life
To forget I'm missing you

Eu passo os dias trancada nessa névoa
Tentando esquecer você, amor, eu caio novamente
Tenho que ficar chapada minha vida toda
Para esquecer que sinto sua falta

— Tem um cara muito gato atrás de você e que não para de te olhar! A Natália sorriu.

— Descreva-o.

— Bem... — O Acácio avaliou. — Alargador nas orelhas, cabelo cacheado, magrinho... Tem uma tatuagem no braço e... Olha, você vai gostar. Confia em mim. — O Acácio virou a Natália na direção do rapaz em questão e a empurrou para perto dele.

Eu acompanhei a cena e juro que não se passaram nem dez segundos até que os dois já estivessem se beijando de um jeito exagerado.

— Uau... — foi tudo o que consegui dizer.

O Acácio gargalhou.

— Desde que foi sacaneada em seu último namoro sério, a Natália passou a cultuar novos valores de liberdade, diferentes da moral feminina socialmente aceita — ele me explicou. — Quando ela tem vontade de ficar com alguém, ela vai lá e fica, da mesma forma que os homens fazem.

— Acho que ela faz o certo então, né? — eu disse, sem saber o que falar.

— É. Depende do ponto de vista. O meu, por exemplo, é de que precisamos ser felizes e ponto-final.

Confirmei com a cabeça e beberiquei mais um pouco da minha bebida. Ela realmente não parecia mais tão ruim.

— Sim. É uma boa teoria.

— E a sua? Qual é? — ele quis saber.

Eu nunca havia pensado muito a respeito e não sabia bem expressar minha opinião de forma concisa. O bom é que o Acácio entendeu o meu silêncio e apenas apoiou a mão em meu ombro, como quem vai fazer uma confidência.

— Tudo bem não ter uma teoria de vida ainda... A gente vai construindo a nossa própria com o tempo.

— Sim — assenti, brevemente.

Então, olhei ao redor. A iluminação estava escura como a de uma boate e quase todos os convidados carregavam lanternas de festa nas mãos, para iluminar os rostos das pessoas. Eu não tinha recebido nenhuma lanterna, mas foi impossível não ficar quase incomodado com a luz de uma queimando os meus olhos. Após alguns segundos, quando a luz saiu da direção do meu rosto, depois de os meus olhos coçarem irritantemente, percebi que se tratava de uma menina baixinha, de cabelo loiro e corpo bonito.

— Acácio — sussurrei —, acho que aquela garota ali quer algo com você.

O Acácio olhou rapidamente a menina e soltou um riso arrastado.

— Você está me zoando? — ele indagou, de um modo engraçado.

Eu não entendi.

— Claro que não! É que ela não para de jogar luz sobre a gente.

O Acácio segurou meu queixo como se eu fosse uma criança do maternal que precisasse de atenção especial.

— Garoto quase atropelado, posso te garantir que não! — ele exclamou com veemência. — Eu gosto de meninos e acho que todo o mundo aqui sabe disso. Sendo assim, ou aquela menina é uma suicida no campo do amor ou ela quer você!

MGMT — Kids

Decisions are made and not bought
But I thought this wouldn't hurt a lot

Decisões são feitas e não compradas
Mas eu achei que isso não doeria tanto

As palavras dele ecoaram em minha mente. Não a parte de o Acácio gostar de meninos, pois eu não tinha nenhum problema com isso. Mas a respeito daquela garota se interessar por mim... Eu não conseguia enxergar em mim nenhum atrativo para ninguém e aquilo nunca me acontecera antes. Meu rosto começou a pegar fogo.

O Acácio riu alto.

— Não vai me dizer que você também é gay!

— Não... Não sou... — respondi, ainda atordoado. — É só que...
— E então me virei e a menina estava lá, me encarando com determinada atenção, os cantos de seus lábios curvados para cima.

— É só que...? — O Acácio esperava pela resposta que não veio.

O que eu poderia dizer? Eu não estava muito acostumado com esse mecanismo praticado nos dias de hoje... Costumava sair pouco, portanto, essa coisa de "ficar" ainda era uma novidade. Sempre achei duvidosa a vontade de uma pessoa querer beijar outra sem que sinta ao menos o mínimo de laço afetivo. Mas é isso o que acontece em festas, certo?

Eu já havia beijado antes, mas foram tão poucas vezes... Duas, pra ser mais exato. Uma, por ajuda do meu melhor amigo, que convenceu uma menina da escola de que eu era completamente apaixonado por ela apenas para que eu pudesse beijar alguém e perder minha virgindade de boca e a segunda que foi...

Sacudi a cabeça, procurando espantar essas memórias.

— Eu estou atrás da Laís... — acabei dizendo sem pensar, sendo sincero o bastante para me envergonhar de novo.

O Acácio fez uma careta esquisita.

— Você está gostando dela? — ele indagou, o que me deixou surpreso e assustado.

E eu o deixei sem resposta mais uma vez. O que eu poderia dizer? Nem eu estou entendendo o que sinto por ela.

— Bem, eu só quero vê-la — eu disse, fugindo do assunto. — Ela é quem organizou esta festa pra mim... Eu quero agradecer e curtir com ela também.

O Acácio jogou o braço em meu ombro.

— Só te digo onde ela está depois que eu encontrar a boca do meu namorado! — decretou ele.

Olhei ao redor, confuso, tentando achar o namorado do Acácio. Não sei muito bem como funciona isso de ser ou não ser gay. Quando um menino ou uma menina gay são discretos, passam por mim totalmente despercebidos.

Eu e o Acácio demos quase uma volta completa quando ele se soltou de mim, com um sorriso frouxo.

— Pode ir atrás da Laís. Já achei quem eu procurava. — ele me disse, sorrindo, me deixando confuso por não ter nem ao menos descoberto quem era o seu namorado. — Ela está em um dos quartos, lá em cima.

Assenti e fui andando na direção da escada que dava para o segundo andar, com minha cabeça sendo tomada por perguntas. Por que a Laís estaria dentro de um quarto na hora da festa que ela própria preparou?

Não era preciso conhecê-la muito para ver em seus olhos que ela adorava festejar, e isso acabou me intrigando.

Sia — Chandelier

Party girls don't get hurt
Can't feel anything, when will I learn
I push it down, push it down

Garotas festeiras não se machucam
Não podem sentir nada, quando eu aprender
Vou desmoronar, vou desmoronar

Subi as escadas, desviando de várias pessoas que eu nunca havia visto na vida e que naquela breve altura da festa já estavam vomitando pelos cantos da casa. No segundo andar, tinha um banheiro e duas portas mais ao fundo que imaginei serem os quartos.

Os dois estavam com as portas fechadas e meu estômago começou a revirar. As pessoas só trancam portas quando querem preservar algum grau de intimidade.

Abri a primeira porta e lá dentro encontrei mais pessoas, elas mal me notaram, entrelaçadas e se divertindo muito. Nenhuma feição conhecida. Fechei a porta e deixei os casais continuarem o que estavam fazendo, como se nada tivesse acontecido.

Sobrou a última porta, o que, pelo meu julgamento da mobília e da decoração simples do quarto anterior, provavelmente, deveria ser dos avós de Laís.

Fui devagar, sem saber o que esperar, mas com uma estranha angústia aumentando em meu peito. Então, apenas encostei a testa na porta de madeira e fiquei ali por um momento, ouvindo a música que tocava lá embaixo.

Respirei fundo e sem pensar muito abri a porta.

Era o quarto dos avós da cabelo de raposa, de fato. Avistei logo um tapete branco, com um grande armário ao fundo, feito de um tipo de madeira nobre. Vários quadros com retratos, na certa de familiares, se espalhavam pelas paredes. E em cima da cama, coberta por um edredom com desenhos de margarida, o contorno das costas de um homem que se colocava por cima do corpo de uma menina quase nua. Ele, aparentemente, tentava lhe arrancar a calcinha e o sutiã — as únicas peças de roupa no corpo dela.

As únicas que sobravam envolvendo a Laís.

— Não... — Laís gemia, com sua fala quase irreconhecível pelo álcool.

— Cale a boca! — a voz do homem se sobrepôs e foi como se eu tivesse tomado um soco na boca do estômago.

Eu conhecia aquela voz.

Era a voz do meu irmão!

— Henrique... — eu disse, o som saindo abafado, mas audível o suficiente para que me escutassem.

Arctic Monkeys — Teddy Picker

She saw it and she grabbed it and it wasn't what it seemed
The kids all dream of making it, whatever that means

Ela viu e agarrou e não era o que parecia
As crianças todas sonham em fazer isso, o que quer que isso seja

O Henrique pulou de cima da Laís e me encarou. Vi em seus olhos que ele estava bêbado também, vestido apenas com uma cueca bóxer preta.

— O que você está fazendo aqui? — ele me perguntou, limpando o suor do rosto com as costas da mão.

Eu comecei a tremer de ódio, só não sabia por que nem por quem. Minha mente era um grande buraco negro tragando minha alma para um mar fundo de dor.

— Bem, essa é minha festa de aniversário! — eu disse, ríspido.

Henrique me olhou como se eu tivesse problemas mentais.

— Estou falando aqui no quarto! — ele revidou no mesmo tom, ficando de pé e apontando para Laís, chorosa, em cima da cama. — Não vê que estamos ocupados?

Laís chorava alto e aquilo encheu meu coração de tristeza.

— Ela não quer estar aqui — eu afirmei, sem saber o que falar ou como reagir, indo até a cama ao encontro da Laís.

Henrique me empurrou sem que eu esperasse e eu caí na cama, ao lado da Laís.

— Você está me atrapalhando! — Ele me encarava com raiva. — Isso aqui é coisa de homem, não é pra você! Vai pra casa ler um livro!

Meu sangue ferveu. Só agora eu entendia por que o Henrique tinha me dado força com a minha mãe para que ela liberasse minha ida à festa: porque ele próprio iria e com suas próprias intenções. Ele nunca quis ser legal comigo! Só conseguia pensar em si mesmo.

— Procure uma menina que esteja sóbria o bastante e realmente queira ficar com você! — eu respondi, puxando o braço da Laís por cima do meu ombro.

Henrique me empurrou de novo, mesmo eu estando sentado em cima da cama.

— Essa vadia quer dar pra mim! — rosnou ele, como um animal.

Foi nesse ponto que minha visão ficou turva e eu só despertei quando os ossos da minha mão direita gritaram em protesto. Meu irmão estava encostado na parede perto da porta, com a mão no rosto.

Eu tinha socado a cara dele.

Meu irmão me encarou, numa mistura de surpresa e mágoa, mas logo saiu do quarto sem dizer nada. No instante seguinte, Natália apareceu, falando palavras que entravam na minha cabeça e eu não conseguia absorver. Tudo de que me lembro é de ter saído do quarto e todos os olhos da festa nos encarando; eu, segurava a Laís de um lado, vestida apenas de calcinha e sutiã, e Natália a apoiava do outro lado. Logo outro par de mãos passou a nos ajudar e percebi que se tratava de Acácio. Assim, fomos os quatro para o quintal gramado diante da casa, enquanto todos os outros voltavam a nos ignorar.

Bastille — Things We Lost in the Fire

Things we lost to the flames
Things we'll never see again
All that we've amassed
Sits before us, shattered into ash

Coisas que nós perdemos para as chamas
Coisas que nós nunca veremos novamente
Tudo o que temos acumulado
Senta-se diante de nós, despedaçados em cinzas

— O que houve? — o Acácio perguntou, assustado, enquanto sentávamos Laís no gramado gelado.

— Longa história — Natália respondeu, lançando-me um olhar pesaroso.

Laís estava com o corpo mole, mas depois que o Acácio lhe deu água e Doritos, ela pareceu voltar a ter um resquício mínimo de consciência.

— Você está bem? — perguntei quando seus cílios começaram a tremer, para abrir os olhos.

Laís me abraçou, mas suspeito de que era apenas para não cair deitada.

— Só me tira daqui, por favor... — ela sussurrou.

Olhei para Acácio e ele apenas mexeu no bolso, mostrando-me as chaves do Fiat Uno branco da Laís. No fim das contas, me senti melhor por estarmos saindo dali.

Colocamos Laís no banco de trás, com a cabeça apoiada no colo da Natália. Eu e Acácio fomos na frente, ele dirigindo.

Saímos do condomínio rapidamente, com todas as janelas do carro abertas e o som feroz do vento em nossos ouvidos.

Era estranho, mas eu ia deixando minha festa de aniversário para trás e não estava nem aí pra isso. Um lugar amontoado de pessoas estranhas que não ligavam a mínima pra mim e nem sabiam meu nome não me interessava. E o pior de tudo era a cena em minha memória: Henrique, meu irmão, tentando estuprar Laís. Agora, o que rodeava a minha mente naqueles instantes em que o ar frio e cortante do início da madrugada atingia meu rosto era em quais condições aquela situação aconteceu e como Laís e Henrique se conheceram e vieram a desenvolver tal "intimidade".

Será que os dois tinham uma história e eu não sabia? Será que o cruel destino fez com que eu me apaixonasse justamente por uma menina que idolatrava o conjunto de músculos ambulantes do meu irmão? Será que ela era mais uma de suas ex-namoradas?

Pensar no Henrique fez os ossos da minha mão latejarem de dor e só então percebi que a minha mão direita, com a qual o soquei, estava machucada. E a dor começou a se alastrar devagarinho, entrando em foco.

Acácio mexeu no rádio.

— Fico incomodado com o silêncio — ele disse, quando o encarei com um olhar curioso.

Eu não queria ouvir porcaria de música nenhuma, mas também não podia obrigar Acácio a dirigir em silêncio só porque eu era um perdedor de merda e estava tendo um dos piores dias da minha vida.

A música começou a tocar na rádio e, de repente, eu fui tomado por uma sensação de vazio que foi engolindo o nervosismo que me assolava e me fez começar a cantar baixinho. Era uma das minhas músicas favoritas de todos os tempos. Acácio aumentou ainda mais o volume, percebendo minha rápida aceitação ao som, e começou a cantarolar também. Quando dei por mim, as vozes da Natália e da Laís se juntaram às nossas e éramos um coro de cinco — contando com a Lorde, que liderava o coral nas ondas do rádio.

E então fechei os olhos e deixei que a música penetrasse meu corpo, acalmando minha alma e tirando todos os sentimentos ruins que me infectavam como veneno. Segundos depois senti aquela mãozinha delicada apertando bem de leve o meu ombro. Quando olhei para trás, Laís estava com os olhos marejados, uma mecha espessa de seu cabelo de raposa caindo sobre o rosto. Ela me encarou bem fundo nos olhos e sussurrou: "Desculpa."

Eu só não sabia pelo que ela se desculpava. Por ter me feito perder a festa em menos de uma hora? Por ter ficado com meu irmão? Por ser tão linda e fazer com que eu me apaixonasse por ela tão facilmente como um trouxa?

Movimentei a cabeça, numa breve confirmação que dizia "sim, eu te desculpo por isso e por todas as outras merdas que você queira jogar sobre mim". E então ela sorriu de lábios pressionados, como que agradecendo, e passou as costas da mão na minha face. Seu toque quente me arrepiou.

Por que a Laís tinha que ser assim, tão minha e tão não minha ao mesmo tempo? Eu jamais sentira algo parecido por alguém…

Era tão estranho…

Tão estranho *amar* alguém…

Todos cantavam:

Dancin' around the lies we tell
Dancin' around big eyes as well, oh
Even the comatose, they don't dance and tell

Dançando ao redor das mentiras que contamos
Dançando ao redor dos olhos grandes também, ah
Nem mesmo os comatosos, eles não dançam e falam

Laís me abraçou, com o banco entre nós, e eu senti seus braços esmagarem meus ossos contra o acolchoado do banco. E nesse momento, mesmo não podendo, eu quis mais do que nunca abraçá-la também e mostrar que eu estava lá, ao lado dela, para compreender e tentar entender a confusão que era sua existência.

We live in cities you'll never see on a screen
Not very pretty
But we sure know how to run things
Livin' in ruins of the palace within my dreams
And you know
We're on each other's team

Vivemos em cidades que você nunca verá na TV
Não são muito belas
Mas com certeza sabemos como lidar com as coisas
Vivendo nas ruínas do palácio dos meus sonhos
E você sabe
Estamos no mesmo time

Quando o refrão da música explodiu, todos cantamos a plenos pulmões, e era como o nosso hino — o hino dos corações partidos, dos adolescentes perdidos atrás de um propósito ainda desconhecido.

E posso afirmar com toda a certeza que esse foi um dos momentos mais profundos da minha vida — o instante em que você percebe que pode ser totalmente você mesmo perto de pessoas que te deixam bem, e percebe que essas pessoas sentem o mesmo em relação a você e acontece uma conexão de forma inexplicável. Depois de tanto tempo sozinho, eu sentia que tinha amigos.

Quando dei por mim, estávamos cantando os últimos versos do último refrão e Acácio estacionava o carro numa rua deserta, com uma pracinha que continha bancos de cimento de tinta descascada e brinquedos enferrujados bem ao lado.

— Preciso mijar! — anunciou ele, saltando do veículo às pressas e correndo para trás de uma árvore a poucos metros.

— Espera, seu porquinho! — Natália gemeu, saltando pra fora também e indo atrás de Acácio.

O locutor da rádio anunciava a próxima música quando o braço da Laís se ergueu dos bancos de trás e desligou o rádio, fazendo o ambiente mergulhar em um silêncio mórbido. Restamos eu, ela e um abismo invisível entre nós dois.

Por mais que eu sentisse que estava (assustadoramente rápido demais) gostando da Laís e a quisesse por perto, não conseguia evitar a noção de que ela ainda era uma total desconhecida.

— Precisamos conversar — ela afirmou.

Eu apenas podia sentir sua respiração pesada em minha nuca.

— Não acho que a gente tenha que conversar — eu disse, sem conseguir raciocinar direito.

Mas, afinal, o que haveria a ser dito? Talvez eu próprio não estivesse pronto para ouvir a verdade, caso ela e Henrique realmente tivessem tido uma história.

— Não seja rude —Laís sussurrou, parecendo abalada.

Bem, eu não achava que estava sendo rude. No máximo um tanto covarde, com medo de encarar a verdade.

Laís suspirou ruidosamente e deitou no banco de trás.

— Às vezes, acho que a solução para tudo isso seria morrer.

A frase dela me deixou sem ar, de um jeito angustiante.

— Pare de falar besteira! — exigi, mas minha voz tremeu e soou fraca.

Laís começou a chorar baixinho.

— É só que... têm horas que eu não consigo ver um horizonte legal para mim... Não consigo enxergar como posso ser feliz e... E não consigo deixar para trás as coisas que me fazem mal...

Eu não sabia o que responder para tentar ajudá-la e o meu silêncio estava soando terrivelmente incômodo.

— Eu fui estuprada. Quando era bem menina — ela falou na escuridão do carro, sua voz tão frágil como eu nunca havia escutado antes. — Foi meu avô. E quando descobriram, minha família toda meio que me culpou. Então, eu aguentei essa merda de vida por dez anos. Na minha cabeça, assim que eu fosse maior de idade entraria numa faculdade legal e sairia de casa, e, bem, encontraria a felicidade e a vontade de viver de novo... Mas tudo o que consigo fazer, desde que saí de casa, é me afundar mais e mais numa onda de tristeza que nem eu mesma entendo e consigo controlar...

A história de Laís me envolveu numa aura de choque e dor. Eu não conseguia ter dimensão do que ela sentia, nem de como era estar na pele de alguém que sofre um abuso desse tipo... Eu me senti mal e triste por ela. Mal e triste do tipo que faria um ser humano encarar praticamente tudo para evitar que a pessoa querida sofresse algo assim...

— E seus pais? — indaguei, ainda assustado. — Eles não te protegeram? Não ficaram ao seu lado?

— Meus pais morreram quando eu era bem nova. — Ela deu de ombros. — Acidente de carro. Os dois estavam juntos. Eu fiquei para trás, infelizmente.

Apesar de toda a tragédia, ainda tinha um fato que não me parecia certo.

— Laís, se era o seu avô que abusava de você, o que você fazia na casa dele? — perguntei, porque o cara estava cedendo a casa dele para fazermos uma festa. Não era possível que a relação dos dois hoje em dia fosse tão "familiar"!

Laís soltou um sorriso triste enquanto fungava forte.

— O senhor e a senhora Silva são avós de consideração. Na verdade, eram meus vizinhos quando eu era criança e, depois que eles se mudaram, mantive contato com os dois, porque sinto que eles são minha verdadeira família.

Nesse ponto, Acácio e Natália já voltavam para o carro, apostando corrida como duas crianças.

— Não comenta nada — ela sussurrou, com a boca bem perto do meu ouvido. — Ninguém sabe... —completou me dando um beijo molhado na bochecha.

Eu fiz que sim com a cabeça, de leve. Aquele era nosso segredo e eu iria guardá-lo para sempre. A questão de como a Laís e o Henrique foram acabar juntos na mesma cama ainda me incomodava. Mas acho que, por um dia, eu já estava chocado demais com o que descobrira.

— Para onde vamos agora? —Acácio perguntou, animado, entrando no automóvel.

— Nós moramos numa cidade de interior, Acácio. —Natália revirou os olhos. — Para onde você quer ir neste horário? Já está tudo fechado.

Eu encarei a todos, de repente, mais alegre.

— Não tudo. Minha festa de aniversário ainda está lá e... É *minha* festa. Acho que ela nos pertence.

Acácio deu um soco no ar.

— Estou começando a te amar, menino! — exclamou, já ligando o motor e dando meia-volta na rua.

Acabou que, no fim, a nossa fuga da festa não nos levou a lugar nenhum, mas a um lugar especial ao mesmo tempo. Apesar de não termos ido a um novo local físico, parecia que a cada segundo o elo de carinho que eu sentia pelos três, e, sobretudo, pela Laís, crescia rápido. Mas de uma forma diferente de como era antes.

Quando olhava para Laís, e o fogo de seu olhar, e seu cabelo quase avermelhado como a pelagem de uma raposa, e seus lábios que pareciam deter em si todos os segredos do mundo, e sua voz, meio rouca, meio frágil, e seu toque leve e descompromissado... tudo me fazia crer que ela era quase uma divindade. Mas não. Nos confins mais profundos, ela era apenas uma adolescente que se escondia justamente atrás dessa imagem de força, mas que estava tão quebrada como um vidro estilhaçado. Agora eu conseguia olhar para Laís e encontrar nela vários caquinhos do que era seu eu verdadeiro.

Na minha mente, a viagem de volta foi conturbada; imagens do Henrique em cima de Laís se confundiam com as de um velho passando a mão no rosto dela e um pedido imaginário de socorro... Fora dela, a viagem acabou sendo animada. Acácio, Natália e Laís cantavam e dançavam em seus bancos, parecendo estar se sentindo quase atropelados. Eu também me sentia assim, porém não de uma forma completamente boa...

Quando chegamos, já passava das três da manhã e a porta da frente da casa dos avós da Laís estava aberta. Montanhas de copos, guimbas de cigarros e até camisinhas estavam jogadas pelo gramado.

— Ainda bem que terei tempo para limpar tudo isso — foi o comentário da Laís, antes de soltar um risinho baixo. — Espero que ao menos os móveis não tenham sido tirados do lugar.

— Calma, amiga — tranquilizou Natália —, todos vamos ajudar, nós prometemos.

Eu e Acácio concordamos e todos saímos do carro e entramos na casa. O lado de dentro lembrava bem o lado de fora, embora um pouco pior devido aos farelos de Doritos que cobriam todo o chão como uma cortina de amarelo-vômito.

A Laís foi caminhando por todos os cômodos, dando uma rápida olhada, e quando voltou trazia uma vasilha de plástico branca cheia de Doritos.

— Como está o restante da casa? — Acácio quis saber.

Laís nos encarou com uma expressão engraçada.

— Uma completa merda! — E sentou no chão da sala, com as costas na parede.

Todos nos sentamos também, completando um círculo.

— Pensem pelo lado positivo — eu ponderei. — Ainda temos Doritos à vontade!

E assim passamos o resto da madrugada, sentados, conversando sobre a vida e revelando uns aos outros um pouquinho sobre assuntos mais pessoais. Falamos de pais, irmãos, namoros...

Descobri que Acácio tem dezenove anos, mora com seu namorado e sonha fazer faculdade de artes. Ele também tem uma relação conturbada com os pais, por causa da sua sexualidade, e mantém pouco contato com a família. É fã de música pop, adora seriados americanos e ganhou do seu namorado a caminhonete velha, de presente de Natal.

Sobre a Natália, fiquei sabendo que ela é rica, pois seus pais são donos de uma rede de pousadas e hotéis espalhados pelo Brasil, principalmente nas regiões litorâneas. Descobri que desde os quinze anos ela pinta o cabelo com cores diferentes, e que pretende ir morar nos Estados Unidos e estudar cinema.

O curioso é que quando Laís contava sobre sua vida, ela simplesmente ocultava o fato de os pais estarem mortos e todas as coisas ruins que já lhe aconteceram. Ela dizia fatos sobre sua vida, mas omitindo detalhes a todo momento.

Porém, fiquei feliz por já ter descoberto mais algumas coisas sobre ela: a) Laís havia trancado a faculdade, por achar que lá não estava o que ela procurava; b) morava sozinha em um apartamento perto do meu condomínio; c) a sua lista de ex-namorados só incluía caras considerados problemáticos.

Após algumas horas, o dia começou a clarear e eu falei que iria embora, mas que depois voltava para ajudar a limpar. Acácio e Natália decidiram dormir com Laís justamente para que não ficassem tentados a fugir do compromisso.

Despedi-me de todos e, quando estava atravessando o gramado, vi que Laís corria atrás de mim.

— Obrigada. — Ela pegou a minha mão e a prendeu na sua.

Eu sorri.

— Obrigado também.

Nós ficamos nos olhando por alguns segundos, e eu juro que poderia mergulhar no fogo daqueles olhos castanhos por toda a minha vida...

— Só quero que você saiba que... Bem... — A Laís mordeu o lábio, parecendo terrivelmente angustiada para dizer algo, e no final apenas bufou. — Tenha bons sonhos, garoto quase atropelado.

Eu sabia que não era isso o que ela queria dizer, mas não tive coragem, no momento, de pressioná-la a falar o que ela realmente gostaria de ter dito.

— Boa noite, cabelo de raposa — eu disse, e ela abriu um sorriso doce.

Nós nos olhamos por mais alguns segundos, eu absorvendo o máximo que podia daquele momento, e nos despedimos sem outras palavras.

10 de novembro

Meu sono foi conturbado, pontuado por imagens e vultos sem formas definidas, mas que a todo momento sussurravam os nomes da Laís e do Henrique. Provavelmente, era o fantasma das memórias ainda cravadas em minha mente, que me fazia reviver as sensações de vazio, desespero e ódio que se misturaram em meu coração.

Cheguei a acordar, mas sem erguer as pálpebras. E quando o fiz, encontrei meu quarto iluminado pela tarde ensolarada. Olhei para o lado e avistei o Henrique. Meu coração deu um salto. Toda a cena da noite anterior retornou e eu esperava ter mais tempo para pensar em como lidar com ele.

Henrique estava sentado na cadeira giratória em frente ao meu computador, com um prato de macarronada pousado ali perto.

— Bom dia — ele me disse, num tom de voz estranho.

Eu cocei os olhos, ainda afetados pela luminosidade do ambiente, e o encarei, me sentindo perdido.

— Bom dia — respondi, sem saber ao certo o que realmente deveria dizer.

Os acontecimentos da véspera ainda estavam vívidos demais para que eu tivesse conseguido formar uma opinião sobre o assunto.

Como eu deveria reagir? Na minha festa de aniversário, depois de tudo o que eu havia passado, vejo meu irmão quase estuprando a menina de quem eu gostava. Não há na vida um manual de como se deve agir em situações como esta. E eu ainda estava em busca da resposta...

— Eu trouxe seu almoço — ele me disse, apontando para o prato com a macarronada.

— Que horas são?

Henrique olhou seu relógio de pulso.

— Três e alguma coisa. Bem, você estava bastante cansado, suponho eu. Aliás, a que horas chegou em casa?

Bufei ruidosamente. Sério, eu não queria sustentar uma conversa com Henrique depois dos últimos acontecimentos. Nós nunca fomos amigos. Nunca mesmo. Por que agora ele estava ali, no meu quarto, com um prato de macarrão, quando, na verdade, a ordem natural das coisas dizia que deveríamos nos afastar ainda mais?

Henrique olhava constantemente para o chão, para mim, para a comida, para o chão de novo e para o nada. O incômodo entre nós dois era quase físico e palpável.

— Quero falar sobre ontem à noite — ele disse, quase como se as palavras estivessem brigando para não sair de sua boca. — Eu estava bêbado e...

— Não precisa dizer nada, Henrique — eu o cortei antes que continuasse. — Não quero realmente saber e...

— Eu não a conhecia. Ela veio aqui mais cedo, sem você saber, para avisar a nossa mãe sobre a festa, a gente se viu e ela me convidou também. E quando eu cheguei lá, nós bebemos mais do que deveríamos e... As pessoas perdem o controle quando estão afetadas pelo álcool. E foi o que aconteceu comigo. Morri de vergonha depois, porque nunca fiz nada parecido, mas é que eu estou me sentindo...

Ele se calou e aquela sensação desconfortável se instalou entre nós dois. No fim das contas, Henrique se levantou, pronto para sair do meu quarto.

— Só quero que você saiba que somos irmãos e que sempre vou estar perto para te proteger. Foi mal ter me comportado como um idiota...

— Você se sente perdido, Henrique — eu disse, antes que ele fosse embora. — Assim como eu, e acho que grande parte das pessoas do mundo. Estamos em busca de uma direção, não?

Ele me olhou e sorriu no fim.

— Você é bem inteligente para a sua idade!

— Acho que só enxergo as coisas por outra perspectiva — afirmei, com sinceridade.

Henrique assentiu.

— A gente se vê, e caso precise, estou aqui.

E o Henrique me deixou ali sozinho com um inesperado "Eu te amo, irmão" preso na garganta.

Mais tarde, após almoçar e tomar um banho para despertar, fui caminhando até a casa do casal Silva.

Depois de saber, pelo meu irmão, que o que aconteceu entre ele e a Laís foi algo meramente casual, senti uma vontade quase doentia de vê-la, e... sei lá, ficar por perto de sua presença magnética.

A verdade era que eu ainda não havia digerido o fato de Laís ter sido abusada pelo avô... Eu sentia raiva dele sem nem ao menos conhecê-lo e acho que essa inquietação só diminuía quando eu estava perto dela, como se de alguma forma eu pudesse vir a protegê-la de males futuros.

Quando cheguei diante do quintal dos avós da Laís, encontrei o gramado verde completamente limpo e a casa numa energia harmoniosa que me surpreendeu.

Aproximei-me da porta da frente e bati na madeira algumas vezes. Nada de resposta. Depois de algum tempo, toquei a campainha exaustivamente, afundando o dedo até uma dor aguda começar a alfinetar minha pele. O desespero se alastrou. E só então minha consciência me permitiu enxergar que Laís já havia ido embora — seu carro não estava mais na garagem.

Laís partiu, sabe-se lá para onde, e eu fiquei para trás.

Eu sempre ficava para trás...

Voltei para casa e retomei a leitura de *Pé na estrada* e, por mais que a leitura estivesse me distraindo, em vários momentos torci com todas as minhas forças para que o caminho da Laís logo cruzasse o meu.

11 de novembro

Acordei de manhã com o barulho da minha mãe ao telefone; ela falava rápido, já vestida com um terninho azul-marinho, o cabelo penteado e a expressão nervosa. Quando notou que eu estava acordado, despediu-se da pessoa do outro lado da linha e se sentou na pontinha da minha cama.

— Problemas urgentes. — Ela passou a mão na minha cabeça. — Preciso ir correndo para São Paulo, verificar alguns pontos da última campanha de marketing que acabou não saindo como o planejado...

Minha mãe era uma das diretoras de marketing de uma grande multinacional, portanto, viagens repentinas como essa aconteciam muito.

— Tudo bem — eu disse, ainda sonolento.

Ela me deu um beijo na testa e fez sua tradicional lista de recomendações, que eu já tinha decorado: se sair, não volte tarde para casa; não brigue com seu irmão; não use drogas; não beba álcool em excesso; não isso e não aquilo; e, no finalzinho, um eu te amo e o abraço mais apertado do mundo.

Depois que minha mãe pegou um táxi na porta de casa, desci as escadas e fui para a cozinha, sedento por um copo de café. Lá, encontrei meu irmão. Ele ainda estava de pijama — que, no caso dele, se resumia a uma cueca samba-canção com estampa de carrinhos — e o jornal do dia encobrindo seu rosto.

Sentei-me à mesa da cozinha, quieto e ainda afetado pelo sono, e me servi de uma xícara de café e uma torrada com margarina.

Eu estava comendo quando Henrique, de repente, baixou o jornal e me olhou com os olhos arregalados e, em seguida, fez um movimento rápido em minha direção, que me causou um frio na barriga. E falou alto:

— Olha isso aqui! — E me passou o jornal ao mesmo tempo em que me perguntava: — Esse não é o seu amigo? O da sua festa de aniversário? — indagou, com o dedo indicador sobre uma foto ali na matéria.

Eu segurei o jornal e foi como se a página de papel pesasse quilos. Lá estava a manchete, em uma letra tão preta e grande que me parecia um chute nas costelas:

ADOLESCENTE É AGREDIDO NA RUA POR HOMOFÓBICOS

E mais abaixo, ao lado das pequeninas letras que formavam a matéria, uma foto em preto e branco de Acácio, o James Dean não tão bonito, com o rosto todo marcado e machucado.

Meus olhos se encheram de lágrimas e, sem que eu dissesse palavra alguma, Henrique apenas se levantou.

— Eu te levo ao hospital.

Largamos tudo ali e pegamos o carro. Chegamos lá em menos de quinze minutos. Henrique estacionou o carro bem próximo da entrada.

— Obrigado — eu disse, já abrindo a porta e pulando para fora. — E não precisa me esperar.

— Qualquer coisa, me liga.

Eu fiz que sim com a cabeça.

Henrique foi embora e eu corri para dentro do hospital. Meu coração estava preenchido com ansiedade, preocupação e raiva.

Para tentar driblar toda a burocracia, quando cheguei ao balcão menti que era irmão de Acácio e que precisava vê-lo com urgência — se alguém da família dele já estivesse lá, meu plano estaria arruinado, mas arrisquei; e, para minha surpresa, a recepcionista apenas informou o número do quarto e o andar onde ele estava acomodado. E lá fui eu, com o temor me devorando.

Subi pelo elevador e logo encontrei o quarto, porém, parei um instante diante da porta. A ficha do que tinha acontecido ainda não havia caído e um medo inesperado se alastrou — eu estava revivendo um pesadelo que me assombrara e trouxera consequências trágicas, seis meses antes. Lágrimas se formaram em meus olhos, mas insisti em secá-las antes que caíssem pelo meu rosto. Acácio precisaria de força.

Respirei fundo e entrei.

Ele estava sozinho no quarto e, conforme me aproximei, ele pôde me ver por trás de todas as marcas roxas em seu rosto, por trás de todo o inchaço e do sangue seco. Acácio abriu um sorriso. O mesmo sorriso do James Dean.

— Oi, cara de bunda — ele me cumprimentou, o sorriso torto ainda no rosto. — Pare de me olhar assim, se não vou te obrigar a pagar minha cirurgia...

Eu ri, mesmo com vontade de chorar.

— O que aconteceu? — perguntei, a minha voz saindo tremida.

Acácio piscou algumas vezes. Tentava parecer bem, mas eu sabia que não estava.

— Até agora não sei... Minha memória ainda está estranha... Lembro que eu e o meu namorado, o Alex, estávamos saindo de uma boate, quando fomos abordados por uns cinco caras, ou seis, não sei bem... Eles começaram a nos ofender e depois a xingar, do nada... Aí só me lembro de ver o Alex correndo e eu já no chão, depois de levar alguns socos, sentindo tantas partes do meu corpo doerem que pensei que não fosse resistir... E aí, acordei nesta cama, no hospital.

Ouvir aquela covardia fez meu pulso se fechar e senti como se todo o meu sangue tivesse subido para a cabeça. Só conseguia pensar em quais seriam as razões que levavam algumas pessoas a se sentirem tão incomodadas a ponto de agredir outra que nem conhecem, apenas por ela pensar ou agir diferente. Era um daqueles momentos em que você sente verdadeiro nojo do mundo.

— Mas agora você vai ficar bem. — Eu segurei a mão dele que não estava machucada.

Acácio apertou meus dedos, quase com medo de que eu pudesse ir embora.

— E as meninas? — ele indagou. — Alguma delas está aqui ou sabe o que houve?

Eu apenas dei de ombros. Será que soaria muito ridículo se eu dissesse que ainda não tinha o contato da Laís?

— Fiquei sabendo de você pelo jornal... Aí vim pra cá. Mas acho que elas não devem saber de nada, se não já estariam aqui também... — Então olhei pelo quarto vazio e acabei perguntando: — E a sua família?

Assim que falei aquilo, me arrependi. Senti Acácio digerir a pergunta com dificuldade.

— Er...

— Não precisa responder — eu me apressei em dizer. — Desculpe por ter perguntado.

No fim das contas, ele apenas sussurrou um fraco "Obrigado" e não me respondeu mesmo.

Puxei uma cadeira para perto da cama e ficamos conversando por um longo tempo sobre outros assuntos que fugiam dos temas família e agressão. Acácio me contou sobre as cantoras de que gostava, os shows a que já fora — que são muitos —, os livros preferidos e seus namoros malsucedidos.

Eu, na verdade, só podia debater sobre música e livros; quanto ao resto, apenas me fazia um bom ouvinte; e era ótimo ouvir as histórias do Acácio. Nós só parávamos de falar quando alguns policiais entravam no quarto para fazer uma nova leva de perguntas sobre os agressores ou alguma enfermeira vinha perguntar como ele estava e trocar algum curativo.

Quase no fim do dia, quando eu já me preparava para ir embora, um médico veio vê-lo. Ele parecia ter menos de cinquenta anos, porém seu cabelo branco e a expressão rude e cansada o faziam parecer mais velho. O doutor me cumprimentou com um aceno de cabeça e falou que Acácio estava de alta do hospital. Ele explicou que os ferimentos tinham sido superficiais e que seus exames indicavam que estava tudo bem. Agora era só questão de tempo para se recuperar completamente.

Fiquei indignado com tamanha frieza. Acácio ainda não se sentia tão bem, estava com dores e precisando de alguma ajuda psicológica. Ele queria permanecer no Hospital. Mas o médico apenas o encarou por cima dos óculos redondos de coruja e disse numa voz grave:

— Meu filho, isto é um hospital público. Aqui não é casa de refúgio para cuidar de gays. Há outras pessoas precisando desse leito.

Resmungando pelo canto da boca, o médico deixou o documento da liberação em cima da cama, sobre o lençol fino que cobria um Acácio humilhado. Então, ele se virou e falou, enquanto andava em direção à porta:

— Você não tem para onde ir? Porque, se for o caso, chamo a assistência social e...

— Ele tem casa — eu o cortei.

O médico me olhou, surpreso, e soltou um riso debochado.

— Sim, sim... Vocês são *namorados*?

O tom de deboche dele me deu ainda mais raiva.

— Sim, nós somos namorados e nós trepamos muito. Temos dois pintos disponíveis, na verdade, o que é muito bom!

E, então, o médico, chocado com a minha franqueza, soltou um suspiro pesado e saiu do quarto.

— Preconceituoso! — xinguei, ainda furioso, assim que a porta se fechou.

Acácio apenas riu.

— Não acredito que você disse essas baixarias — ele disse, ainda rindo.

Meu rosto queimou de vergonha.

— Eu faria qualquer coisa para calar a boca daquele idiota. — E ri também.

Acácio concordou com a cabeça.

— E você conseguiu, garoto quase atropelado! Com uma mestria invejável.

Nós rimos mais um pouco, mas em seguida Acácio voltou a assumir um semblante tristonho e derrotado que o médico havia provocado nele com aquele tratamento. Eu decidira que não o deixaria na mão, só não sabia ainda o que fazer. Até que um pensamento me ocorreu e eu nem pestanejei:

— Acácio, por que você não vai lá pra casa? É um convite, sem data pra sair.

Ele me encarou, surpreso.

— Mas você precisa primeiro falar com a sua mãe, não?

Então, expliquei que ela estava viajando a trabalho e que, quando isso acontecia, minha mãe costumava demorar, no mínimo, uma semana para voltar. E que mesmo assim eu iria falar com ela por telefone, apesar de ter certeza de que ela não veria nenhum problema nisso e ficaria até feliz por eu estar perto de um amigo.

— Não sei se eu devo… Tenho medo de acabar sendo um incômodo.

Revirei os olhos.

— Claro que não, Acácio! Se eu estou convidando é porque já conto com isso. — E soltei uma gargalhada.

Acácio encolheu os ombros, fazendo uma careta.

— Não estou em condições de ficar fazendo charme. Então, aceito. Mas que fique claro que quando eu começar a ser um peso, quero que me avise, sem rodeios.

Concordei apenas para que ele aceitasse o convite de uma vez.

— Preciso apenas passar na casa do meu namorado antes… Minhas roupas estão todas lá — Acácio me disse e eu concordei.

— Posso ligar para o meu irmão, pedir pra ele vir nos buscar e a gente passa lá…

Acácio apenas fez que não com a cabeça.

— Iremos de táxi. Eu prefiro.

Minhas sobrancelhas se arquearam sem querer.

— Não entendi…

Acácio trincou os dentes ao forçar seu corpo a se sentar na cama, para enfim se colocar de pé. Ele me olhou, sério.

— Você vai entender.

Acácio vestiu suas roupas, assinou a documentação de liberação e pegamos um táxi. Em poucos minutos saímos do centro em direção ao subúrbio. Ele teve de indicar o caminho ao taxista a partir de certo ponto; e então começamos a percorrer ruelas sujas, abandonadas pela administração pública. Eu tentava não transparecer o que sentia para ele não ficar sem jeito, mas não consegui; era tudo meio assustador.

— Não vai durar muito —Acácio disse, e eu me forcei a mudar de expressão para que não ficasse tão visível o meu desconforto. Ele precisava de um amigo.

O taxista então parou o carro numa casa amarela de tinta descascada e com uma quantidade considerável de lixo à porta.

— Você entra comigo? —Acácio me perguntou, baixinho.

Eu sentia o temor em sua entonação e apenas respondi com um aceno de cabeça, temendo que a minha voz soasse tremida demais.

O taxista disse que nos esperaria e, então, fomos em frente.

Acácio ainda tinha alguma dificuldade para caminhar; basicamente, ele estava com um olho roxo, havia três pequenos cortes distribuídos nas regiões da barriga, no peitoral e nas costas, e também sentia dor em uma das pernas.

Ele abriu a porta e nós entramos. Percebi logo se tratar daquelas casas feitas para pessoas que moram sozinhas, que são muito organizadas e nada espaçosas — o imóvel consistia em um banheiro minúsculo, de onde saía um odor desagradável, um cômodo contendo uma cama de casal e um armário, e, no canto, um minúsculo espaço onde só cabia uma pia, um fogão e uma pequena geladeira.

Roupas, edredons, revistas e todo o tipo de lixo se encontravam espalhados pelo chão. Era claustrofóbico, sem exagero nenhum.

Acácio me olhou, meio querendo rir, meio se sentindo envergonhado.

Eu apenas o empurrei de leve no ombro.

— Vamos pegar o que você precisa! — eu disse, rindo, tentando trazer um pouco de leveza pra situação.

Ele arranjou um saco plástico e começou a enfiar lá dentro algumas peças de roupa.

— Bem que você podia me ajudar! — sugeriu, agachado no chão.

Para que tudo aquilo acabasse mais rápido, eu também peguei um saco plástico e me ajoelhei. A primeira roupa que alcancei foi uma camiseta rosa com estampa do Mickey, mas logo Acácio tratou de tirá-la da minha mão e jogá-la para longe.

— Essa não é minha — se justificou ele.

Ergui as mãos, dramaticamente.

— Perfeito! E como vou saber quais roupas são suas?

Ele me fitou com uma sobrancelha erguida.

— As minhas roupas são fashion e modernas. Não as apertadinhas e cor-de-rosa!

Acabei deixando escapar uma risada.

— Mas pra mim isso tudo parece meio gay — respondi, mais por provocação.

Acácio revidou me empurrando com o pé, e eu cai, como uma gelatina no chão de roupas sujas.

Foi nesse ponto que a porta se abriu ruidosamente e uma tensão começou a se alastrar pelo recinto.

Um homem de corpo definido, dentro de uma camiseta verde e calça jeans, cabeça rapada e com uma tatuagem de serpente que começava no ombro e terminava onde os panos da camiseta escondiam, entrou na casa. Eu o reconheci como um dos convidados da minha festa de aniversário. Achei que ele devia ser o tal Alex, o namorado do Acácio.

— Acácio! — ele exclamou, se ajoelhando na frente dele e o tomando em um beijo quente e impulsivo.

Eu nunca havia me sentido tão deslocado na vida. Então, Acácio empurrou Alex para longe de si.

— Não encoste mais em mim! — E Acácio passou para as minhas mãos os dois sacos plásticos que ele entupiu de roupas. — Você foi um covarde correndo e me largando lá sozinho, sem socorro! — As lágrimas dele já serpenteavam pelo seu rosto machucado. — Eu podia ter morrido!

E eu senti uma profunda pena de Acácio naquele instante, porque aquilo era a mais pura verdade. Ele poderia estar morto. Nem consigo imaginar se a situação fosse comigo e eu tivesse sido abandonado pela Laís, apenas podendo contar com minha própria sorte. Apesar de que acho que ter ido embora da casa dos avós, sem ao menos ter me esperado para dizer um tchau, era uma forma de abandono também...

— Eu sei — Alex disse. — Mas fiquei assustado! O que eu poderia fazer? Eu poderia morrer também...

Acácio fungou num misto de raiva e choro.

— Eu nunca te abandonaria! Nunca!

— Mas o importante é que você está vivo. — Alex ainda tentava transpor a barreira de mágoa construída por Acácio. — E aqui, comigo!

Acácio abriu um sorrisinho torto e debochado por trás das lágrimas que lhe molhavam o rosto.

— Não mais, Alex. Não mais. — Ele então fez sinal para que fôssemos embora e eu me apressei em chegar perto da porta.

Aquela situação, com minha presença silenciosa naquela discussão, não tinha como ficar mais embaraçosa.

— Eu não acredito que você está indo embora! — Alex gritou, transtornado.

— É a lei da vida, Alex! — Acácio rosnou, com ódio. — Um dia você abandona, no outro você é abandonado!

Eu não vi, apenas escutei Alex socar alguma coisa perto dele.

— Está certo! — disse ele, ácido e furioso. — Vai embora mesmo da minha casa! Mas lembre-se de que quando seus pais lhe viraram as costas, fui eu quem abriu as portas da minha casa para te receber! Eu que te recebi, seu ingrato! Seu grande saco de merda!

Eu queria sair dali, mas não deixaria Acácio ouvir aquilo sozinho; porque em vez de revidar as ofensas, de alguma forma ele apenas ficava lá, fitando o tal do Alex com os olhos vazios. Parecia chocado e magoado demais para esboçar algum tipo de reação.

— Nem sua família te aceitou! Seus pais te odeiam e pensam que você é a droga de uma aberração da natureza! Eu também poderia achar isso, mas sei que no fundo você não é nada mais nada menos que um traidor de bosta que eu quero longe de mim! Arrume outro homem para você! Seu egoísta! Seu grande…

Agradeci a Deus quando tive o impulso de abrir a porta e puxar o Acácio comigo, deixando Alex gritando sua enxurrada de palavrões lá dentro.

Acácio quase morrera porque Alex o deixou sozinho para ser espancado por um grupo de brutamontes que não tinham nenhum respeito pela vida do próximo. O que ele esperava? Que Acácio se sentisse grato?

Eu e o meu amigo sentamos no banco de trás do táxi e eu forneci meu endereço ao motorista. Assim que ele deu a partida, Alex apareceu na porta, dando continuidade ao escândalo que parecia ser o último recurso para lidar com o troco que recebera: ser igualmente abandonado.

Fiquei pensando nessas pessoas que começam um relacionamento, mas que, de repente, quando as coisas não acontecem da exata forma como esperavam ou queriam, começam a mostrar seus verdadeiros pensamentos ou tentam diminuir os outros apenas porque estão se sentindo inferiores. Eu odiava esse tipo de gente.

Demorou menos de um minuto para que Acácio deitasse a cabeça nas minhas pernas e chorasse em silêncio pelo resto da viagem.

Quando enfim chegamos em casa, devoramos comida *delivery*, e em seguida eu levei Acácio até o banheiro para tomar um banho e colocar roupa limpa. Aproveitei então esse tempo e liguei para minha mãe, para explicar a situação.

Ela ficou chocada, pois, mesmo sabendo que essa violência acontece todos os dias, quando nos deparamos com o problema tão perto de nós, o susto é grande e parece que estamos diante de um furacão.

Ela imediatamente se solidarizou com a ideia de ele ficar conosco por algum tempo. Houve apenas um momento estranho em que ela começou a relacionar o ocorrido com o que acontecera ao meu melhor amigo meses atrás, porém, eu a cortei logo — aquele ainda era um assunto difícil pra mim —, e encerramos a ligação.

Assim que Acácio saiu do banho foi a minha vez. E enquanto eu apenas deixava a água gelada bater nas minhas costas e quebrar a tensão adquirida durante o dia, só pensava em uma coisa: se o fato de uma pessoa ser gay já é difícil num mundo em que tudo é voltado para os héteros, por que a sociedade têm que tornar tudo tão mais complicado? Será que não é possível conviver com as diferenças?

Imaginei que naquele exato momento uma pessoa devia estar sendo agredida só porque não se enquadrava nos padrões de um grupo; pode estar pondo fim à própria vida porque não se sente normal ou aceita... A ignorância é outra marca deste mundo e nos coloca a qualquer momento num grupo de minoria, seja pela cor, pelo peso, pela origem, orientação sexual, pela introspecção... Que merda!

Procurei não pensar mais sobre isso e, após o banho, fui para o meu quarto. A gente sempre teve um colchão reserva, então, foi fácil colocá-lo ao lado da cama. Arrumei esse colchão para mim e ofereci minha cama para Acácio, pois, com seus machucados e hematomas, se abaixar e levantar poderia ser algo doloroso.

Mas ele disse que não era problema e se recusou a aceitar, afirmando que aquilo já seria um absurdo. Como percebi que Acácio não mudaria de ideia e eu já estava caindo de sono, desisti, para que não discutíssemos. Apenas apaguei a luz do quarto e deixei meu corpo cair sobre os lençóis.

Então, ali, deitado em minha cama, com Acácio logo abaixo, pensei na loucura que era a vida: de um mero estranho apenas alguns dias atrás, agora Acácio era um amigo, que dormia e morava — ainda que provisoriamente — na minha casa.

— Acácio? Já está dormindo?

— Ainda não.

— Que bom… Eu estou morrendo de sono, mas minha mente não me dá trégua. Sabe como é?

— Sei, mais ou menos. Na maioria das vezes eu procuro não pensar muito.

— Ah, sim… Mas então… Eu estava pensando umas coisas e queria te fazer algumas perguntas. Você se importaria?

— Contanto que não seja nada relacionado ao universo gay… Porque, sabe, você insinuou que tínhamos uma relação e…

— Esquece isso, por Deus!

Ele riu.

— Faça suas perguntas!

Hesitei por um breve segundo.

— Você e a Laís… Como vocês se conheceram?

— Ah… Essa é uma longa história, mas foi assim que eu comecei a sair mais à noite, visitar boates… Numa dessas vezes, Laís estava bêbada, com um grupo de amigos bem alternativos, e ela queria que eu ficasse com um amigo dela. Na hora não me interessei muito pelo cara, então nossa conversa foi looonga… E assim percebemos uma afinidade enorme entre nós e viramos amigos.

— E ela conseguiu te convencer a ficar com o amigo dela?

— O amigo dela era o Alex…

Não pude evitar um sorriso.

— Além de ter feito você ficar com o menino, vocês ainda moravam juntos! A Laís sempre consegue o que quer, não é?

— Eu, sinceramente, não sei… Acho que por trás de toda pessoa que parece poderosa existe alguém bem frágil e com a alma cheia de buracos.

Lembrei-me da questão do estupro, que Laís me confidenciou dias atrás. Isso deve ter deixado a alma dela com uma infinidade de buracos.

— Bem, eu vejo você como uma pessoa poderosa, confiante — eu afirmei, com sinceridade.

— É. Por esse motivo foi que eu disse isso. Sinto que minha alma tem tantos buracos de dor que é quase como se não restasse mais nada.

— Que triste… — Eu me senti mal por ele.

— Isso é a vida, acho.

— Mas será que não tem nada que você possa fazer para tapar os buracos da sua alma?

— Quem sabe, né? Eu ainda estou nessa busca… No entanto, creio que seja uma jornada longa e sem resposta definitiva. Acho que, anos atrás, dois amigos discutiram esse mesmo tema e daqui a muitos anos outros amigos irão discutir sobre a mesma coisa e chegarão a uma conclusão parecida. É que estamos falando de coisas centrais na vida de uma pessoa e, fora a loucura de cada um de nós, há um mundo com um monte de gente que reage diferente e interfere também nas nossas vidas... Acho que isso é uma busca sem fim.

— Ainda estou perdido...

— Você é estúpido, ou o quê?! — Ele riu. — A conclusão é que todo o mundo fica perdido e a vida é uma grande merda!

— Não seja tão dramático!

— Não é drama, cara! Olhe para mim, por exemplo. Meu namorado me deixou para ser atacado por uma gangue de pit bulls humanos. Minha família me expulsou de casa com dezoito anos quando soube que eu era gay. Meu sonho de fazer faculdade de artes ficou para trás e o que me sustenta é o pouco dinheiro que minha avó consegue me dar, o que garante que eu apenas não passe fome. Bem, essa pra mim é uma boa definição de uma vida de merda.

Aquele resumo era mesmo triste e doloroso.

O silêncio e a escuridão ganharam força no meu quarto e eu não fazia a mínima ideia do que seria estar no lugar dele.

— Eu sinto muito — disse.

Acácio virou o rosto para o lado e puxou o edredom até abaixo do nariz.

— Eu também.

Mais silêncio.

Algo martelava na minha cabeça desde o instante em que eu e Acácio saímos da casa dele. Só agora, porém, o pensamento começava a se formar na minha cabeça e por mais que eu tentasse, não conseguia deixá-lo de lado.

— Acácio?

— Oi.

— Eu estava pensando sobre o seu relacionamento com aquele cara...

— O Alex?

— O único que me foi apresentado.

Ele riu.

— Era o único que eu tinha, também.

— Então... A forma como tudo aconteceu... Não que isso seja da minha conta, mas ele te abandonou, mesmo numa situação de perigo.

Talvez algo mais grave tivesse acontecido... Você poderia ter morrido... Eu queria muito que o mundo fosse um lugar bom e calmo, e que oferecesse o mínimo de condições básicas a todos os seres humanos, mas não é assim que funciona, né? O mundo é cruel. Cruel demais. E só o que o faz valer um pouco a pena são as pessoas com as quais convivemos e que conhecemos, que nos fazem bem e nos ajudam a suportar as coisas ruins. Ele nunca deveria ter feito o que fez. Vocês namoravam, moravam juntos e tinham um elo. O Alex, ao se encontrar numa situação de perigo, logo se agarrou aos seus sentimentos mais egoístas e deixou você para enfrentar tudo sozinho... Só que na minha visão isso ainda nem é o pior. O pior de tudo, no fim das contas, é que ele, ao ver a merda que fez e o estado em que você ficou, na hora em que estava buscando suas coisas, em vez de se desculpar, achou que estava com alguma razão e te tratou mal daquele jeito. Pra mim, ele devia ter feito tudo o que fosse possível para provar seu amor e ser perdoado por você... Justamente o oposto do que fez.

Respirei fundo, me sentindo muito mais leve depois do desabafo. E continuei:

— Pra ser sincero, em minha opinião, esse cara é que é o verdadeiro pedaço de merda na história. Você merece alguém muito mais legal que ele! Na verdade, Acácio, você é o cara mais corajoso que eu já conheci... E diante de todos esses fatos, fica claro que nós não podemos controlar o sentimento que a outra pessoa vai entregar pra gente... Mas podemos escolher se esse sentimento é bom o suficiente para nós. E eu acho que você merece o cara mais legal desta bosta de mundo!

Aí, fiquei quieto e o silêncio voltou a cair sobre o quarto.

— Acácio? — chamei, mas ninguém respondeu.

Olhei para baixo e constatei que Acácio havia adormecido. Nem sei em qual parte ele parou de me ouvir.

— Bem, boa noite — eu disse, mesmo assim.

Virei-me para o lado e tentei dormir também. Sem sucesso. Minha mente continuava acelerada, então, estou aqui escrevendo.

Não tenho o costume de rezar, mas quando eu o fizer, lembrarei de pedir que o mundo conspire para que o gay-mais-legal-do-mundo, que estará também chateado com o seu ex-namorado babaca e se sentindo solitário e triste, encontre o Acácio. Ele merecerá essa pessoa.

12 de novembro

Meu sono foi conturbado, e a todo momento imagens da agressão que o Acácio sofreu vinham à minha mente em um fluxo constante. Quando decidi interromper esse ciclo de sonhos horríveis, já eram quase quatro da tarde (!!!) e desci para tomar café. Acácio ainda dormia, e achei que era melhor deixá-lo em paz. Pensei em quanto tempo fazia que ele não tinha uma noite tranquila de sono.

Ao descer as escadas, não encontrei o Henrique. Ele já devia ter saído para se encontrar com algum amigo ou uma nova namorada.

Eu estava sem fome, mas mesmo assim me servi de um pedaço de bolo de milho para acompanhar a xícara de café (meu vício), enquanto minha mente vasculhava imagens e lugares tentando imaginar aonde a Laís poderia estar agora, com quem e por quê.

Após alguns minutos, Acácio apareceu no topo da escada. O inchaço de seu rosto havia diminuído consideravelmente.

— Bom dia — eu o cumprimentei, enquanto ele descia os degraus.

— Não me diga bom dia, por favor! — Ele ergueu a mão em sinal de "pare". — Apenas me diga o que você pode fazer para o meu dia se tornar um bom dia.

Encolhi os ombros.

— Hoje só estarei disponível depois das sete — falei para ele.

Acácio me encarou.

— Posso saber por quê?

Fiz que sim.

— Venho me tratando com uma psicóloga há alguns meses. Hoje é dia de sessão, ou seja…

Ele se sentou à minha frente e bebericou um pouco de café.

— E por que você tem sessões com uma psicóloga? — ele quis saber.

— Eu, Laís e Natália somos tão mais problemáticos que você e não vamos a nenhuma.

— Talvez seja esse o motivo de continuarem problemáticos!

Acácio me mostrou a língua.

— E não é que eu seja problemático — continuei. — É que ela está me ajudando a fechar algumas portas que deixei abertas no passado…

Acácio arqueou uma sobrancelha, debochado.

— Que poético e misterioso…

Aproveitei seu comentário final como a minha deixa. Subi as escadas, tomei um banho, me arrumei e, antes de sair de casa, fiz tudo o que pude para deixar Acácio à vontade: emprestei-lhe meu notebook, entreguei-lhe o controle da TV a cabo e o apresentei à despensa e à geladeira.

— Obrigado — ele disse, parecendo verdadeiramente à vontade na minha casa.

Fui então para a psicóloga, me sentindo tranquilo quanto a ele, ouvindo o CD *To Lose My Life* da banda inglesa *White Lies* pelo celular, e grato porque o sol encoberto pelas espessas nuvens no céu tornava minha caminhada agradável.

A Cristiane, minha psicóloga, é a responsável por eu estar escrevendo este diário. Desde o início das minhas sessões, lá em meados de julho, ela vinha tentando me convencer de que isso me ajudaria. Recusei-me a escrever até o final de outubro, quando percebi que eu, simplesmente, não teria nada a perder por, ao menos, tentar.

Ela então me entregou o diário e pediu que eu escrevesse nele todos os dias durante o mês de novembro, sobre qualquer coisa — minha rotina, meus sentimentos, meus medos, meus momentos alegres e tristes.

O mais interessante disso tudo é que entre julho e outubro, o período em que resisti a escrever, pareceu que a minha vida tinha sido congelada para a chegada desse momento em que conheci Laís, Acácio e Natália, quando eu percebi finalmente que poderia voltar a viver. De julho a outubro, eu apenas respirei. Não tinha felicidade em mim, nem vontade de fazer coisa alguma. Desliguei-me do mundo e acho que de mim mesmo. Optei por ficar escondido numa caverna de dor e solidão e estava satisfeito lá. Agora, embora ainda não tenha me reencontrado, sei, sem dúvida nenhuma, que estou no caminho certo para sair dessa caverna...

Após quinze minutos de caminhada, cheguei ao consultório da Dra. Cristiane, um pouco antes do horário, mas não vi problema, visto que lá é um ambiente bem agradável. As paredes são pintadas de branco, há vasos de flores espalhados aqui e ali, e uma pilha de gibis antigos da Turma da Mônica que leio, releio, e sempre me distrai.

Porém, hoje, ao chegar, tive uma grande surpresa. Logo que entrei na sala de espera, reconheci uma pessoa.

A Natália, a menina de cabelo roxo, estava sentada no sofá preto de três lugares. Ela usava um vestido vermelho floral que terminava na altura das coxas, um All Star vermelho e óculos de sol de tamanho extravagante, de armação azul, preso em cima da cabeça.

— Oi… — cumprimentei, cauteloso, sem querer assustá-la.

Natália me encarou e, mesmo com todo o meu cuidado, seus olhos pareceram estar a ponto de saltar das órbitas.

— Você?! Aqui?!

Eu a entendia: ninguém fica confortável em ser encontrado por um conhecido no consultório de um psicólogo. E muita gente, erroneamente, pensa que só pessoas meio piradas se consultam com psicólogos.

— É. Nós dois aqui — respondi, sentando ao lado dela.

A Natália respirava tão ruidosamente que tive pena dela. Aquela devia ser uma das suas primeiras sessões.

— Fique tranquila — falei, sem conseguir me conter. — Ninguém vai saber que eu te vi aqui.

Ela sorriu, nervosa.

— Não se preocupe. Não estou aqui por mim. Estou apenas esperando uma amiga que veio se consultar e queria minha companhia.

A Natália era péssima mentirosa. Eu podia detectar os tropeços na sua voz.

— Tudo bem — limitei-me a dizer.

Natália ficou lá, suspirando e respirando com dificuldade. Ela pegou o celular, abriu as mensagens, não leu nenhuma e depois guardou o aparelho na bolsa, de novo.

— É, não tem amiga nenhuma — ela confessou. — Sou eu que estou me consultando com a psicóloga… Na verdade, é a minha segunda vez aqui. Meus pais me forçaram a vir e…

Concordei com a cabeça.

— Passei pela mesma coisa. Eu vinha obrigado. No começo, também não gostava… Mas hoje, percebo que me faz bem. Acho que se não fossem essas sessões, eu continuaria fechado no meu mundo, apenas vendo a vida passar sem conseguir interagir.

Natália sorriu, ajeitando uma mecha do seu cabelo roxo atrás da orelha.

— Fico feliz por você. Espero que ela possa me ajudar também. Eu… — Esboçou um sorriso amarelo. — …estou enfrentando alguns problemas.

Eu a olhei, e Natália me fitou bem fundo nos olhos, ao mesmo tempo que fazia um gesto de enfiar o dedo indicador na boca. Demorei para associar a imagem, até que uma palavra se formou em minha cabeça.

Bulimia.

Minha boca se abriu, mas não soltei nenhuma palavra.

A Natália deu de ombros, melancólica.

— É, as pessoas ficam mesmo chocadas... Estou acostumada com os olhos assustados e algumas frases piedosas. Todo o mundo sabe que existe, mas não conhece quem passa por isso.

Assenti. Natália tinha toda a razão. Era exatamente assim como eu me sentia.

— Olha, Natália, sabe o que me deixa realmente chocado? É que eu te acho linda — afirmei, com toda a sinceridade. — Seu estilo, seu rosto, seu cabelo, seu corpo. Tudo tem uma harmonia bem... completa. E não consigo imaginar você tendo que fazer... *isso*... para se sentir melhor ou qualquer coisa que seja. Você já é... ótima, desse jeito.

Natália baixou os olhos para seus pés.

— Não precisa falar isso para me agradar... Eu tenho espelho.

A frase dela soou afiada demais.

Lembrei-me então de que alguns distúrbios alimentares têm a característica de fazer com que a pessoa tenha uma imagem distorcida de si mesma. Fiquei péssimo por ela.

— Sei que você pode não acreditar, mas eu realmente te acho muito atraente. Mesmo — acabei soltando, sem pensar muito.

Natália me encarou, ainda incrédula, mas apenas assentiu; acho que para que eu parasse de perturbá-la.

— Não é apenas por causa disso que eu... vomito. É como se o mundo só funcionasse pra mim se eu estivesse mais magra... É como se vomitar fosse a única coisa que ainda tenho sob o meu controle... Eu sei que não é saudável. — Ela encolheu os ombros magros. — Mas é inevitável.

Eu não sabia o que responder, de verdade. Não tinha noção de como a cabeça de alguém que sofre com tais distúrbios funcionava. Por isso, apenas a acompanhei até a porta do consultório para que ela pudesse fumar.

Acabamos mudando de assunto e conversamos de forma mais descontraída. Descobri que ela é muito fã do Nirvana e do Paramore, que ela adquiriu o hábito de fumar por ouvir que inibe a fome e que praticamente já conheceu mais lugares no mundo do que eu poderei lembrar.

Houve um momento em que pensei em falar do que ocorreu com o Acácio, mas achei que ele mesmo poderia contar. Ela própria estava vivendo seu drama e ele me pedira segredo.

Falávamos sobre algum filme *cult*, com o cigarro dela perto de acabar, quando Natália me olhou, séria.

— Posso te pedir uma coisa?

Eu fiz que sim com a cabeça.

— É sério — ela afirmou.

— Sim. Entendi.

— Então... a Laís e o Acácio não sabem disso. Não é que eu não confie neles, mas prefiro deixar as coisas mais... — Ela jogou a binga no chão e pisou nela. — ...em segredo.

Eu entendia a Natália, por isso apenas fiz que sim de novo. Ser bulímica era algo que não a orgulhava, portanto, era uma questão que ela não precisava abrir muito.

Nossa conversa foi interrompida quando a psicóloga a chamou e ela entrou para a salinha do consultório. Eu voltei a ficar sozinho no sofá preto e tudo em que conseguia pensar era que eu acabei introduzido na amizade entre a Natália, a Laís e o Acácio e, no fim das contas, era eu quem sabia segredos dos três — segredos que eles não compartilhavam uns com os outros. Só não entendia muito bem o porquê. Não entendia mesmo! Eu era quem menos os conhecia.

Mas então comecei a enxergar cada um em separado. Os três demonstravam viver uma vida de coragem, liberdade e felicidade, mas, no fundo, estavam tão perdidos quanto eu. E uma coisa que eu havia aprendido com essas lições era que quanto mais você veste uma carapaça, finge ser mais forte do que é, menos oportunidade para resolver o problema ou se tornar mais forte você tem. O tempo gasto em fingir e agir como se já soubesse de tudo impede você de aprender.

Os trinta minutos da consulta da Natália voaram para mim, graças a uma historinha muito bem-humorada do Cebolinha. Antes de ir embora, Natália parou à minha frente, sorriu abertamente para mim, se inclinou e me deu um beijo molhado no rosto.

— Obrigada, mais uma vez — ela sussurrou.

Eu apenas sorri de volta e não precisei dizer mais nada. Ela entendeu.

Então, foi a minha vez de conversar com a Dra. Cristiane. Ela ficou muito feliz por eu ter novos amigos e mais ainda por eu realmente estar escrevendo no meu diário.

A única parte tensa da conversa foi quando ela perguntou sobre os acontecimentos de julho — mais uma das inúmeras tentativas dela para que eu me abrisse. A questão é que eu ainda não me sinto completamente confortável para falar sobre o assunto — e acho, de verdade, que nunca me sentirei.

Terminada a consulta, voltei para casa e, ao chegar, perguntei ao Acácio se ele tivera alguma notícia da Laís. A resposta negativa fez o meu coração se encher de angústia. Ele também quis saber como foi com a psicóloga e eu me certifiquei de contar apenas o básico, omitindo o meu segredo e o da Natália.

Mais tarde, nós pedimos pizza de calabresa pelo telefone e o Henrique se juntou a nós para comer. À mesa da cozinha, a única voz que se fazia audível era a minha. Por alguma razão, nenhum dos dois se sentiu completamente à vontade na presença do outro.

Depois disso, eu e Acácio terminamos a noite jogando videogame — quase finalizamos um jogo da Liga da Justiça, só que optamos por terminar no outro dia, visto que eram quase três da manhã. E, assim, fomos dormir, meu coração pesado e cheio de segredos — meus e alheios.

13 de novembro

Hoje, acordei mais cedo que Acácio e desci para tomar café. O relógio marcava pouco mais de dez horas. Henrique já havia saído, e deixou um post-it verde-limão colado na geladeira, onde se lia: "Fui andar de skate. Não espere por mim."

Sua grafia, por mais terrível que fosse, conseguiu transmitir o recado. Estava me servindo de café e pão francês quando ouvi os passos do Acácio descendo a escada.

— Bom dia! — eu disse, alto o suficiente.

— Não existe essa de "bom dia" para alguém como eu! "Bom dia" é para os fracos! — ele me respondeu, rabugento.

Eu ri.

— O que vamos fazer hoje? — Acácio perguntou, se sentando à mesa.

Dei de ombros.

— Eu não planejei nada, Acácio. Nem sabia que você queria fazer algo. Mas sei lá, a gente pode pensar em alguma coisa...

— Alguma coisa, não; me passa a margarina.

Eu obedeci.

— Sei bem o que você quer fazer mesmo que você nem ao menos tenha se dado conta ainda. Sou ótimo em ler as pessoas, até quando suas páginas são velhas, amareladas ou quase apagadas.

Arqueei uma sobrancelha para ele, em desafio.

— Leia-me, então.

O Acácio começou a movimentar seus dedos compridos na minha direção, como se estivesse em um processo ritualístico de magia. Depois, ele pressionou os dedos contra as têmporas, numa atuação tão convincente que quem não o conhecesse ficaria impressionado.

— Bem, você não quer admitir, mas hoje deseja muito saber onde a Laís está e... E... Você quer... Você quer vê-la. — Então, ele abriu os olhos e voltou a comer o seu pão. — Pronto. Exijo um real pela adivinhação.

— Não acho que você mereça, Acácio. Você pode, sim, ter acertado que é isso o que eu quero fazer, porque... bem, é mesmo! Mas não adianta nada me "ler" sem saber como me ajudar!

— E quem disse que eu não sei?

— Eu acho que você não sabe!

Acácio mostrou os dentes num sorriso arrogante.

— Então, vá tomar um banho, por favor! Tire o bafo da boca e dê um jeito nesse cabelo.

— Pare de falar como a minha mãe — eu disse, achando graça.

Acácio me respondeu ainda de boca cheia:

— Estou falando como um amigo sincero.

Depois dessa resposta, decidi fazer o que ele me recomendou.

Tomei um banho rápido e, ainda com o cabelo molhado, me arrumei e esperei pela vez do Acácio, que também não demorou muito.

— Meu carro não está muito longe daqui — ele disse, depois de se arrumar e vir ao meu encontro, na sala. — Fica na garagem de uma amiga.

— Vamos caminhando, então.

E lá fomos nós dois.

O dia lá fora estava do jeito que eu gostava: o céu encoberto e nublado, com uma permanente brisa fria sacudindo meu cabelo. Esse clima me fez lembrar de outros tempos em que eu era feliz — pelo menos me sentia assim.

Durante o trajeto, voltamos a conversar, eventualmente, sobre os hematomas dele, que já estavam menos inchados e quase invisíveis. Mesmo assim, ele reforçou que eu mantivesse segredo. Concordei, plenamente.

Foi então que Acácio acabou entrando em um assunto que não me agradou muito: minha provável obsessão pela Laís. Insisti em dizer que não era obsessão, mas sim um carinho de tamanho desconhecido que eu ainda não sabia como definir bem. Não sei se convenci o Acácio da maneira como eu gostaria.

Em dado momento, começamos a conversar sobre qual franquia de filmes de super-heróis era a melhor, Marvel ou DC, mas minha mente ficou agarrada ao que Acácio dissera. Será que eu estava mesmo obcecado pela Laís? Será que todos já tinham notado e só eu continuava a bancar o bobo? Será que eu havia criado uma fantasia em minha mente? Era difícil responder quando minha racionalidade se perdia de mim diante de um simples sorriso dela...

Chegamos à tal casa/garagem da amiga do Acácio com pouco menos de dez minutos de caminhada. Ele tinha as chaves da garagem, então, logo entramos e saímos com a picape vermelha.

— Essa minha amiga é um doce. Uma pena que não posso apresentá-la a você.

— E por que não pode?

— Ela está morando na Europa com o namorado.

— Ah, sim...

Isso me fez pensar e constatar uma coisa que às vezes ficava perdida em minha mente: o mundo é infinitamente maior do que eu e a Laís, do que eu e o Acácio, do que eu e minha vida na forma mais abrangente de se pensar. A todo o instante, coisas boas e coisas ruins acontecem ao mais diversificado tipo de gente. Acho que a maior lição disso tudo é seguir em frente, independente do que aconteça... Algo que eu venho tentando praticar há algum tempo. Sem muito sucesso...

O restante da nossa viagem ocorreu em silêncio e eu fiquei feliz por isso — pelo menos por algum tempo, eu queria ficar sozinho com meus pensamentos. Até que a picape parou na frente de um edifício antigo, cor de areia. Acácio saiu do carro e eu fiquei olhando a rua extensa, que era ladeada por pequenas árvores.

— Vamos? — ele me chamou.

Olhei para o prédio, olhei para Acácio. Não sei por quê, mas uma sensação de medo começou a tomar conta de mim de uma forma implacável. Respirei fundo, resgatei no meu interior os resquícios de coragem escondidos, e fui.

O apartamento da Laís ficava no quarto andar e, para nosso azar, o elevador estava quebrado. Subimos os degraus rapidamente, o Acácio fumando um cigarro e baforando a fumaça na minha cara, já que eu estava logo atrás.

— Contraditório, não? — indaguei. — Você fumar justo no momento em que precisa dos seus pulmões em boas condições.

Acácio me fitou por cima do ombro.

— Eu sempre fui amante do perigo.

— Olha, que surpresa! Pensei que fosse apenas dos homens.

Ele riu ao mesmo tempo em que me dava um chute de leve. Mas o bom era que já havíamos chegado ao quarto andar.

O apartamento da Laís era o 407.

Eu e Acácio fomos andando lado a lado até o fim do corredor, onde a Laís residia, quando então avistamos o que transformou nossas expressões até então leves, só um pouco ansiosas. A porta do 407 estava escancarada.

— Não deve ser nada — Acácio disse, já prevendo os mil e um pensamentos que borbulhavam em minha mente.

Mas eu e ele sabíamos que isso poderia muito bem ser uma mentira vaga e fútil: Acácio fora brutalmente agredido num ataque movido por homofobia. Por que não poderia acontecer algo de ruim com a Laís, que era uma completa irresponsável?

Engoli em seco a frase dele e adentramos o apartamento. Acácio foi na frente, comigo logo atrás. Todas as luzes estavam apagadas e quando Acácio achou o interruptor, ouvi apenas o barulho do botão sendo pressionado para cima e para baixo, mas sem fazer efeito algum.

A escuridão era completa e eu tive a ideia de usar a lanterna do celular, que ajudou muito o nosso debilitado campo de visão.

— Não faça barulho — sussurrou Acácio, e o meu coração disparou.

Passamos pela sala pequena, que continha apenas um sofá laranja de dois lugares e uma estante com alguns livros empoeirados; evitamos as garrafas vazias de vodca pelo chão, até chegarmos a um corredor extenso.

Acácio apontou para o fim, onde uma porta estava entreaberta. Entendi na hora que se tratava do quarto da Laís, ao mesmo tempo que minha precaução pulava de um precipício, me abandonando completamente.

Entrei no quarto em desespero e deparei com uma cena que me quebrou por dentro: a Laís enrolada numa toalha branca de algodão, provavelmente nua, se despedindo aos beijos de um cara completamente estranho. Não sei até que ponto meu julgamento da aparência dele era muito fiel ou apenas armadilha do meu ciúme, mas bem... me odiei por estar ali naquele momento.

— Você — ela disse, surpresa, se desvencilhando do cara.

E mesmo com Acácio atrás de mim ela apenas disse "você" para mim.

Eu fiquei imóvel, envergonhado, desejando que o quarto afundasse ainda mais nas sombras já existentes para eu desaparecer.

— A gente se fala — o cara disse, desconfortável, e então passou por mim e por Acácio sem falar nada.

Ele parecia ser bem mais velho que a Laís, em torno de uns trinta anos. Tinha cabelo curto e preto, era musculoso e os dois braços repletos de tatuagens. Seu rosto estava encharcado — não sei se de suor ou de água.

Assim que ficamos só os três no quarto, Laís acendeu a luz e a primeira coisa em que reparou foi no Acácio.

— Meu Deus! O que foi isso?!

Acácio me olhou rapidamente.

— Caí de um lance de escadas... Estava bêbado demais.

Eu ainda não havia entendido a razão da mentira, mas não iria me meter nisso. Fora que a Laís apenas estava despertando um conjunto de mágoas em mim — e o que mais eu odiava nisso era que ela não tinha a obrigação de fazer o que eu queria. Nós não tínhamos nada além dos meus sonhos e das minhas expectativas escorrendo por entre meus dedos a cada segundo que passava. Nossa relação, nosso comprometimento, nosso amor só aconteciam na minha mente, nos meus sonhos.

— Melhoras — disse ela, se voltando, então, para mim. — E você, gatinho? Como você está?

Eu não queria olhar para a Laís, mas foi impossível. O quarto estava quente, mas eu podia sentir o frescor de sua pele ainda molhada. Podia ver cada detalhe das gotinhas que rolavam pelo seu pescoço e sumiam no vão entre os seios. Mesmo contra minha vontade, eu as invejei.

— Bem — resumi.

Laís então me encarou por alguns segundos e eu vi aquela chama permanente e inabalável em seus olhos castanhos — a chama que me atraía a chegar perto e me queimava por completo.

— Nós ficamos com saudade de você e decidi trazer meu novo colega de quarto para seu apartamento —Acácio explicou, se jogando na cama e então dando um pulo, se afastando no mesmo instante. — CREDO! Que cheiro de sexo...

Ela sorriu de um jeito maroto.

— É. Sexo.

Engoli em seco e senti ódio dela, no fundo do meu coração.

— Totalmente casual. Conheci o cara ontem e estava me sentindo tão sozinha... — ela disse, se esticando até o criado-mudo ao lado da cama e pescando um pente, do emaranhado de coisas que estavam ali por cima, que começou a passar pelo seu cabelo de raposa molhado.

Eu me odiei ainda mais por ter ficado jogando videogame noite passada em vez de me mostrar disponível para ela. Talvez, se eu tivesse sido seu homem na noite anterior, ainda estaríamos deitados na cama, ela com a cabeça no meu peito, nossos dedos entrelaçados, e juras de amor flutuando pelo ar.

Mas não. Eu não era ninguém na noite passada para a Laís. Ela nem deve ter lembrado que eu existia...

A pergunta escapou da minha boca sem que eu pudesse reprimi-la:

— Você não tem medo nem vergonha de fazer isso?

Acácio me olhou assustado, mas Laís apenas deu um meio sorriso, parecendo curiosa.

— Medo? Vergonha? Bem, medo eu não sinto porque usamos preservativo, mas não entendi a parte da vergonha...

Mordi o lábio, nervoso.

— Esquece.

— Não — ela disse. — Não posso esquecer. Eu quero te entender.

Eu já havia ido longe demais para recuar naquele momento.

— Vergonha por se deitar e ter um contato tão íntimo assim com alguém que você nem conhece, nem sabe de onde vem, nem sabe... Nada! Você não sabe nada sobre o cara que estava deitado na sua cama!

— E daí? — Laís rebateu, irada. — Se algum cara leva uma menina para dormir na sua casa simplesmente porque quer transar ele é tratado como rei, mas se eu faço isso, sendo mulher, sou uma vadia e deveria me envergonhar?! Não é? Que bom que você mostrou a face do bom e velho machismo!

A palavra "machismo" me encheu de ódio, porque eu sempre remetia a palavra ao meu pai e tudo o que eu quero nesse mundo é ser diferente dele.

— Não estou sendo machista! Não estou!!!

— Então, qual o seu critério para que eu possa transar com alguém?! — ela gritou de volta.

Nesse ponto, as lágrimas já corriam pelos meus olhos.

— Amor, droga! — eu respondi, explodindo. — O amor deveria ser o critério para você se deitar com alguém… — Meu corpo tremia. — Eu te amo, droga! Eu te amo e estava te esperando!

E minha visão nublou por completo e só o que eu conseguia fazer era chorar.

Eu me sentia como um lixo; não queria estar chorando na frente dela, demonstrando todas as minhas fraquezas, mas aconteceu. Quando eu percebi, tudo escapou de dentro de mim numa avalanche, carregando o que estava na frente numa psicodélica devastação. Infelizmente, eu sempre tive esse defeito: os sentimentos que devo expor eu escondo e os que eu deveria esconder… faço tudo errado, como agora.

Senti a mão do Acácio às minhas costas, tentando me consolar, mas tudo o que eu queria fazer era fugir dali e correr, correr o máximo que pudesse. Não me sentia mais à vontade ali — nem ali, nem em nenhum outro lugar do mundo.

Entregando-me aos meus impulsos mais sinceros, saí do quarto, depois do apartamento e, em seguida, fui para fora do prédio. Corri até os gritos da Laís e do Acácio pararem de me alcançar.

Corri para fugir da vergonha de ter sido tão fraco e ter revelado meus sentimentos da forma mais infantil e ridícula possível. Corri por entre as ruas asfaltadas, por entre rostos e expressões de pessoas que nunca vi na vida e que talvez nunca mais fosse ver. Corri até o suor me cobrir como uma camada permanente de pele, apesar do vento frio. Corri até os meus pulmões arderem, como se estivessem em brasa, cansados. E mesmo depois disso, continuei…

Então, entrei em um táxi e disse ao motorista aonde ir. Em minutos, cheguei a um dos cemitérios da minha cidade.

Passei pelo alto e majestoso portão de ferro enferrujado, sem nem olhar o segurança que estava ali, e subi uma pequena ladeira, ainda ofegante.

O cemitério consistia em um grupo circular contendo quatro capelas, uma de frente para a outra, com bancos dispostos no pequeno círculo que se formava no centro. Mais adiante, atrás dessas quatro capelas, encontravam-se os túmulos.

Fui para o lado norte do cemitério, onde havia mais uma pequena subida, e caminhei com dificuldade até chegar ao topo — meu coração continuava acelerado, o suor pingava do meu rosto e o oxigênio encontrava dificuldade para chegar aos meus pulmões.

Mas, quando cheguei aonde eu queria, encarei a lápide que via todos os dias nos meus sonhos.

THIAGO FREITAS
Filho dedicado, amigo amado e, principalmente,
um ser humano feliz.

Eu nunca havia sentido isso, mas meu coração se contraiu de raiva e tudo o que tive vontade de fazer foi arrancar a maldita lápide e quebrá-la em pedacinhos. Sei que o Thiago teria feito o mesmo por mim.

Aqueles dizeres eram o tipo de clichê terrível que ele odiava.

Agarrei a lápide com força e comecei a puxá-la, apesar de saber que eu não tinha forças suficientes para arrancá-la. Porém, mesmo assim eu fiquei lá, como um idiota, tentando puxar pra fora algo que estava longe do meu alcance.

Voltei a chorar, por vários motivos, mas, sobretudo, porque eu sentia falta do Thiago e ele não estava lá ao meu lado para me dar um tapa e dizer que tudo ficaria bem e que eu precisava parar de ser tão dramático. Depois, eu diria que não estava sendo dramático e ele entenderia ou ficaria quieto apenas para que eu pudesse me acalmar. Ele seria o amigo que me abraçaria e iria fazer piada das minhas lágrimas e fraquezas.

Eu precisava dele ali... Precisava mesmo.

Um grito de raiva escapou da minha garganta e minhas forças foram embora; deitei no gramado verde, o rosto molhado, o coração partido, e fiquei chorando até sentir que não havia mais lágrimas para derramar...

Nunca tive problemas para aceitar que a morte é a única verdade da vida; que seu poder é inevitável e que todos iremos morrer um dia. O doloroso mesmo é que, infelizmente, o momento de algumas pessoas chega mais cedo do que deveria.

E eu perdi uma pessoa que simplesmente não estava preparado para perder. Quando o Thiago se foi, a sensação que tive era de estar perdendo algum membro importante do meu corpo; um membro que tinha uma função tão essencial, que nunca mais poderia ser substituído...

Não sei direito quanto tempo fiquei pensando sobre isso, mas devo ter passado horas ali, deitado, no chão. Só percebi isso quando uma brisa fria surgiu e a lua apareceu entre véus de nuvens brancas.

Uma tristeza aguda me alfinetou — hoje, diferentemente de todos os outros dias, eu não senti a presença do Thiago ali comigo. Não sabia onde ele podia estar...

Talvez até ele já tenha me abandonado.

Sequei o rosto com a manga da camisa e me despedi do Thiago. Mas antes de ir, prometi para o meu amigo que ele teria uma lápide fiel e do jeito que ele desejaria ter.

"Eu juro, irmão."

Quando cheguei em casa, Acácio me esperava no quarto. Eu entrei, peguei roupas limpas e fui direto para o banheiro sem dizer nada. Devo ter ficado mais de uma hora embaixo do chuveiro, sentindo a água fria insistentemente tentar quebrar todos os nós de tensão em meus músculos. Quando voltei para o quarto, Acácio ainda me esperava.

Nós nos olhamos por alguns segundos e, no final, ele apenas me puxou, me deitou na cama e colocou minha cabeça sobre seu colo.

— Não precisa dizer nada — ele murmurou.

Eu estava tão frágil e tão necessitado de apoio que aceitei sem resistir — era um carinho inteiramente fraternal. O Acácio mostrava, ali, naquele instante, que se importava comigo de verdade. Não era preciso que eu dissesse uma palavra ou desse qualquer explicação para ele entender que minha alma estava estraçalhada.

O pior de tudo era que eu sentia que não só minha alma estava estraçalhada, mas também minha mente, levando consigo toda a minha razão.

Eu havia conhecido Laís fazia tão pouco tempo, mas ela já conseguia provocar um vendaval na minha vida, bagunçando as coisas certas e trazendo de volta toda a dor que eu pensei ter deixado para trás.

Por alguma razão, acredito em destino; acredito que todas as pessoas que cruzam nossas vidas o fazem por algum motivo. Minha mente, então, começou a procurar um motivo, minimamente lógico que fosse, que a fizesse compreender a razão da bagunça que a cabelo de raposa vinha promovendo em minha vida.

— Fecha os olhos e relaxa, cara — Acácio disse, cortando os meus pensamentos. — Amanhã será um novo dia e você estará melhor...

Será mesmo? Sempre depois da dor, espero pelo dia seguinte, quando, teoricamente, a dor será menor. Há dias em que acontece. Mas há outros que não. A dor, no entanto, está sempre lá.

Minha mente parecia estar quase relaxando, quando então eu ouvi o ruído da porta do meu quarto se abrindo e avistei meu irmão. O olhar dele encontrou o meu e, depois, devagar, subiu até Acácio. Abri a boca para falar alguma coisa, mas a porta se fechou antes, com um baque.

Acácio estava duro e tenso.

— Desculpa. Acho que vou te arrumar problemas...

Exalei um suspiro pesado. Eu não sabia ao certo o que Henrique estava pensando a respeito da minha relação com Acácio, se ele achava que éramos algo mais do que amigos. Mas eu nem tinha forças para raciocinar. No fim das contas, acabei permanecendo no mesmo lugar sem dizer nada e cochilei com a cabeça no colo dele.

Quando acordei, ainda era madrugada, e eu pude ouvir as vozes do Henrique e do Acácio fora do quarto:

— *Eu não sou preconceituoso. Só não quero que meu irmão sofra.*

— *Mas nós somos apenas amigos. Como eu poderia fazê-lo sofrer?*

— *Olha, eu não sei. Só que não gostei do que vi!*

— *Seu irmão estava precisando de carinho naquele momento!*

Eles discutiam, e minha mente, dominada pela sonolência, não me deixava saber com plena certeza se aquilo estava de fato acontecendo ou se era apenas um pesadelo.

— *Dane-se! Eu não quero que meu irmão sofra!*

— *Você não pode protegê-lo de tudo.*

— *Você não sabe de nada para falar isso!*

— *Olha, seu irmão é uma pessoa especial demais. Eu vou continuar sendo amigo dele e cuidando dele quando achar que devo. Não sei do que você quer tanto protegê-lo, só sei que você deve se empenhar mais, porque ele merece!*

— *Quem você pensa que é para falar como eu devo agir com meu irmão?*

— *Alguém próximo a ele! E, provavelmente, alguém que o entende melhor do que você!*

Em seguida, escutei passos se aproximando e fechei os olhos. A porta se abriu e se fechou e alguém se deitou no colchão. Aí, a porta tornou a se abrir, e Henrique falou:

— Sei que você está passando por dificuldades, mas você não conhece o meu irmão bem o suficiente para saber o que é melhor pra ele ou não. Eu sei. Eu presenciei tudo e não quero mais você tão perto dele. Por favor, trate de arrumar outro lugar para morar.

Acácio não respondeu nada e logo a porta se fechou.

No completo escuro, abri os olhos e a única coisa que tive vontade de fazer foi chorar.

Chorar até as lágrimas me afogarem.

Chorar até as lágrimas levarem embora toda a dor.

Mas chorar, eu sabia, não adiantaria nada...

O fato é que tudo estava saindo do controle.

De novo.

14 de novembro

Quando acordei, de manhã, já estava com vontade de que o dia terminasse logo para que eu voltasse a dormir e continuasse nesse ciclo sem fim até sei lá quando.

Mas Acácio não permitiu isso. Primeiro, ele ficou me enchendo o saco para tomarmos café, e, diante da minha recusa, ele simplesmente subiu com duas xícaras e dois pães com queijo branco. Tomamos o desjejum na minha cama mesmo.

— Você não pode ficar assim para sempre — ele disse, mastigando ao mesmo tempo.

— Fico assim o tempo que eu quiser — rebati.

Acácio revirou os olhos.

— Essa é sua escolha, tudo bem! Mas, enquanto você fica aqui, morrendo aos poucos, o mundo lá fora não para.

Bufei.

— Esses papos de autoajuda não combinam com você, Acácio.

Ele riu.

— Estava tentando ser convincente, ok? — Ele então pulou para fora da minha cama. — Aliás, você não é feio e poderia, facilmente, conseguir ficar com outra menina. Já pensou nisso?

Bem, essa seria uma ótima opção se eu quisesse apenas *ficar* com a Laís. Infelizmente, era mais que isso.

— Tá. E onde eu encontraria uma menina?

— Lógico que, para encontrarmos uma, você precisa sair de casa... — O tom do Acácio soava estranho.

Eu ergui uma sobrancelha, desconfiado.

— Muito bem... E você tem alguma sugestão de um lugar para irmos?

Ele me olhou de lado e começou a andar pelo quarto. Era engraçado como em tão pouco tempo de convivência eu já imaginava o que ele estava pensando. O Acácio tinha um plano desde o início.

— Ah, não sei... Quem sabe? Eu só queria dançar, sair de casa um pouquinho... Beber, me divertir. Esquecer um pouco os problemas.

Eu o encarei, sério.

— Precisa dar tantas voltas para me dizer que você quer ir a uma boate gay?

Acácio gargalhou e se jogou na minha cama.

— Eu sou tão óbvio assim?

Dei de ombros.

— Pelo jeito, sim...

Ele arqueou uma sobrancelha.

— Independente disso... e então? Você não disse se podemos ir ou não...

Uma boate gay não é o tipo de lugar a que eu iria, mas o Acácio parecia tão animado! Ainda mais agora que o inchaço do seu rosto e algumas cicatrizes já estavam desaparecendo.

— Não vou estragar seu dia, Acácio. Vamos sim!

Ele saltou para o chão como um louco, batendo palmas freneticamente. Então acalmou-se e apenas segurou meu queixo com as pontas dos dedos.

— Preste atenção ao que eu digo! Você é uma das pessoas mais incríveis que conheci em toda a minha vida. Juro.

Minhas bochechas queimaram de vergonha.

— Tá. Obrigado.

Acácio, então, empurrou meu rosto e ficou de pé.

— Espero que não tenha pensado que eu iria te beijar! — E riu.

Atirei meu travesseiro nele.

— Não me faça repensar sobre o passeio de hoje.

Ele apenas me fuzilou com o olhar.

— Apesar de você não ser gay, garoto quase atropelado, prometo que hoje será uma das noites mais legais da sua vida! E lá haverá várias meninas-amigas-de-gays que vão certamente se interessar por você.

— Espero que sim, James Dean não tão bonito, porque, sinceramente, você foi a primeira pessoa com quem eu tomei café na cama e acho que você devia me recompensar de alguma forma.

Isso arrancou um risinho dele.

— E se eu confessar que você foi a pessoa mais chata com quem eu já tomei café na cama? — Acácio rebateu, com ar superior. — Infelizmente, isso acaba te colocando em saldo negativo comigo!

Não respondi nada, mas, realmente, fiquei pensando no quão chata minha companhia deveria estar sendo e em como o Acácio se empenhava em me animar e me tirar dessa grande aura de tristeza. Fazia muito tempo que eu não me sentia como uma pessoa com… amigos.

Isso acabou me lembrando, de alguma forma, da discussão que eu ouvi entre ele e o Henrique.

— Acácio… Eu quero te dizer uma coisa.

— Sim?

— Er… Esta casa também é minha e você pode ficar aqui o tempo que precisar, certo?

Ele me olhou por instantes, como se estivesse avaliando o quanto eu sabia da conversa dele e do Henrique. Mas, no fim, apenas sorriu e assentiu. Na sequência, ele se ocupou de conversar com os amigos pela internet e de mandar mensagens pelo celular.

Eu passei o resto do dia terminando a minha leitura de *Pé na estrada* e, com tristeza no coração, cheguei às últimas páginas. De alguma forma, eu me sentia próximo do Sal Paradise, o narrador do livro, sobretudo no que dizia respeito ao buraco de angústia e dúvida que parecia existir dentro dele… Mas acho, sinceramente, que até o Sal seguiu em frente.

Eu precisava fazer o mesmo.

Perto da hora de sairmos, Acácio estava no meu quarto e eu fui até a sala, onde o Henrique assistia a um jogo de futebol americano. Eu me sentei no sofá na frente dele e fiquei esperando até que meu irmão me olhasse. Demorou quase dois minutos, mas, então, ele perguntou:

— Você quer falar comigo?

— Sim...

— Então? — Henrique voltou toda a sua atenção para mim. — Pode falar.

Eu engoli em seco e fiquei olhando para os meus pés.

— Eu sei que você se preocupa comigo, Henrique... Eu sei. Mas estou crescendo, sabe? Estou vivendo, fazendo amizades e aprendendo. As coisas não são como eram antes.

— Por que está dizendo isso?

Encolhi os ombros, sem querer.

— Eu ouvi sua conversa com o Acácio ontem...

— Só estou querendo te proteger — Henrique se pôs na defensiva.

— Mas expulsando o Acácio daqui? — falei, soando um pouco rude.

Henrique respirou fundo, como se estivesse a ponto de explodir.

— Quero evitar que as coisas ruins aconteçam de novo, como da última vez!

— Eu sei, Henrique — afirmei, mais calmo, e sentindo, como em poucas vezes, que meu irmão se preocupava comigo. — Mas duas coisas: o Acácio não é o Thiago. Eles são pessoas diferentes. E outra: eu estou tentando, certo? Não vou passar por tudo aquilo de novo.

— Como você pode saber?

— Eu... tenho me esforçado para aprender a lidar com tudo... E... só preciso que você confie em mim.

Antes que o Henrique pudesse me responder, ouvi o barulho de passos na escada. Então, a nossa conversa se encerrou de forma abrupta. Mas, antes de sair, olhei para ele e senti que meu irmão havia me entendido...

A boate a que o Acácio me levou — que é também um bar — era um lugar até legal. Um balcão de madeira bem comprido cercava o local onde os atendentes serviam as bebidas, com vários banquinhos à frente, dispostos um ao lado do outro. Outras mesas e cadeiras estavam espalhadas perto das paredes, enquanto o meio ficava livre para uma improvisada pista de dança. Luzes roxas e azuis dançavam nos rostos de todos nós.

Acácio, no meio da pista de dança, cantava aos berros *Do What U Want*, da Lady Gaga e do R. Kelly. Eu, sentado num banquinho, com cara de cansado, apoiado no balcão, bebia minha terceira batida de limão. A bebida era tão doce que eu nem sentia o gosto do álcool, mas sabia que a vodca aos poucos ia afetando o meu consciente.

Foi então que senti uma presença ao meu lado. Era um menino de cabelo loiro, olhos azuis e dois mínimos alargadores nas orelhas. Ele usava uma camiseta do Pokémon, e eu a achei divertida, porque sempre gostei do desenho.

— Oi — ele me cumprimentou.

— Legal sua camisa — falei sem pensar, percebendo, enfim, que eu estava um pouco tonto.

Ele riu.

— É, eu gosto também. — O menino então me olhou bem fundo nos olhos. — E eu também gostei de você.

Engoli em seco e me senti perdido. Sempre fui péssimo para dispensar pessoas — não que eu seja do tipo que dispensa muitas, mas já tive algumas experiências com isso. Minha autoestima é duvidosa, então, odeio fazer com que outras pessoas se sintam mal também; ainda mais levando em consideração que o menino é gay, e eu, hétero, e o meu "não" tem a ver única e exclusivamente com o fato de ele não ser uma garota.

Quando abri a boca, ainda sem saber muito o que dizer, algo aconteceu.

Cabelo de raposa apareceu entre o pequeno vão entre mim e o menino.

— Desculpa, mas ele não é gay — ela disse para o garoto, de um jeito doce.

O menino apenas sorriu, meio sem graça, pediu desculpa e sumiu no monte de vultos roxos e azuis.

Então, olhei para Laís, surpreso.

Ela vestia uma camisa branca com bolinhas pretas, de botões e um shorts jeans de cintura alta. Por fim, as costumeiras botas de couro. Após olhá-la de cima a baixo, reencontrei seus olhos.

— Oi — ela disse.

— Oi.

Laís se sentou no banco desocupado ao meu lado.

— Eu... não sabia que você frequentava bares gays.

Bebi mais um gole da minha bebida.

— E não frequento.

Ela sorriu, sem graça.

— Você está aqui, não?

— É o que parece — respondi, seco.

— Adoro este lugar. Aqui me sinto livre para dançar e curtir uma festa sem aquelas pessoas todas me olhando como se eu fosse um pedaço de carne e...

Eu então a encarei, com raiva. A Laís estava dando voltas e voltas e não chegava a lugar nenhum. O que ela queria afinal? Que eu a abraçasse e dissesse que estava feliz por ela estar ali e que sempre aceitaria qualquer tipo de atitude dela comigo porque eu era um infeliz babaca?

Até eu tinha o meu orgulho.

— Eu sei que o Acácio te falou que eu estaria aqui. — Na pista, eu vi o Acácio erguer as mãos, cantando *Dark Horse*, da *Katy Perry*. — O que me leva a perguntar: o que você quer?

Laís não desviou o olhar do meu, e, no meu íntimo, por mais que eu tenha disfarçado bem, me senti intimidado. Os olhos dela pareciam prontos para me engolir em um mar de fogo.

— Eu quero que você venha comigo — ela afirmou, direta.

Bebi os últimos goles da minha bebida.

— Para onde? — indaguei.

Laís sorriu daquele jeito cigano que só ela sabia fazer. Um jeito que me faz sentir cheiro de liberdade.

— Só Deus sabe — ela disse, de modo descontraído.

Minhas opções não eram muitas, e eu nunca me perdoaria se deixasse aquela oportunidade escapar. Olhei o relógio; era meia-noite em ponto. Olhei para Laís e o seu olhar me acendeu.

Estendi a mão, disfarçando a incerteza: me arriscar a viver, talvez, um momento inesquecível com a Laís ou ficar digerindo o meu orgulho numa boate gay?

Laís olhou para mim, para minha mão, e no final ela entrelaçou os dedos nos meus, num encaixe perfeito.

So you wanna play with magic
Boy, you should know whatcha falling for

Então, você quer brincar com magia
Garoto, você deveria saber com o que está lidando

Com esse trecho da música reverberando em minha mente, deixamos a boate gay com um grito de "Não briguem, façam amor!" do Acácio.

Será que eu sabia com o que estava lidando?

Espantei esses pensamentos ao mesmo tempo em que entrávamos quase correndo no carro da Laís, que estava estacionado na rua em frente à boate, rindo feito loucos. Parecíamos dois fugitivos que finalmente ganhavam liberdade.

— Não aguentava mais ouvir música pop. — Ela, então, ligou o motor e em seguida o som, fazendo o automóvel explodir com alguma música do Arctic Monkeys.

Eu coloquei o cinto, enquanto sentia, depois de muito tempo, borboletas batendo asas em meu estômago.

Naquele segundo, tudo o que havia acontecido na noite passada parecia pertencer a outra vida, até mesmo a outra pessoa…

Laís suspirou, enfiando um cigarro na boca e o acendendo, agora, dirigindo por uma rua pouco movimentada que desembocava na avenida principal. Seu rosto estava incrivelmente iluminado pelas luzes pálidas dos postes.

— Tenho que te pedir perdão — ela falou, meio embolado por causa do cigarro. — Mas é que eu sou assim, entende? Tenho a mente torta mesmo. Há vezes em que nem eu me compreendo… — Soprou a fumaça. — Eu me perco em mim mesma…

O assunto me trouxe para a realidade. Caí dos meus sonhos e fantasias de paz e tranquilidade.

— Você não me deve satisfações, Laís.

— Mas eu quero te dever — ela rebateu.

A frase reverberou em minha mente. O que a Laís queria dizer com isso? Ela queria que eu me importasse… Mas por quê?

— Sei que sou complicada demais… Irritante em excesso. Mas hoje, eu juro, vou tentar ser a mais aberta possível. Quero que você conheça a Laís, não sei se posso dizer a verdadeira, mas…

— Não importa. — Eu entendia o que ela queria dizer.

A Laís queria se abrir para mim, pois acreditava que eu poderia entender sua "mente torta", como ela mesma se a descreveu.

— Aceito você do jeito que você é ou quer ser.

A Laís, então, tirou o cigarro da boca, encaixou-o delicadamente entre meus lábios e, com a mão livre, acariciou meu rosto.

Eu traguei a fumaça, aproveitando os segundos em que meus lábios entravam em contato com a saliva deixada pela Laís no cigarro. O mais próximo que cheguei de mergulhar em sua boca.

— É por isso que eu te amo, garoto quase atropelado. — Laís recolocou o cigarro em seus lábios. — Quando estamos bem e felizes, é tudo fácil. Sem julgamentos, sem dores e drama. É como se apenas houvesse nós dois, brilhando pela noite!

Ela deu um último trago e jogou a guimba pela janela. Eu a observava com atenção e assimilava como ela era genial por conseguir colocar em palavras o que eu apenas sentia e não sabia explicar.

Por um tempo considerável, ficamos apenas em silêncio, curtindo a música e sentindo a vibração invisível que crescia — pelo menos em mim — sempre que estávamos perto demais.

Então, notei uma fraca iluminação surgir depois de muito tempo na estrada, que até então era ladeada por uma mata fechada e sem sinal de habitações.

— Para onde estamos indo, Laís?

Ela apenas olhava para a frente, o carro em alta velocidade, as luzes dos postes entrando e saindo de nosso alcance.

— Para um lugar especial — ela disse, parecendo satisfeita. — Quero te levar a um lugar que significa alguma coisa para mim… Ah! Antes que eu esqueça: tenho vinho aqui também, lógico. Acho que sem vinho eu não vou conseguir pôr pra fora o que eu preciso…

Essa revelação me deixou ansioso — sabia que precisava conhecer mais dela para haver alguma chance de nossa relação funcionar, e eu queria muito isso. Na verdade, qualquer dose de Laís me atraía e me conduzia de forma quase irracional.

— Tem certeza de que quer se abrir de verdade comigo, Laís?

Na minha cabeça, o que se passava era que tudo sempre tem consequências. Ela me inserir mais na sua vida acabaria provocando algum efeito.

A Laís apenas me olhou, o vento e a velocidade do carro jogando seu cabelo castanho-avermelhado por cima do seu rosto. Parecia que um furacão de labaredas a protegiam como uma armadura, ao mesmo tempo que a mesma chama também a consumia. A Laís era puro fogo — tanto na sua força como na sua destruição.

— Você pode ficar calado, só um pouquinho? — Ela então voltou a encarar a escuridão à frente. — É difícil demais me abrir com alguém, e sei que a pessoa certa para isso é você. Ou seja…

Fiquei quieto e apenas aceitei essa constatação, me sentindo bem o suficiente por merecê-la.

No fim de quase trinta minutos e pelo menos mais dois cigarros, Laís estacionou num lugar que parecia ser um sítio. Nós descemos do automóvel, e só aos poucos minha visão foi se acostumando à escuridão.

Árvores gigantescas e centenárias se espalhavam pelo terreno, contornadas por um jardim abandonado. Um pequeno píer de madeira desembocava numa lagoa calma, que apenas refletia as luzes das estrelas e da lua, mesmo com o céu coberto por nuvens. E atrás, uma casinha velha.

Laís saiu do carro, avaliando minha reação. Uma bolsa amarela estranhamente grande pendia em seu ombro.

— Bem-vindo à minha infância. — Ela sorriu, seu batom vermelho levemente borrado no rosto anguloso.

— Quer dizer que a menina mais urbana que eu conheço foi, na verdade, criada no mato? — zombei.

Ela deu de ombros, parecendo afetada.

— Tenho meus segredos, querido!

Nós, então, andamos juntos até o píer, quase como se a água da lagoa estivesse sussurrando nossos nomes e nos convidando a nos aproximar. O mato crescia pelo caminho que percorremos e a todo o momento Laís dava um pulinho, a cada chiado ou zumbido que aparecia ao seu lado. Eu apenas ria.

— Deve fazer uns nove ou dez anos que ninguém da família vem aqui — disse ela. — Mas hoje acordei com uma vontade doentia de vir; e quem mais eu poderia pensar em trazer, além de você?

Nesse ponto, já estávamos andando pela madeira gasta do píer. Nós nos aproximamos o máximo que podíamos da água e nos sentamos ali, com os pés balançando no ar.

— Fico feliz que tenha pensado em mim.

— Qualquer menina em sã consciência iria tomar a mesma decisão que eu. — Ela protegeu com a mão o fogo do isqueiro contra o vento que soprava.

Parte daquilo que ela estava dizendo começou a me incomodar. Se fosse alguns dias atrás, eu estaria nas nuvens; mas, naquele momento, não sabia o que esperar. E se a Laís sumisse no outro dia sem dar notícias? E se tudo não passasse de uma brincadeira para ela? Eu era o menino perfeito para ser a marionete de uma menina igual a ela.

— Não quero que isso seja um jogo, Laís — afirmei, sério.

Ela ficou calada por alguns minutos, apenas olhando a lagoa, que parecia não ter fim na escuridão, e então soprou a fumaça devagar.

— Isso não é um jogo. — Ela continuava olhando para a frente. — Definitivamente, não é.

— Então o que é? Porque com você eu vivo flutuando no vazio, sem saber o que temos...

Ela tirou da bolsa uma garrafa de vinho, arrancou facilmente a tampa, jogou longe e bebeu um longo gole no gargalo mesmo.

— Não tenho necessidade de definir o que sinto.

— Bem, nesse caso, pra mim, tudo continua sendo um jogo — eu disse, muito irritado. — Sou apenas mais uma peça no seu incrível e fantástico jogo de conquista!

Laís bebeu mais vinho, deixou a garrafa entre nós e levou o cigarro à boca, sem nada responder.

Tudo estava quieto demais. Até os ventos pareciam ter parado de assobiar para nos escutar. Foi nesse ponto que minha raiva começou a crescer de uma forma difícil de descrever.

— Ok, estou farto! Pra mim, chega! — Fique de pé e me afastei do píer ainda sem ter noção do que dizia. As palavras apenas saíram, sem passar por nenhum filtro razoável.

Ela provocava esses sentimentos em mim: me levava para uma montanha-russa de emoções.

Foi quando ouvi o barulho de algo caindo na água. Quando me virei, Laís não estava mais no píer, apenas a garrafa de vinho e as suas roupas.

— Você é louca, merda! — gritei para ela, mas a Laís apenas nadava mais e mais para o fundo da lagoa, sem me ouvir.

Eu estava com medo — quem poderia saber o que havia dentro da água? Mas a Laís, não. Ela era a personificação da coragem — ou da loucura? —, se movimentando pela penumbra da noite, parecendo mesmo invencível.

— A água está ótima — ela disse, virando-se pela primeira vez para me ver.

Eu apenas a encarava, a mente borbulhando.

— Por que você fez isso? — perguntei.

— Era a única forma de fazer você ficar, não?

— Não. Era só você ter me pedido.

— Mentiroso. Você teria ido embora mesmo assim.

— Bem... Isso não é verdade, já que é você quem está com o carro. Mas mesmo assim, isso não te dá o direito de fazer o que fez!

— Ok, papai — ela debochou. — Agora tira a roupa e vem aqui...

Seu sussurro me arrepiou. Por que diabos ela era tão sexy?

— Não quero ser mais um.

— Você não é.

— Quem me prova isso?

— Eu provo.

— Como?

— Droga, eu nunca trouxe ninguém aqui! Nem nunca paguei vinho sozinha para alguém que eu queria beijar.

— Quer dizer que você quer me beijar? — Acabei sorrindo, sem nem perceber, com a remota possibilidade.

— Desde o momento em que quase te atropelei... — As palavras dela aceleraram meu coração.

— Então, por que você nunca me beijou? — indaguei.

Silêncio.

— Eu não queria estragar o que nós temos — ela confessou.

Mais silêncio e, então, apenas o som dos grilos bem ao fundo.

É, eu também não queria estragar o que nós tínhamos. Talvez, no final das contas, eu pudesse estar sendo o grande bobão da história, e Laís, a moça madura que já sabia onde esse meu encantamento iria acabar.

— Você vem ou não?

Sem mais hesitar, tirei a roupa e pulei com tudo na lagoa, apenas com uma cueca boxer preta e a vontade de querer viver aquele momento sem me importar com os entraves da vida.

A água estava gelada, mas de uma maneira muito agradável, e o chão de lama amortecia os meus pés ao mesmo tempo em que me provocava um nervoso constante.

— Vem cá — a Laís chamou, mas estava muito escuro para eu conseguir vê-la.

Nadei na direção da voz até as pontas dos meus dedos encostarem em sua pele fria.

Nossas mãos se fecharam uma na outra embaixo da água.

— Eu costumava nadar aqui quando tinha uma família — ela falou, seu cabelo caindo em cascatas por cima dos ombros.

— Este parece mesmo ser o tipo de lugar em que se guardam boas lembranças...

Laís se aproximou de mim, encaixando uma das pernas no meio das minhas, nossas cinturas roçando de leve.

— A vida é feita de lembranças, não? Às vezes, eu apenas penso... Ninguém é completamente feliz neste mundo. Acho que a vida de todos é feita de coisas boas e coisas ruins. E, no final, quando as coisas ruins chegam e a gente se sente perdido e mal, as boas recordações servem para nos agarrarmos e tentarmos suportar.

Segurei a cintura da Laís. Senti seu osso nos meus dedos e a quis ali, para sempre.

— Este é o meu momento feliz. Eu vou sempre me lembrar daqui, deste momento, quando estiver passando por uma situação ruim... — confessei a ela.

Laís sorriu, e seu sorriso irradiava luz naquela escuridão.

— Eu também, garoto quase atropelado. — O hálito dela era quente, uma mistura de vinho, cigarro e brilho labial de morango.

Foi então que eu não consegui me controlar e acabei tendo uma ereção. A Laís sentiu, apenas me fitou bem fundo nos olhos, e sorriu.

— Sabe o que eu mais gosto em você? — ela indagou, passando os braços pelos meus ombros. — É a sua pureza e seu jeito único de reagir ao mundo.

Eu ri. Essa era uma definição bem complexa e filosófica sobre apenas um garoto com lesão.

— Não consegui evitar. — Dei de ombros, sem graça.

Mas Laís ainda não havia se afastado.

Ao contrário, ela se aproximou mais, me abraçando, encostando todo seu corpo no meu, e foi aí que senti seus seios encostando em meu peito e percebi que ela estava completamente nua.

Laís e eu, separados apenas pela minha cueca.

Olhei para baixo, tentando ver os seios dela abaixo da água escura, mas ela encostou a boca no meu ombro antes que eu conseguisse, e o sugou como se fosse um beijo intenso. Era uma sensação deliciosa sentir a língua quente dela percorrendo minha pele gelada.

— Você tem um gosto delicioso — ela sussurrou, subindo com a língua pelo meu pescoço, enquanto eu me arrepiava sem conseguir me controlar, e pressionava a cintura dela contra a minha.

Até que nossas bocas se encontraram, bêbadas, excitadas, vivas.

E nossas línguas começaram a dançar uma na boca do outro. Eu tentava me controlar para não invadir a sua boca com força, pois era um beijo que eu havia esperado muito. No entanto, sentia uma urgência tamanha...

ao mesmo tempo que queria prolongar aquele momento pelo resto da minha vida.

Eu nunca sentira nada como aquilo. Era delirante; mexia com todos os sentidos e instintos do meu corpo.

A Laís separou seus lábios dos meus, porém, ainda se mantendo perto, e então me olhou profundamente, parecendo mergulhar em mim.

— Eu quero você... Mas tenho tanto medo de estragar tudo... — ela sussurrou, jogando os braços ao redor do meu pescoço e abraçando-me de forma plena, me fazendo senti-la de um jeito como eu nunca havia sentido outra pessoa antes, em toda a minha vida.

— Eu te amo tanto — sussurrei, minha boca contra o ombro dela.

Mas, pra ser sincero, acho que ela não ouviu.

Laís se desvencilhou de mim, mergulhando na água turva e escura da lagoa, e depois reapareceu com um sorriso torto.

— Você sabe boiar? — ela indagou.

Estranhei a pergunta, ainda mais levando em consideração o que havia acontecido entre nós dois.

— Sim — preferi apenas responder.

Em um movimento rápido, ela se impulsionou e, no segundo seguinte, já boiava a centímetros de mim. Era impressionante como conseguia ser evasiva ao extremo. Segundos atrás, ela estava em meus braços, me beijando pela primeira vez, fazendo com que eu me sentisse mais vivo do que me senti em meses, e, arrisco dizer, anos. E, de repente, ela estava lá, boiando em silêncio, os olhos fechados, esboçando seu sorriso torto de lábios pressionados, os fios de seu cabelo de raposa lhe adornando a cabeça como uma aura sagrada.

E eu fiquei apenas lá, como um bobo, observando-a com o coração palpitando violentamente, meu pênis ereto e meu "Eu te amo" vagando no silêncio do abismo entre tudo o que tínhamos.

Vencido e me conformando com o fato de que a única certeza que eu tinha era justamente a incerteza na sua forma mais pura, comecei a boiar também.

No céu escuro, as estrelas piscavam para nós, entre nuvens espessas e agourentas.

— Garoto quase atropelado? — ela chamou.

— Sim — respondi.

— Se eu te contar algo, morre aqui? Entre nós dois?

— É claro. Nunca contei nada que você tenha me dito para outra pessoa.

— Eu sei. — Ela pareceu sorrir. — Só perguntei para confirmar. É que isso que eu quero te contar não tem muito a ver comigo...

— É?

— Ah, deixa pra lá!

— Não, agora fala.

— Não, pode deixar. Está tudo bem.

— Não está tudo bem, eu não lido bem com isso de ameaçar contar e voltar atrás. Por favor, fala o que você ia falar.

Laís suspirou.

— Sabe a Natália?

— Sim...

— Então... Eu acho que ela está gostando de você — Laís disse, de um jeito vago. — Pelo menos, é o que parece.

A revelação me pegou totalmente de surpresa. Eu não conseguia imaginar Natália gostando de mim. Na verdade, eu nunca consegui imaginar ninguém gostando de mim.

— Isso... é mesmo... inusitado.

— Por que inusitado? — Laís perguntou, mas soava mais como uma pergunta reflexiva que ela própria estava se fazendo. — Você, garoto quase atropelado, ainda vai partir muitos corações.

Mordi o lábio, observando uma nuvem em formato de olho se movimentar na escuridão, parecendo revidar o meu olhar.

— Mas eu não quero partir corações, Laís. Eu só quero um coração e que ele me queira também, e que cuidemos um do outro justamente para não nos partirmos.

Laís ficou em silêncio. Eu não conseguia ver seu rosto, apenas ouvir o som leve de sua respiração. E voltei a falar:

— Eu já vi minha mãe sofrendo muito por amor, meu irmão também, e um tanto de gente ao meu redor. Por isso, eu meio que fiz uma promessa para mim mesmo: quando eu tiver alguém a que eu amasse de verdade, e que realmente quisesse ficar ao meu lado, eu a trataria bem. E faria de tudo para que ela soubesse a cada segundo que eu não escolheria outra pessoa, a não ser ela, para estar sempre comigo.

Laís continuou calada, e, de repente, contrariando todas as vezes em que nossa quietude soara satisfatória e proveitosa, essa começou a me irritar.

— Laís?

— Desculpa... — ela respondeu, de pronto. — É só que eu estava pensando aqui...

— Sobre o quê?

— Ah... — Ela suspirou pesadamente. — É que eu não concordo com você. Não me leve a mal, por favor, porque eu acho lindo e inspirador que você pense tudo isso sobre o amor e a pessoa que você ama, ou irá amar. Mas a verdade é que, na prática, as coisas não são assim.

— Eu imagino que amar seja difícil, mas será que não é tudo uma questão de esforço?!

— Não vejo por esse ângulo... — Laís disse. — A verdade absoluta é que o amor é uma grande merda. Simples assim.

Irremediavelmente, sem que eu pudesse evitar, a frase da Laís ficou passeando pela minha mente, alastrando seu verdadeiro significado no pouco otimismo que restava em mim em relação ao amor.

Parei de boiar e olhei para a Laís ainda flutuando sobre as águas; os bicos dos seus seios rosados apontavam para o céu, quase uma condenação aos meus olhos. Ela se mostrava imersa em pensamentos que podiam significar tudo e nada ao mesmo tempo; parecia tão frágil, mas ao mesmo tempo poderosa e voraz.

O fato era que eu nunca antes fora tão íntimo de alguém em todos os sentidos, como acontecia agora. Fosse pelo compartilhamento de pensamentos e reflexões, fosse por estar seminu e ela nua ou por amar... A verdade era que naquele instante, aqueles segundos, sem a menor sombra de dúvida, eram daqueles tipo de momentos que passam por nós quase correndo, e se você não esticar a mão para agarrá-los e forçá-los a serem seus, você nunca mais os terá de novo.

— Laís... — minha voz soou fraca e debilitada.

Esperei um pouco, até a Laís parar de boiar e me encarar, a alguns centímetros de distância. Então, ficamos assim, apenas nos olhando e sentindo quase como se uma aura terna e especial nos acoplasse em seu interior.

Eu queria muito dizer que a amava, que ela era a menina que merecia o meu amor, e que eu cuidaria de todas as suas dores, cicatrizes e demônios. Nós enfrentaríamos tudo juntos. Mas, ao mesmo tempo, um resquício do meu lado consciente e racional me disse que se eu falasse as três palavras cruciais — "eu te amo" —, ela me afastaria na hora. Era doentio o modo como Laís era, ao mesmo tempo, como um ímã e um repelente de si mesma.

— Sim? — E ela nadou na minha direção, parando à distância do toque da minha mão; o vapor gelado que escapava de sua boca lambia a pele do meu rosto completamente. — Garoto quase atropelado?

Olhei para a água turva, numa tentativa frívola de pôr minha cabeça em ordem.

— É só que... eu... — E emudeci, por alguma razão.

Eu não conseguia mais falar e me expressar de forma concisa. Surpreendendo-me, Laís deslizou a ponta dos dedos pela minha face, deixando um rastro de formigamento por onde sua pele encostara na minha.

— É tudo confuso demais, né? — Ela abriu aquele sorriso torto. — Ainda mais quando envolvem pessoas tão bagunçadas por dentro...

Concordei; essa era uma definição concisa e fiel para o que éramos — se é que chegávamos a ser alguma coisa.

— Será que a gente consegue arrumar a bagunça... juntos? — acabei perguntando, sem querer.

Lentamente, Laís colocou uma mecha de seu cabelo de raposa atrás da orelha, inclinando de leve o rosto, a fim de me olhar. Pude perceber nesse instante, mesmo afundado na penumbra da noite, cada mínimo detalhe de suas feições. Os olhos redondos, um ar misto de inocência e astúcia; os lábios vermelhos e meio carnudos; o nariz reto; o queixo delicado. Notei também sua pele branca e dois buraquinhos deixados, provavelmente, por espinhas.

— Ou quem sabe a gente pode bagunçar ainda mais a vida um do outro... — ela respondeu, num sussurro.

E então, antes que eu pudesse pensar em qualquer coisa mais, fui atingido pelas chamas dos olhos castanho-avermelhados da Laís e sua boca se aproximou perigosamente da minha e me tocou de leve com seu calor.

Não entendi bem as motivações que a fizeram colar a boca na minha, mas era algo que eu queria demais, então, apenas me permiti curtir aquilo...

Era o que eu mais queria desde que fui quase atropelado.

Enrosquei as mãos no cabelo dela, segurando-a pela nuca, enquanto Laís enlaçava meu pescoço com os braços, pressionando os seios contra meu peito, entrelaçando as pernas na minha cintura.

— Você... — Ela suspirou. — Você já...

E sua pergunta morreu enquanto mordia meu pescoço. Mesmo com toda a adrenalina que percorria minha corrente sanguínea e nublava meus pensamentos, eu entendi sua breve pergunta cortada. Ela queria saber se eu era virgem...

Apertei a cintura da Laís com a mão livre, transmitindo a ela toda a minha vontade.

— Não. Nunca transei... Mas quero muito — respondi num sussurro, esperando pelo pior.

Uma parte de mim enxergava razões para a Laís desistir de transar comigo, e pensar nisso, naquele momento, era quase uma forma de evitar que eu desabasse de vez caso ela escolhesse parar por ali.

Porém, contrariando minhas prematuras conclusões, a Laís me beijou com ainda mais desejo, buscando-me de volta no interior da alma, e sorriu.

— Acho então que 14 de novembro será um dia para guardarmos para sempre... — Sua boca roçava a minha enquanto ela falava, uma vontade urgente palpitando em sua voz.

Laís então mergulhou na água e quando dei por mim, seus dedos estavam invadindo minha cueca e abaixando-a até meus pés. Senti o pano se desprendendo de mim, ao mesmo tempo que a Laís reaparecia, sorrindo, travessa.

Eu ficava me perguntando se aquilo estava mesmo acontecendo, mas logo fui arrancado dessa dúvida quando tornamos a nos abraçar, agora sem nenhuma barreira entre nós.

A Laís se encaixou em mim... Completa e plenamente.

Começamos num movimento de vaivém mais calmo, pois eu queria absorver ao máximo a essência da Laís e daquele momento. Mas não aguentei... Quando dei por mim, já estávamos nos conectando de modo frenético, cada parte do corpo pulsando e uma sensação de que tudo pegava fogo dentro de nós. Eu podia sentir os arrepios dela a cada movimento e tudo parecia à flor da pele... Laís se segurava em mim com as unhas, com urgência, e seus olhos pediam mais.

Depois de alguns minutos, tudo ficou ainda mais intenso, de forma que parecia que iríamos explodir.

Parecia que meu corpo estava em chamas...

E eu via as estrelas brilhando no céu...

O sangue em meu corpo entrava em ebulição...

Meu coração ameaçava sair do peito e parar nas mãos da Laís...

Mordi o lábio com força.

Ela gemeu meu nome.

E explodimos.

Juntos.

★　★　★

Não sei se acontece assim com todas as pessoas, ou só com algumas, ou só comigo, só sei que minutos após perder minha virgindade com a Laís, a ideia de me sentir "completo" se alastrou por mim, conforme, gradativamente, eu retomava a concepção do que acabara de acontecer.

E, por um tempo, fiquei apenas boiando na água turva da lagoa, revendo em minha mente a boca da Laís entreaberta, sussurrando meu nome, ao passo que eu a sentia por dentro de um jeito como nunca imaginei na minha vida.

— Psiu — a Laís me chamou, e me virei para olhá-la.

Ela já estava sentada no píer, com os pés balançando no ar. Pela escuridão da noite, era quase impossível vê-la. Eu conseguia apenas discernir sua silhueta e a fumaça do cigarro rondando-a como uma projeção fantasmagórica.

— Está pensando em quê? — ela me perguntou, muito curiosa.

— Ah... Nada.

Laís riu, sem humor.

— Você é um péssimo mentiroso...

— Não menti.

— Nossa. O pior ator que eu já vi!

— Certo, me rendo! — Joguei as mãos para o alto.

— Você agora é um homem, garoto quase atropelado! Não pode mais mentir, por favor! — ela exclamou, debochada. — Agora, sério, fala o que você está pensando...

Fitei a água escura, tentando racionalizar meus caóticos pensamentos. A verdade era que sim, eu estava feliz, satisfeito e imensamente surpreso com tudo o que tinha acontecido. Insano pensar que minha noite havia começado numa boate gay e agora eu tinha feito amor com a menina que amava... Era surreal demais. Todavia, apesar de tudo isso, de todas as coisas boas, algo ficava desfilando na minha mente e não me deixava em paz.

Respirei fundo e resolvi falar de uma vez:

— Tem uma coisa martelando em minha cabeça. É pura bobagem... Só que eu fico pensando e pensando e...

— Para — ela me cortou, direta e cáustica, soprando sua fumaça serpentiforme pelo ar. — Pergunta logo o que você quer saber.

Resolvi seguir o seu conselho.

— Há algum motivo para termos transado na água... na lagoa? Quero dizer, foi bom pra mim, lógico. Mas só pergunto porque eu nunca vi nada parecido...

Escutei a risadinha dela bem de leve.

— Filmes pornôs não costumam ser muito criativos mesmo, não?

— Idiota! Você sabe o que eu quero dizer.

Laís ficou em silêncio, apenas respirando. Eu podia ver a sombra de seu corpo subindo e descendo e era quase como se seus pensamentos em movimentação produzissem um ruído que só eu conseguia ouvir.

— A verdade é que a gente poderia ter feito sexo em qualquer lugar... — ela disse, e na tranquilidade do sítio sua voz soava alta demais. — Mas eu quis compartilhar uma primeira vez com você, que fosse uma primeira vez pra mim também. Eu nunca transei na lagoa, ou seja...

Sorri.

— Perfeito. Tivemos nossa primeira vez juntos.

— Sim. — Ela riu. — Você é oficialmente o cara que me tirou a virgindade da lagoa.

Rimos mais um pouco e eu desejei no meu íntimo ainda ser o cara que iria tirar tantas outras virgindades dela.

A Laís tragou por uma última vez profundamente, jogando a guimba longe e dando uma golada generosa na garrafa de vinho ao seu lado. Em seguida, ela se levantou com a luz da lua iluminando-a palidamente.

— Já vamos embora? — perguntei, e esperei até que ela me olhasse.

Laís esboçou um sorrisinho travesso.

— Foi mal, garoto quase atropelado, mas eu sei que sua mãe não está na cidade e hoje você não vai dormir em casa. Hoje, você dormirá comigo.

Nua, Laís começou a correr na direção da casa do sítio, mais ao fundo do terreno. Saí da lagoa, também nu, o vento frio me arrepiando todos os pelos do corpo, e corri até alcançá-la à porta de madeira gasta.

— A casa deve estar um lixo — ela disse. — Na verdade, sei que vem um caseiro de quinze em quinze dias fazer uma limpeza... Mas nem tive como passar aqui antes, então, peço que me desculpe por qualquer coisa.

— Por mim está tudo bem, Laís.

Será que ela não percebia que poderíamos estar no pior lugar do mundo e ainda assim seria bom, unicamente, por estar ao lado dela?

Ela então começou a testar qual chave pertencia àquela porta, num conjunto de mais ou menos cinco chaves. Durante essas experimentações, apenas me distanciei um pouquinho e fiquei admirando, com atenção e devoção, as curvas de seu corpo.

Laís abriu a porta e olhou para trás, quando percebeu minha nova ereção, riu alto.

— Você é duro na queda. — Ela olhou para meu membro fingindo espanto. — Literalmente.

Ri junto com ela, surpreendendo-me ao perceber que estava completamente à vontade com o que a Laís disse, não envergonhado, como era de se esperar. Entrei, então, na casa, logo atrás dela.

A casa era pequena, e consistia em uma sala, com uma cama de casal no meio, dois travesseiros e dois edredons dobrados no canto, um banheiro nos fundos, fechado por uma porta branca de madeira, e uma cozinha na lateral, com pia de inox, um fogão preto e um armário grande com um tanto de gavetas.

A Laís segurava suas roupas em uma mão e a garrafa de vinho na outra, e ao tentar beber, o líquido correu pelo seu queixo. Ela deu risada, meio alta, mas eu apenas me aproximei dela e lambi a gota malcriada.

Em segundos já estávamos na cama, nos apertando, entrelaçados, nos agarrando da forma mais quente que podíamos. Eu a beijava quase com desespero; seu pescoço, seus seios, seu queixo, suas bochechas, e cada pedaço de pele de seu corpo — eu amava cada centímetro de sua existência.

Nesse instante, todos os medos e as incertezas que me impediam de tomar Laís nos braços e fazer simplesmente o que meu coração pedia desapareceram. Parecia que no mundo só existiam nós dois, e nossos corações, e nossos corpos.

Foi quando a segurei pelo cabelo, e apenas deslizei a língua por sua boca com atrevimento. A Laís sorriu, seu olhar pedindo mais.

Eu nunca, jamais, tivera experiência com sexo oral, e tudo o que eu mais queria naquele momento era ver a boca da Laís em mim, compartilhando comigo algo ainda mais íntimo e secreto. Segurando-lhe a nuca, apenas indiquei para baixo, para onde eu mais queria tê-la.

Ela pareceu resistir um pouco. Para mim, era parte de mais um joguinho de conquista. Então forcei mais o corpo dela, e, em seguida, enfiei meu membro em sua boca, sentindo seus lábios, segundos depois, o expulsarem como se fosse veneno ou algo parecido.

Laís deu um grito de pavor, se afastou de mim e correu para o banheiro. Eu apenas fiquei lá, assustadíssimo, até que corri atrás dela.

— Laís! Abre! — gritei e bati na porta do banheiro uma infinidade de vezes, mas ela não me respondia.

Laís não emitia nenhum som, não falava comigo, não me deixava explicar. Simplesmente, não me respondia.

Não sei nem quanto tempo fiquei lá, apenas socando a madeira com os olhos cheios de lágrimas. Quando dei por mim, os ossos da minha mão latejavam de dor. Mas isso não era nada...

O ódio por tê-la forçado a algo começou a me invadir e eu não conseguia entender o que tinha acontecido naquele momento que a repeliu daquela maneira. Laís era uma incógnita para as coisas mais simples da vida, imagina para as complexas, como o sexo.

Sem mais forças, desisti de bater na porta de madeira e apenas deitei no chão ao lado da porta, desanimado e deprimido.

Fiquei lá esperando a Laís sair e esperei por horas e horas. O sol já estava nascendo lá fora, levando embora minhas esperanças de que algum dia eu poderia ser feliz ao lado dela. Então, perto das dez da manhã, Laís saiu do banheiro, seus olhos avermelhados de tanto chorar.

A claridade do sol, que entrava pelas janelas da casa, deixavam o cabelo dela ainda mais vermelho.

Eu brinquei com fogo; provei, me lambuzei, me entreguei, quis mais e, no final, o óbvio aconteceu.

Eu me queimei.

Laís, completamente vestida, apenas olhou para mim e disse: "Vamos embora, eu te deixo em casa."

Em silêncio, eu a segui para fora.

Enquanto esperava ela entrar no carro e ligá-lo, fiquei apenas em frente ao píer, olhando para a lagoa onde eu havia deixado parte da minha existência.

— Vamos! — Laís chamou, de dentro do veículo.

Despedi-me daquele pedacinho de paraíso e me virei para ir embora.

Na água tranquila da lagoa, minha cueca boiava longe da margem, fora do meu alcance — assim como meu amor pela Laís...

★ ★ ★

A viagem de volta transcorreu em um silêncio melancólico e pesado. Quando Laís parou o carro na porta da minha casa, eu não quis fingir que estava tudo bem também. Apenas saí sem olhar para trás e Laís que fosse se danar com suas esquisitices! Ela havia definitivamente estragado uma noite que poderia ter sido a melhor da minha vida.

Ao entrar no meu quarto, o barulho acabou acordando Acácio, que dormia no colchão e tivemos uma breve conversa:

— Como foi a noite? — ele perguntou, ainda sonolento, a boca aberta e babada no travesseiro.

— Uma grande merda, como é tudo que envolve a Laís.

— Não… Uma merda como tudo o que envolve o amor… — ele respondeu, bocejando alto e cobrindo a cabeça com um lençol, voltando a dormir.

Deitei-me e me escondi embaixo dos edredons.

— Que seja.

Sem mais, mesmo sentindo a cabeça pesada com tudo o que vivi, apenas escrevi aqui e tentei dormir. Ficando inconsciente, eu tinha esperança de a minha mente não pensar na cabelo de raposa…

15 de novembro

Quando acordei, o sol estava quase se pondo. Demorou alguns instantes para o torpor do meu cérebro, que me fez esquecer a Laís durante o sono, se esvair completamente e eu começar a ser atacado por uma sequência de memórias dolorosas.

Acácio me perguntou o que havia acontecido e eu acabei contando para ele a história toda. Ele ficou chocado, meio triste, sobretudo por não saber como ajudar a mim e a Laís. Mas, por fim, eu lhe expliquei que não queria ajuda nenhuma, porque ela era daquele jeito, eu de outro jeito, e se nós não conseguíamos conversar para esclarecer algum assunto não havia como darmos certo juntos.

No correr do dia, Acácio cozinhou, fez lanches, me chamou para jogar Liga da Justiça no videogame e para fazer outros programas. Eu apenas o acompanhava porque, diante das minhas respostas negativas, ele não parava de insistir.

Acácio me contou que naquele dia ele e Henrique tiveram uma conversa, e o Henrique pediu desculpas por ter sido grosseiro. Acho que finalmente ele entendeu que o Acácio e o Thiago são pessoas diferentes e não havia com o que se preocupar.

Mas, mesmo sendo uma coisa muito legal, isso não foi o suficiente para reverter a minha tristeza. Estou aqui, agora, escrevendo isso e olhando para o céu noturno da janela do meu quarto. Mesmo que eu tente lutar contra, minha mente me obriga a pensar em como a Laís está… Se está bem. Se está com outro.

E, mais uma vez, a todo o momento em que eu pensava em algo mínimo a respeito dela, uma tempestade de incertezas surgia como a única coisa concreta que eu poderia esperar dela.

Deve ser perto das duas da madrugada agora e o álbum *Dark Side of The Moon*, do Pink Floyd, não sai do modo de repetição há umas três horas. Acácio até conseguiu me distrair o dia todo, mas a verdade mesmo era que eu estava fazendo todas as coisas no automático e todos os meus pensamentos voltavam a me atormentar sem descanso.

Por essas e outras, eu fiquei feliz quando o sono chegou — foi a forma que encontrei de eclipsar minha dor.

Seria como morrer por algumas horas…

E esse era o meu maior desejo naquele momento.

16 de novembro

Acordei cedo hoje e logo de manhã recebi uma ligação da minha mãe informando que voltaria dali a três dias. Eu assenti, respondi à quilométrica lista de perguntas que ela fez e, no final, nos despedimos com um "eu te amo".

Quando contei sobre o retorno da minha mãe para Acácio, ele ficou tenso, como se precisasse correr de lá. Achei aquilo meio louco.

— Acácio, não seja tolo! — eu disse. — Minha mãe já sabe que você vai ficar aqui por um tempo…

— Eu sei.

Mas ele não parava de andar de um lado para o outro, nervoso.

— Perfeito, então! — debochei. — E por que você não para de agir como um maluco?

Acácio se virou para mim, me segurando pelos ombros.

— Você não consegue perceber, seu tonto?

— Perceber o que, Acácio? — rebati, irritado.

Ele apenas abriu um sorriso largo para mim.

— Nós precisamos aproveitar ao máximo esses últimos dias que sua mãe vai passar longe daqui! Temos apenas três dias para vivermos os melhores momentos de nossas vidas! Três dias para vivermos e, no final, não falarmos "A vida é uma merda", e sim: "Uau! De vez em quando essa merda de vida vale a pena ser vívida."

Caí na risada… Jamais poderia imaginar que seria esse o motivo.

— Sim, e como você pretende fazer isso? Voando em um unicórnio cor-de-rosa até o fim do arco-íris?

Acácio revirou os olhos.

— Não seja metódico nem debochado, por favor! Vamos simplesmente mergulhar na escura e vazia jornada da busca por nossas existências.

— Você está falando como um drogado poético.

— Estou falando como um sábio.

— Um sábio drogado e poético.

— Que seja! —Acácio se agitou, andando de um lado para o outro. — Você é meu amigo, Laís é minha amiga e Natália também, mas, ora, estamos todos separados e não há motivo para isso! Somos amigos e a merda da vida nos distanciou.

"Não a vida", pensei, "e sim os segredos que vocês tanto escondem uns dos outros".

— Vamos pegar nossos dinheiros, colocar gasolina no carro e sair por aí sem um plano definido! Em busca de algo que nos faça enxergar que a vida vale a pena e…

Forcei um bocejo, e Acácio me xingou e jogou um travesseiro em mim. Eu ri, mas a verdade era que a ideia estava parecendo cada vez mais interessante e ganhava força dentro de mim.

Eu tinha medo disso.

★　★　★

Acácio passou a tarde toda num tagarelar frenético, sem conseguir parar de falar sobre a tal viagem, como seria divertido e como sentiríamos que o mundo é tão incrível que provaria até para um ateu que Deus existe e outras tantas coisas. Eu apenas escutava, sem o entusiasmo que dominava o Acácio, mas afirmando que iria de qualquer forma.

Foi impossível não pensar no Sal Paradise e seus amigos, no *Pé na Estrada*, e me peguei imaginando se a viagem que aconteceria seria algo parecido com o que os personagens do livro teriam vivido — diminuindo beeeem o número de sexo e de uso de drogas. Agora, eu já nem conseguia mais conter a euforia que crescia dentro de mim. Era quase como se eu estivesse vivendo em um livro da minha própria história.

Quando o Henrique se sentou com a gente para almoçar um nhoque especialmente bom que o Acácio havia feito, expliquei para ele sobre a viagem: falei que iríamos eu, o Acácio, a Natália e a Laís a algum lugar para ver o mar, que ficaríamos num hotel dos pais da Natália e que ficaria tudo bem; eu apenas estava receoso de contar para a mamãe porque ela tinha medo do mar. O Henrique prometeu me acobertar — uma das poucas vantagens de ter me tornado uma pessoa tão solitária nos últimos tempos era que qualquer movimentação que envolvesse amizade, estava praticamente liberada para mim. Quando então ele se afastou, após terminar seu almoço, Acácio apontou para mim o garfo sujo com que comia.

— Você é um trapaceiro.

— Odeio mentir, mas é o único jeito de o Henrique permitir que o irmão mais novo dele saia numa aventura desconhecida com o amigo gay que ele expulsou daqui.

— Primeiro: o amigo gay é responsável. Segundo: ele já concordou que eu fique aqui.

— Com a segunda observação não há o que discutir... Mas quanto à primeira... — Comecei a rir, e Acácio também. — Quando está sóbrio e quando não tem nenhum outro gay que desperte seu interesse por perto, pode até ser.

Acácio gargalhou, sem escolha senão concordar comigo.

Acabamos de almoçar e ele se aninhou no sofá da sala com um caderno e uma caneta, dizendo que faria a lista de itens indispensáveis para nossa viagem. Diante dos minutos de silêncio que se passaram, minha mente começou a me lembrar da maior implicação que essa aventura me traria: ter que ficar perto da Laís outra vez. E com sinceridade, eu não sabia nem dizer se isso era algo que eu desejava ou algo que eu temia. Acho que, no fundo, um pouco dos dois.

★ ★ ★

Infelizmente, por Acácio estar entretido demais com a viagem e não ficar tão perto para me distrair, minha mente começou a me levar para um labirinto de pensamentos em busca de uma resposta concisa sobre o que havia acontecido entre mim e Laís. Subi para o meu quarto e tentei dormir, sem sucesso.

E foi aí que a lembrança da confissão da Laís sobre os abusos sexuais que sofreu ganhou força na minha cabeça... Será que tudo estava ligado ou aquela atitude foi só mais um ato impulsivo?

Interrompendo meu raciocínio, Acácio invadiu o quarto com umas seis sacolas de supermercado.

— Comprei tudo o que acho que iremos precisar — anunciou ele, deixando as compras no chão. — E pare de me olhar com essa cara, eu preferi me adiantar a ficar esperando uma atitude de vocês!

— O que você trouxe? — perguntei, num misto de curiosidade e receio, visto que a até então abstrata ideia de viajar estava ganhando um desenrolar mais sólido.

Acácio limpou o suor da testa.

— Comprei cigarros, lanterna, fósforos, vinho, pacotes de Doritos e Rufles e... Não lembro mais.

Assenti, ironicamente.

— Você é um ótimo dono de casa.

Acácio me mostrou a língua e se sentou na minha cama. E, então, me olhou sério, meio de lado, e eu soube na hora que ele tinha algo a dizer.

— Diz logo — pedi, pois odeio quando as pessoas me deixam curioso.

— Eu só estava pensando... porque não quero ser egoísta... e pensei se você vai mesmo ficar bem se a Laís for também.

Dei de ombros.

— Eu não vou impedi-la de ir, caso ela queira. Pra mim, será indiferente, como se nada tivesse acontecido entre a gente — menti, surpreendendo a mim mesmo conforme minha voz ganhava firmeza.

Ele sorriu pra mim, confortando meu ombro com um aperto.

— Por isso as pessoas te amam.

Não entendi bem o que ele quis dizer com isso; se as pessoas me amavam por eu ter a incrível capacidade de não conseguir guardar rancor ou se me amavam porque eu era um trouxa com quem elas podiam agir como quisessem.

No fim, Acácio se levantou da minha cama e disse:

— Vamos pegar a estrada ainda hoje.

Fiz que sim com a cabeça. Era estranho, mas, por mais que ele estivesse falando isso com uma certeza sincera, tudo ainda soava distante demais.

— Que horas?

— Liguei para as meninas e marquei às dez horas, em frente a sua casa.

— Tudo bem. Mas, Acácio, você não acha meio perigoso dirigir à noite?

Acácio me olhou com uma sobrancelha erguida.

— É a partir daí que a aventura vai começar, cavalheiro.

Meu coração palpitou forte, acho que por saber que ele estava falando sério.

★ ★ ★

A noite estava quente, o ar, pesado — típico daqueles dias de verão que nos fazem suar como uma torneira desregulada.

— Você já está pronto? — Acácio me perguntou, posicionado à frente do espelho da porta do meu armário.

— Sim, estou — respondi, deitado na cama ao lado da minha mochila, onde eu colocara algumas peças de roupas, itens de higiene e este diário.

— Que bom — ele respondeu, mexendo compulsivamente em seu cabelo de James Dean. — A Laís me estressou demais hoje!

Eu havia escutado tudo. O Acácio e a Laís haviam tido uma pequena discussão poucas horas atrás, pois o Acácio queria que viajássemos em sua picape vermelha e a Laís insistia em dizer que seríamos parados pela fiscalização caso vissem que dois de nós estavam viajando na caçamba daquela lata-velha. Eles se xingaram um pouco, mas, por fim, o Acácio se rendeu e concordou que viajássemos no Fiat Uno branco da Laís. Era realmente a decisão mais segura.

Quando chegou, uns dez minutinhos depois, Laís estacionou na frente do meu portão, ao lado da picape do Acácio, e abriu o porta-malas para que colocássemos a pouca bagagem que levaríamos.

— Oi — ela disse para mim, de um modo impessoal.

— Oi — eu respondi, ainda sem encará-la.

Ela suspirou ruidosamente e voltou para o banco do motorista, enquanto guardávamos nossas bagagens.

O Acácio, quando viu a Natália no banco do carona, começou a reclamar e a perturbá-la, até ela decidir pular para o banco de trás, onde eu já estava acomodado, e ele pôde tomar, assim, o lugar dela.

Então, de repente, todo o mundo se olhou. Independente de segredos, de brigas, de mágoas, éramos só nós quatro naquele carro. Quatro corações, quatro almas sedentas por respostas da vida, dos porquês que nunca conseguiram responder. Quatro pessoas em busca do que as motivava a viver.

Laís então ligou o rádio e a música *Ainda é cedo,* da extinta banda Legião Urbana, começou a tocar. Os acordes iniciais da guitarra e da bateria me arrepiaram e eu e a Laís apenas nos olhamos e sorrimos um para o outro e pareceu que ela sentira a mesma coisa, quase como se o Renato Russo tivesse composto essa música para um casal tão torto e complicado como nós.

— Eu preferia ouvir a Beyoncé — o Acácio reclamou.

— Hoje não ouviremos a opinião musical do gay do grupo — a Natália zoou, e eles trocaram tapinhas enquanto todos ríamos.

No fim, todos começamos a cantar juntos e eu senti de uma forma engraçada que aquela passaria a ser a música tema da trilha sonora da nossa viagem.

Passamos pela saída do condomínio e, quando pegamos a estrada, aí sim começamos a cantar com toda a nossa força, com a Laís dirigindo na direção de onde as estrelas brilhavam mais forte.

Na direção de nossa liberdade.

17 de novembro

Ainda de madrugada, decidimos que como um de nós, ou Acácio ou Laís, estaria fazendo o esforço de dirigir o carro, já que eram os únicos habilitados, deveríamos todos nos manter acordados. Quando um dormisse, todos deveriam dormir também.

Eram quase quatro da manhã e eu estava com sono, tentando disfarçar uma sucessão infinita de bocejos. A Laís havia dirigido por umas três horas seguidas, até o Acácio assumir o controle. Eu estava com muita vontade de sugerir uma parada, mas me contive, com medo de bancar o chato.

Quando olhei para o lado, Natália tirou de uma bolsa uma garrafa térmica, despejou café num copinho de plástico e o deu para mim.

— Bom para atrasar o sono — ela sussurrou, esboçando um leve sorriso.

No mesmo instante, me lembrei do que a Laís me disse no sítio sobre a Natália gostar de mim. Isso me fez corar um pouco.

— Obrigado — respondi, aceitando o café, que estava com um cheiro irresistível.

No controle do volante, Acácio olhou rapidamente para trás.

— O que acham de darmos uma parada? — indagou ele, para minha felicidade. — Estou morrendo de sono…

Laís bufou.

— Estamos na estrada há menos de cinco horas — resmungou. — Deixa que eu dirijo, então. Vocês podem dormir.

— Não acho uma boa ideia —Natália contrapôs. — Combinamos de dormir juntos e acho que deve ser assim.

— Perfeito, princesa — debochou Laís. — Só me diz um lugar onde poderemos parar para dormir, se tudo o que vejo são árvores e estrada!

Isso era verdade. O caminho que tomamos era visando chegar a uma praia paradisíaca e deserta que a Laís dizia conhecer. Eu não havia entendido a razão dela de querer tanto ir pra lá, mas todos haviam concordado, e eu não quis ser do contra para não parecer uma implicância pessoal; fora o fato de que eu não tinha uma relação muito bacana com praias, e essa viagem poderia servir justamente para acabar com essas minhas errôneas impressões.

— Não seja grossa! — a Natália rebateu, nervosa também. — Só estou pensando no bem de todos nós!

— Tudo bem pensar, mas quando for algo idiota assim, guarda só pra você, tá bom? —Laís sussurrou, acendendo um cigarro e começando a fumar dentro do carro, deixando a fumaça fluir pela janela meio aberta. — Isso, sim, fará bem para todos.

A Natália não se segurou e acabou metendo o joelho com força na parte de trás do banco onde Laís estava sentada.

— Merda! — A Laís deixou o cigarro cair de suas mãos. — Você me machucou!

— Quem sabe assim você não aprende a ser um pouco menos vadia?! — Natália rosnou, cruzando os braços e dobrando as pernas, muito alterada.

Eu comecei a ficar com um mau pressentimento em relação àquilo tudo, ao contrário do Acácio, que ria a cada troca de farpas das duas. A questão era que todos nós estávamos com sono e, infelizmente, as pessoas começam a perder um pouco da noção das coisas quando muito cansadas.

Isso se comprovou minutos depois, quando, num piscar de olhos, a Laís pulou para o banco de trás, com as unhas expostas para agredir a Natália. E, assim, numa confusão de gritos, cabelos e tabefes, as duas começaram a se engalfinhar, comigo no meio tentando inutilmente detê-las e o Acácio gritando também, dizendo que poderíamos causar um acidente e morrer, e que elas eram duas tremendas idiotas, e que aquilo era para celebrarmos nossa amizade, e não um ringue de duas vadias enlouquecidas.

Demorou um pouco, mas consegui a difícil missão de me colocar entre as duas, para evitar um pouco as agressões físicas.

— Vadia! — Natália gemeu, analisando os braços marcados com arranhões.

— Você tem sorte, Natália — Laís rebateu. — Era pra eu ter feito esse estrago nessa sua cara *gorda*!

Foi instantânea a reação da Natália, que ainda olhava seus braços. Seus olhos rapidamente se encheram de lágrimas… Mas o mais irônico de tudo era que o rosto da Natália era o mais magro e fino de todos dentro daquele carro. A cada dia que passava ela estava mais e mais magra.

Laís riu, enlaçando meu pescoço com o braço.

— Nunca nenhum menino vai te olhar… gorda desse jeito…

— Cale a boca! — gritei para Laís.

Só naquele momento eu entendi aquele comentário sádico. Eu pensava que a doença da Natália era segredo, mas, pelo visto, Laís já havia notado e tentara se aproveitar disso.

Laís ficou um bom tempo com a boca ligeiramente aberta, seu cabelo caindo por cima do rosto e uma máscara de espanto estampada em suas expressões.

— Você não tem o direito de gritar comigo… — ela disse, depois de um tempo, e eu podia sentir a raiva impressa em cada palavra.

Tentei fingir que não me afetei com isso.

— Então, não seja a droga de uma amiga de merda! —falei, sem conseguir me conter.

Laís então fez algo que eu nunca imaginei que ela pudesse fazer: abriu a porta de trás do carro e inclinou-se para saltar fora. Nunca saberei se seria uma tentativa concreta de suicídio ou apenas uma chantagem emocional, porque agarrei Laís com tanta força como se a minha vida dependesse disso.

Minha visão parece ter sido eclipsada nesse momento, porque não consigo me lembrar de muita coisa... Apenas me recordo dos gritos de todos e a freada brusca que o carro deu, me recordo de eu e a Laís nos chocarmos contra o banco da frente e, depois, ela chorar alto.

O automóvel parou no acostamento da estrada deserta, ladeada por árvores escuras e o ar frio e úmido invadiu o carro pela porta ainda aberta.

Num gesto brusco, Laís saltou para fora do carro, indo direto para a estrada. Meu coração ainda estava acelerado demais e eu tinha a sensação de que poderia enfartar a qualquer instante.

— Por que você me impediu? — ela perguntou, me fuzilando com o olhar, notavelmente transtornada. — Eu queria aquilo!

Meu coração doía demais e o ar parecia não conseguir entrar nos meus pulmões.

— Eu devia mesmo ter deixado você se esborrachar no asfalto e ficar sangrando lá como um pedaço de bosta! — rebati, sentindo um ódio profundo e violento pela Laís.

Ela, então, me segurou pela gola da camisa e me puxou para fora do carro. A Natália e o Acácio saíram do carro também, tensos.

— Você é um babaca! — Laís gritou, lágrimas pulando de seus olhos e rolando pelo rosto. — Eu te odeio muito!!!

— Eu te odeio mais!!! — rebati, com raiva também, segurando o pulso dela, tentando me desvencilhar de seu aperto. — Eu te odeio muito mais!!!

Laís me empurrou, sua expressão ensandecida.

— Mentiroso! — esbravejou ela. — Sei que você me ama, sei mesmo! Mas quer saber a melhor? Eu fugi de você naquele dia e não me arrependo, sabe por quê? — Riu, gélida. — Porque eu gosto é de *homem*, não de criança! E você é apenas uma criança mimada e chorona! O completo oposto do seu irmão, que, aliás, é um baita homem...

E a voz da Laís então se calou com o estalo do tapa que dei na cara dela soando dolorosamente alto. O rosto da Laís se virou totalmente num ângulo estranho, seu cabelo avermelhado escondendo suas feições como uma cortina fechada.

Até o ar da noite parecia ter parado para nos ver... Mas não tinha mais o que se presenciar. O Acácio e a Natália entraram na nossa frente e ficou aquele clima tenso em que todo o mundo se olha e ninguém sabe o que falar.

No fim das contas, Laís estendeu a mão, e Acácio entregou as chaves do Fiat para ela.

— Eu dirijo e vocês dormem — ela disse, e ninguém se opôs; acho que pelo cansaço e pela tensão da situação.

Entrei e me acomodei atrás do banco do motorista, onde eu estava sentado antes. Quando Laís entrou, pude ver, com uma dor aguda no coração, a marca dos meus dedos gravada na pele de sua face. Aquele rosto que eu beijei, provei e amei. Aquele rosto que era o que eu mais amava e odiava no mundo.

Laís enfiou a chave na ignição, deu a partida e voltou para a estrada.

Meu coração ainda me socava violentamente e um desconforto sombrio assolava minha alma.

Era opressor e desesperador...

Adormeci sem conseguir ver o brilho da lua ou das estrelas; adormeci encarando apenas a escuridão.

★   ★   ★

Quando acordei, o carro estava parado em frente a uma lanchonete de beira de estrada, cercada por uma estradinha de poeira.

Cocei os olhos, minha vista ainda se adaptando à luminosidade do dia ensolarado, e notei que Acácio e Natália estavam dentro da lanchonete, comendo algo. Mas o que mais me chamou a atenção foi Laís. Ela estava perto do carro, andando de um lado para o outro com o celular pressionado contra uma das orelhas, numa aparente discussão. Eu não conseguia ouvir a conversa, mas, pelo jeito que ela gritava, parecia ser algo bem sério.

Por fim, abri a porta, os fortes raios de sol me tocando diante de um céu azul sem nuvens, enquanto Laís desligava o celular e o enfiava no bolso do shorts jeans.

— Está tudo bem? — perguntei.

Laís me olhou, séria, depois baixou a cabeça e simplesmente se virou de costas e saiu de perto de mim.

— Você tem dez minutos para comer algo antes de irmos embora — falou, acendendo um cigarro e soprando a fumaça para o alto.

A minha vontade era ter ficado e tentando consertar as coisas que eu destruí ontem, mas os protestos de fome do meu estômago falaram mais alto; e também para evitar um novo atrito, eu apenas a obedeci.

Quando cheguei à lanchonete, uma garçonete idosa e de cabelo ensebado me interceptou e acabei pedindo o mesmo que o Acácio e a Natália — um sanduíche com direito a tudo — pão, carne de hambúrguer, alface, tomate, ovo, presunto, queijo, bacon e batata palha —, junto com uma porção de batatas fritas e um copo de coca-cola, e me sentei à mesma mesa que eles.

A lanchonete era típica de beira de estrada: um aspecto sujo e uma aura de liberdade tomava conta do ambiente. As mesas eram de madeira gasta, contempladas com quatro banquinhos cada. Nas paredes, quadros antigos da Coca-Cola.

Os dois, Acácio e Natália, continuaram a conversa sobre o que vinham falando antes de eu chegar: filmes cult de animação, mais especificamente, *Mary e Max*. O premiado filme australiano falava resumidamente sobre duas pessoas solitárias, uma menina e um senhor, que encontravam a amizade numa troca frequente de cartas pessoais.

Acácio disse que esse filme não entrava em sua lista das cinco melhores animações do cenário cult, e foi ao banheiro, deixando-nos com alguma frase boba de efeito do tipo "*Mary e Max* não é nem Top 5! Aceitem!". Ficamos então eu e Natália, sentados ali, nos olhando de forma tímida. Era horrível saber que Natália nutria algum tipo de interesse por mim, porque isso, irremediavelmente, me bloqueava perante qualquer tentativa mínima de aproximação.

Baixei a cabeça para a mesa, enquanto esperava meu lanche, e percebi, sem querer, que o hambúrguer da Natália estava literalmente destroçado — resumido a pedacinhos tão diminutos que facilmente passariam por resto. Mas eu não era tão bobo quanto parecia. A verdade era que ali estava todo o hambúrguer — se a Natália deu uma ou duas mordidas, foi muito.

— Ontem a coisa ficou meio tensa, né? — Natália disse, me pegando de surpresa.

— "Tensa" é uma boa definição. — Esbocei um sorriso infeliz.

A Natália encolheu seus ombros angulosos.

— Obrigada por me defender — ela falou, sua voz bem fraquinha.

— Por nada — respondi, sentindo-me sem graça. — Eu não sabia que você tinha contado para a Laís...

— E não contei. — Natália olhou para o lanche destroçado e, então, abraçou a si mesma. — Acho que as coisas estão ficando mais aparentes...

A expressão que marcou o rosto dela naquele momento fez meu coração parar de bater por alguns segundos; uma dor aguda me atacou, mergulhando-me numa onda de compaixão. Natália parecia ter total consciência dos males que seus transtornos traziam e, de certa forma, era quase como se ela aceitasse isso.

— Não precisa me olhar assim — Natália disse, sorrindo sem graça.

Senti meu rosto arder de vergonha.

— Desculpa.

— Não tem problema.

Nós, então, ficamos quietos.

O que se deve dizer numa hora dessas? Acho que não se encontra a resposta num manual de convivência social.

Então, meu lanche chegou e eu comecei a devorá-lo na velocidade que minha fome exigia.

— É... Quer dizer que você gosta de *Mary e Max*? — Natália quis saber, e eu fiquei feliz por isso, pois nossa conversa não precisava terminar com o peso de todo aquele teor obscuro.

— Sim — afirmei, animado. — Simplesmente pense que louco seria trocar cartas com uma pessoa que você não conhece, que é totalmente diferente de você, que mora em outro lugar, mas que compartilha do mesmo sentimento de solidão...

— Exatamente. Para mim, está aí a grande beleza da história.

— Eu não sabia que você curtia animações tanto assim — confessei, surpreso de verdade e feliz por conhecer esse gosto da Natália, que eu compartilhava com enorme alegria.

— Há muitas coisas ainda que você não sabe sobre mim — Natália sussurrou, quase como se não quisesse realmente dizer aquilo.

Seguido por uma onda repentina de coragem, eu ergui a cabeça, olhando Natália sem medo. Nossos olhares se encontraram por alguns segundos, até Acácio aparecer, gritando da porta do restaurante:

— Bora, cambada!

Eu e Natália nos olhamos mais uma vez, excitados com o restante da viagem. Levantei-me para sair da lanchonete, carregando o restante do hambúrguer, mas, antes que eu saísse, Natália se apoiou sobre a mesa, chegando perto do meu rosto, e disse:

— Se eu tivesse a oportunidade de viver algo parecido como no filme... Se eu... Se eu simplesmente pudesse mandar cartas para alguém no mundo e escolhesse me abrir para essa pessoa, e permitisse que essa pessoa se abrisse comigo também... Er... Essa pessoa seria... você.

Eu não sabia muito bem o que responder; as palavras da Natália me pegaram completamente de surpresa.

Minha boca se abriu para falar, mas quando eu ia dizer algo, a Natália já se afastava. Ela saiu da lanchonete e eu a avistei junto do Acácio e da Laís, próximos ao Uno branco. Laís já não estava mais fumando, e olhava fixo para a lanchonete, provavelmente, me esperando.

Saí em direção ao veículo pensando em como seria mesmo insano se eu pudesse trocar cartas com uma pessoa para conhecer seu interior — medos, segredos, sonhos e tudo o mais. E, por mais que as palavras da Natália tivessem mexido de alguma forma comigo, odeio admitir que eu já teria uma candidata para o cargo de receber e me enviar cartas: a pessoa mais misteriosa e conturbada que conheço; a única que consegue me levar ao paraíso e ao inferno em poucos segundos; a única que me incendeia, apesar das minhas tentativas de manter meu coração numa redoma de gelo.

— Achei que fosse nos fazer esperar o dia inteiro — Laís disse, seca, assim que me aproximei.

Acho que nesse ponto acabei sorrindo. Eu ainda estava magoado com ela, mas seu jeito arisco soou engraçado.

É, eu já tinha a candidata para receber minhas cartas.

O sol estava quase indo embora, e nós continuávamos na estrada. Havíamos passado bem perto de algumas praias, mas Laís insistia em encontrar a tal que era deserta e que estava viva em suas memórias de criança. Num determinado momento, chegou a gerar incômodo essa obsessão pela tal praia, mas acho que por representar uma parte boa de sua infância conturbada, ninguém ousou ser contrário à ideia.

De acordo com os cálculos do Acácio, chegaríamos à praia no dia seguinte, perto do amanhecer, e poderíamos partir no meio da próxima madrugada, deixando o terceiro dia que tínhamos de viagem todo dedicado à volta.

Comecei a pensar na maluquice daquela ideia de ficar dois dias quase ininterruptos dentro do carro apenas para conhecer uma praia específica, com tantas outras ficando para trás. Mas, como já havíamos concordado, não me sentia no direito de reclamar. Só torcia para que valesse mesmo a pena.

Hoje, outra coisa que mudou foi que decidimos nos planejar para dormir. Antes da meia-noite iríamos parar na cidadezinha mais próxima e tentaríamos achar um lugar para descansar. Não precisávamos de muito conforto, mas a noite no carro deixou doloridas sequelas na minha coluna e em outras partes dos corpos de todos nós.

Perto do anoitecer, o som do rádio estava baixinho, numa altura agradável, que até mesmo me permitia escrever em meu diário, quando então ouvi um ruidoso bocejo da Laís. Então, me ocorreu que ela havia simplesmente dirigido a madrugada toda e ainda continuava ao volante — eram quase vinte e quatro horas na direção, com no máximo uma ou duas horas de parada para repouso. Laís deveria estar exausta.

— Acho que Acácio deve dirigir, agora — eu disse.

Para meu espanto, Laís estacionou no acostamento e saiu do Fiat. Natália pulou para o banco do carona, ao lado do Acácio, que já estava com as mãos no volante, e Laís se sentou no lugar da Natália.

A viagem continuou e demorou menos de um minuto para que Laís começasse a brigar com o sono, com sua cabeça pendendo quando a consciência estava quase indo embora e se erguendo com o susto de qualquer barulhinho mínimo.

— Dorme, Laís… — sussurrei para ela.

Seu cabelo de raposa cobria sua expressão.

— Eu… estou… — Bocejo profundo. — …bem.

Laís era muito teimosa e orgulhosa. No fim, apenas a segurei pelo ombro e deitei a cabeça dela no meu colo. Ela não reclamou, nem me xingou, muito menos protestou, apenas dormiu.

Pensei que às vezes tudo o que Laís precisa é de uma direção.

Era pouco mais de meia-noite quando decidimos encontrar um lugar decente para dormir — a cidade em que paramos era pequenina o suficiente para acomodar apenas os seus moradores, sem espaço para um possível grupo de viajantes com rumos tortuosos, como nós.

Sugeri, então, usarmos as barracas de camping que estávamos levando para conseguir pelo menos nos esticar. Havíamos trazido aquelas cabanas para dormimos na praia, mas, como não restava muita opção, e a cidade não parecia ter nenhum hotel, pousada ou coisa parecida, todos concordaram.

Nós, então, paramos o carro num lugar meio deserto, quase saindo da cidade e voltando para estrada principal, permeado por um gramado verde bem aparado, fofo e gelado.

— Não é perigoso acamparmos na beira da estrada? — soltei a pergunta sem destinatário específico, enquanto armava uma das barracas, mesmo sabendo que de certa forma a ideia era minha.

Acácio bateu no meu ombro.

— Não fica grilado. Somos carismáticos e bonitos, nada vai acontecer a gente. Além disso, não nos restam muitas opções. Ou é isso ou o carro.

— Não, carro não... — respondi, dando uma resposta lógica ao meu medo, levando em consideração as fortes dores que eu sentia nas costas ainda decorrentes da péssima noite de sono no Fiat.

Por fim, eu e Acácio conseguimos armar as duas barracas que tínhamos enquanto Laís e Natália, que já haviam feito as pazes — sem que eu ao menos visse —, preparavam sanduíches para nos alimentarmos.

Comemos todos de bom grado e, antes que houvesse qualquer conversa para que decidíssemos quem iria dormir com quem, Acácio e Natália se meteram numa barraca, deixando nós dois, eu e Laís, do lado de fora, com um perturbador silêncio.

Eu já ia entrando na outra quando a Laís acendeu um cigarro e pigarreou alto ao soltar a fumaça espessa.

— Pode ficar com a barraca. Eu durmo no carro.

Voltei e me sentei na entrada da barraca, com este diário no colo.

— Lógico que não! Você é quem precisa dormir mais. Já está há quase vinte e quatro horas sem dormir direito!

— Eu aguento mais.

— Não deveria. Isso faz mal à saúde.

— Muitas coisas que eu faço fazem mal a saúde, garoto quase atropelado.

— Então, acho que está na hora de uma mudança, não?

Laís sorriu, melancólica.

— Essa é a forma menos dolorida que eu encontrei de morrer...
— Ela então olhou para o cigarro com uma mistura de desdém e acusa-
ção. — E, na verdade, está demorando mais do que eu imaginava.

A frase de Laís me causou uma imensa dor. Será que ela era tão
egoísta assim a ponto de realmente não dar valor à própria vida e não
pensar nas pessoas que a amavam?

A ideia por trás daquela frase, por mais difícil que fosse, sempre
esteve na minha cara. As saídas com sujeitos sem sentido, o cigarro, a frequência com que queria ficar bêbada, a tentativa de se atirar do carro...
Laís era uma sombra viva depressiva, que simplesmente não aguentava
mais viver ou... Talvez ela tivesse medo de viver. Medo da dor, das consequências, das perdas. Da parte ruim que a vida tem a oferecer.

Porém, mesmo assim, havia coisas que me faziam admirá-la irremediavelmente: o brilho no olhar, o cabelo de raposa, o sorriso ardente, a
busca por viver, o amor pela liberdade... Tudo na Laís era inflamável e
parecia irradiar fogo. Como alguém assim poderia agir de modo suicida?

Pra mim, que não sabia muito sobre ela, mas já conhecia alguns de
seus dramas, havia outras questões de seu passado que se relacionavam
diretamente com aqueles comportamentos...

— Desculpa — foi tudo o que eu consegui dizer. — Pelo tapa. Eu não
queria ter feito o que fiz.

Laís bateu de leve no cigarro com o dedo indicador, fazendo as cinzas caírem.

— Eu provoquei. Admito. Quando me sinto desafiada eu ajo como se
fosse tudo ou nada e ultrapasso a linha da decência. Fui perversa.

Eu sorri, ela também.

— Eu não sabia que você estava a par da doença da Natália — Laís
comentou, jogando a fumaça para o alto.

— É, ela me contou. E me pediu segredo. Por isso achei que só eu
soubesse.

Laís assentiu.

— Ela te contando segredos? Uau! Acho que perdi algumas novida-
des nesta história — Laís disse, ácida. — E eu sei desses problemas porque... bem, eu sou amiga dela, né? Impossível dizer que nunca percebi os
vômitos forçados e nunca reparei na obsessão exagerada pela magreza. Só
não me meto nessa briga dela com a vida.

Briga dela com a vida?

— Não entendi... Você é amiga dela. Deveria tentar ajudá-la!

Laís sacudiu a cabeça em negativa.

— Amigos podem ajudar em muitas coisas, garoto quase atropelado, mas quando encontramos uma batalha real e íntima com a vida, só nós mesmos podemos enfrentar essa luta e nos salvarmos... Não que os amigos não possam falar e tentar mostrar um caminho melhor, por assim dizer... Mas a gente só sai vencedor dessas lutas se nós próprios quisermos.

Eu era capaz de entender o que a Laís tinha dito, mas não conseguia concordar plenamente. Ela queria dizer que todos nós temos conflitos pessoais, que são quase como uma parte intrínseca de quem somos, e que por mais que tenhamos ajuda, apenas nós mesmos podemos nos libertar dessas prisões.

De repente, me lembrei da minha própria prisão e me senti na cela de segurança máxima mais poderosa do mundo. Minha prisão parecia que nunca iria me libertar e eu sentia que jamais teria forças para tentar fazer isso por mim. Será que essa era a minha briga com a vida?

Tirando-me dos meus pensamentos, Laís se aproximou de mim e do meu diário, que estava no meu colo, e pegou a caneta preta que estava entre as páginas. Ela se ajoelhou à minha frente, segurou meu braço e começou a desenhar algo acima da linha do meu antebraço. Eu não consegui ver o que era até ela se afastar um pouquinho.

Laís havia desenhado um triângulo com apenas uma bolinha dentro.

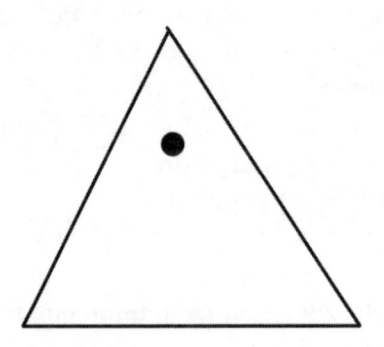

— Consegue perceber que essa é a nossa relação... De nós quatro? — ela me perguntou.

Movimentei a cabeça, em negativa.

Ela, então, pegou a caneta e a passou de leve pelo primeiro traço do triângulo.

— Esta sou eu — ela sussurrou. Então, continuou o caminho, contornando outro traço. — Esta é a Natália. — Por fim, fechou o triângulo com mais um traço. — Este é o Acácio.

Eu a olhei, confuso, e perguntei:

— Bem, e eu?

A Laís sorriu e deixou a bolinha ainda mais preta.

— Você é este aqui dentro.

Eu ri e dei de ombros.

— Desculpa, mas eu acho que não entendi como isso explica nossa relação...

— É o seguinte: eu, a Natália e o Acácio já éramos amigos antes de conhecermos você, e sempre nos gostamos. Não é que seja falta de confiança, mas todos sabemos que cada um de nós tem segredos escondidos, às vezes, de nós mesmos. Como se cada um escondesse a sua verdadeira batalha com a vida, entende? E no fim das contas, você fica no centro porque você conseguiu nos entender, ajudar e amar cada um de nós à sua maneira. Algo que realmente não é fácil com pessoas tão diferentes como nós três.

Eu olhava o desenho da Laís, escutava suas palavras, e me senti — independente de me reconhecer ou não naquele papel — feliz por tê-la ali comigo.

— Você é especial demais — ela disse, ainda agachada de frente pra mim.

Eu sorri abertamente.

— E você uma péssima desenhista.

Nós dois gargalhamos. Parecia que todo o caos dos dias anteriores havia evaporado; soava como um passado muito distante ou, até mesmo, uma realidade alternativa.

Laís acendeu mais um cigarro e disse que era o último, que logo entraria na barraca para dormir. Eu então decidi ir na frente e apenas deitei, lutando contra o sono, esperando o momento em que a Laís entraria, sem fazer mais nenhuma de suas loucuras.

Deve ter demorado uns cinco minutos, mas logo a Laís apareceu e eu, instintivamente, fingi que dormia. Senti a presença dela acima de mim, como que me observando, depois seus lábios quentes na minha testa. Em seguida, ela deitou do meu lado, de costas para mim. Eu apenas me virei, a abracei por trás e dormimos assim: Juntos.

18 de novembro

Quando acordamos, graças ao escandaloso e irritante despertador do celular da Laís, o sol estava nascendo num céu ainda arroxeado. Acácio decidiu dirigir pelo pouco caminho restante, e Laís concordou sem contestar. Para ela agir assim, na certa, ainda estava muito cansada.

No banco de trás, ela adormeceu com a cabeça no meu ombro e viajamos nessas posições por pelo menos duas horas. Quando, enfim, Laís acordou, Natália ligou o rádio, colocou um CD que ela própria gravou e ficamos cantando as músicas em alto volume. Era como a trilha sonora da nossa própria viajem, e o mais legal era que, apesar dos nossos diferentes gostos musicais, todo o mundo pareceu curtir:

01 — Charlie Brown Jr. — *Só os loucos sabem*
02 — Lorde — *Tennis Court*
03 — Amy Winehouse — *Tears Dry On Their Own*
04 — Two Door Cinema Club — *What You Know*
05 — The Killers — *Smile Like You Mean It*
06 — Arctic Monkeys — *One For the Road*
07 — Florence and The Machine — *Only If For a Night*
08 — Lana Del Rey — *Blue Jeans*
09 — Hurts — *Sunday*
10 — Snow Patrol — *Called Out In The Dark*
11 — Paramore — *Ain't It Fun*
12 — Echosmith — *Come Together*
13 — SIA — *Elastic Love*
14 — Foster The People — *Pumped Up Kicks*
15 — Marina And The Diamonds — *Power And Control*
16 — MGMT — *Time To Pretend*
17 — Rihanna — *Lost in Paradise*

Agora que estava me sentindo mais feliz e tranquilo, comecei a pensar em como andariam as coisas lá em casa... Se o Henrique estava me acobertando, se minha mãe sabia algo da viagem...

Mas logo fui arrancado esses devaneios da minha cabeça, ao me deparar, após uma curva, com um conjunto de montanhas gigantescas no horizonte, adornadas pelo céu azul mais bonito que já tinha visto. Sinceramente, minha preocupação soou frívola demais.

Então, fui pescado brutalmente por uma visão. Laís pôs a mão em meu ombro e apontou para uma direção, querendo me mostrar algo. Tentei enxergar, e num primeiro momento não consegui; mas ela insistiu, e, com esforço, pude visualizar, por trás de uma espessa vegetação, um lindo mar azul timidamente se revelando para nós.

— Estamos chegando — ela disse, emocionada, segurando na minha mão.

Todos começamos a ser tomados da mesma emoção que ela, e comemoramos animados, gritando e nos sacudindo dentro do carro por três motivos: a) nos sentíamos felizes; b) éramos amigos; e c) estávamos vivendo esse momento completamente fantástico juntos.

Rihanna — *Lost in Paradise*

All my fears, are gone tonight
Let me stay lost in paradise

Todos os meus medos se vão esta noite
Deixe-me ficar perdida no paraíso

★ ★ ★

A viagem durou um pouco mais. Para chegar até a praia deserta foi preciso dar umas voltas até o topo de uma montanha, parar o carro lá em cima e descer pela mata a pé.

— Tem certeza de que não tem problema deixar o carro aqui? — Acácio perguntou, preocupado.

Laís deu de ombros.

— Meu carrinho é tão velho, tadinho. Espero contar com a compaixão de algum potencial ladrão...

Todos rimos. Pegamos o que precisaríamos para passar o dia e a noite na praia e, carregando muitas mochilas e sacolas, descemos pela trilha que Laís indicava com entusiasmo.

O caminho bem acidentado parecia uma floresta de mata fechada, sem indícios de presença humana. Com dez minutos de caminhada eu já me sentia exausto. As alças da mochila em meus ombros começavam a arder, assim como os meus dedos, que carregavam sacolas pesadas.

— Vai valer a pena, seus maricas! — Laís dizia, sempre à frente, abrindo caminho com um sorriso sincero mesmo estando com o rosto encharcado de suor.

Acácio e Natália estavam reclamando muito. Frases como "Meu Deus! Um sapo!" e "Acho que senti algo na minha perna! Socorro!" eram ouvidas constantemente. Eu seguia atrás da Laís, então, desisti até mesmo do esforço de virar o rosto para trás e tentar acalmá-los, já que meu rosto estava completamente molhado, minha boca, seca, e algumas partes do meu corpo, lanhadas pelo mato cortante e por alguns galhos no caminho.

Pensava que a essa altura não nos restava nada além de seguir até o fim.

Ao ultrapassarmos um barranco no final da mata fechada desembocamos já na areia da praia. Foi o momento em que largamos no chão tudo o que estávamos carregando e passamos a observar a paisagem por alguns segundos.

Todo o mundo estava de boca aberta.

Houve uma sucessão de "Uau!", "Que lindo!", "Eu não disse, seus bostas?!" e "Vou nadar pelado!" escapando de nossas bocas.

Aquela praia realmente era deserta porque não havia outro meio de chegar lá. Estava separada do restante do litoral nas extremidades por dois avanços de montanhas, fechadas nas laterais de pedras, criando assim uma espécie de oásis de areia branca, com apenas o mar e o horizonte à frente como paisagem. Não sei se foi a emoção, mas confesso que nunca vira uma água tão azul e transparente como aquela. E, contornando tudo isso, apenas árvores e vegetação rasteira.

Laís olhou para mim, creio que avaliando minha reação, e eu só conseguia sorrir para tudo aquilo. E ela respondeu arqueando uma sobrancelha, como uma menina mimada e metida que sabia o tempo todo que estava certa.

Acácio então jogou a camisa, a bermuda, os tênis e a cueca para o lado, ficando completamente nu, e correu pela areia rumo à água. Todos rimos, enquanto ele gritava e se jogava no mar azul.

Natália fez o mesmo, ficando completamente nua também. Foi como magnetismo, mas sem querer meus olhos acabaram pousando em seus seios brancos como leite. O corpo da Natália era bem bonito, mas minha análise ficou logo desfocada porque senti uma cotovelada nas costelas e, em seguida, Laís estava na minha frente, sorrindo com maldade e com o dedo do meio erguido.

Natália correu para a água sem se dar conta da cena.

— Ciumenta — zombei da Laís, ainda sentindo dor.

Ela sorriu, ainda mais afetada.

— Babaca! — revidou.

E então eu pulei em cima dela, e caímos os dois na areia, rolando um por cima do outro, rindo alto.

— Depois vocês trepam! —Natália gritou para nós dois, ainda correndo. — Venham logo!

Nesse ponto, Laís estava em cima de mim e eu a segurava pelos pulsos.

— Quem chegar primeiro é... — ela disse, sua voz um tom mais alto, pela animação — ...o mais foda!

Estreitei os olhos.

— Eu topo.

E aí ela saltou de cima de mim para correr, mas eu a segurei pelo pé, e ela caiu. Quando consegui me levantar, ela me empurrou de volta para a areia, e, então, após nós dois ficarmos de pé com dificuldade, começamos a correr à medida que íamos tirando nossas roupas do corpo.

E te digo: correr pela areia daquela praia deserta, com meus amigos e a garota que eu amo, pronto para ficar nu, era a definição mais fiel para mim de felicidade genuína.

Já quase perto da água, completamente nus, eu e a Laís nos olhamos.

— Eu sou a mais foda — ela rosnou para mim, dando um pulo com impulso e caindo numa onda que se aproximou.

"Sim, Laís. Você é a mais foda no sentindo mais incrível da expressão", pensei, antes de pular na onda também e ir atrás dela.

E assim ficamos brincando, como quatro crianças, usufruindo um pouquinho do esconderijo de Deus.

★   ★   ★

De comum acordo, decidimos desligar nossos celulares para não ficarmos presos ao relógio — apenas seguiríamos nossos instintos. E nossos instintos, agora, diziam que estava na hora de comermos alguma coisa.

Laís e Natália saíram do mar primeiro e começaram a preparar alguns sanduíches com o que havíamos trazido, enquanto eu e Acácio, depois de armarmos as barracas, ficamos um tempo conversando na água.

— Cara, estou tão feliz de viver isso aqui — Acácio disse. — É complicado, mas quando você passa por situações tão delicadas, é muito difícil acreditar que algum dia as coisas ficarão bem.

Eu assenti.

— Mas elas ficam, né? É o ciclo da vida. Alguns dias são de sol, outros de chuva, mas não significa que mesmo em uma terrível tempestade, o sol não esteja lá. Só é mais difícil enxergá-lo.

— É... E você e a Laís? Estão bem?

Eu encolhi os ombros.

— Quase nunca sei... Mas acho que agora, sim.

— Eu te confesso que fiquei tenso quando aconteceu aquela briga... E meio chocado também.

— É, eu também. — Meneei a cabeça. — Eu nunca havia levantado a mão para ninguém.

Acácio riu.

— Acredita que eu quase havia me esquecido disso?! Mas, relaxa, a própria Laís não ficou chateada. Acho que ela mesma pensa que mereceu.

— Mas é desleal bater em mulheres.

— Aí é que você se engana. Você considera Laís uma mulher, mas olha a energia que ela tem. Essa menina não é humana, está mais para uma anja ou qualquer outra divindade que tenha por aí.

Eu ri. Porque aquilo realmente fazia sentido.

— Aliás — Acácio continuou —, meu choque foi ter descoberto daquela maneira que a Natália tem problemas com comida. Eu sempre a achei magra, mas, e daí? Modelos também são magras... Mas minha amiga, a Natália?! É assustador ver isso tão de perto... Eu nunca percebi a doença. Algumas vezes cheguei a vê-la vomitando depois de comer, mas, para mim, era casual. Não imaginava que fosse uma rotina.

Foi então que me recordei de algo e olhei para o meu braço. O desenho que a Laís havia feito do triângulo com a bolinha dentro ainda estava lá. Eu era a bolinha dentro do círculo de amizade deles. Eu sabia seus segredos, eu os entendia e os guardava.

— Seus ferimentos sararam rápido, não? — perguntei, reparando que os hematomas do Acácio estavam quase imperceptíveis.

Acácio suspirou.

— Já estava na hora, né? Eu precisava voltar a ser gato.

Eu sorri.

— Mas, Acácio, eu não estava falando desses ferimentos... Estava falando daqueles do lado de dentro.

Ele apenas me olhou, parecendo um pouco inseguro.

— Ah... — E se calou.

Nós ficamos apenas lá, dentro do mar quase sem ondas, olhando para a ilusão de infinito que tínhamos à nossa frente.

— Sinto falta de ter alguém para chamar de meu — ele sussurrou, e pareceu que uma dor física assolava seu corpo. — Sinto falta de dormir com a cabeça no peito de alguém em quem confio... De encaixar a mão na mão de alguém e parecer perfeito como se Deus nos tivesse feito na medida um do outro.

— Sinto isso também, de vez em quando — eu afirmei.

— Com a Laís?

— É... Com a Laís.

— E por que só de vez em quando?

— Está aí o que não consigo entender — respondi, começando a boiar na água cristalina. — Talvez seja porque às vezes eu a tenho, e às vezes ela não passe de um fantasma que me lembra de momentos bons.

Acácio soltou um riso fraco.

— Talvez amar alguém assim seja um grande desafio.

— Ou uma grande merda.

Ele riu alto.

— Mas o que não o torna uma merda completa são os momentos bons, certo?

— Sim... Os momentos bons são como um lembrete da minha mente para o coração da razão de ainda estar ali, do lado dela.

Foi quando ouvimos os gritos da Laís e da Natália. Elas estavam na margem da praia, acenando com os braços e as mãos para que fossemos comer. Meu estômago concordou ruidosamente.

— Quer uma dica? — Acácio perguntou, enquanto nadávamos para a margem.

— Sim — respondi.

Ele virou o rosto para mim, para que as meninas não conseguissem ler seus lábios, e disse:

— Faça acontecer o maior número possível de momentos bons e os viva, cada um deles, como se fossem o último. E se no final as coisas terminarem mesmo assim, você saberá que fez de tudo para que aquilo valesse a pena. E à noite, ao deitar a cabeça no travesseiro para dormir, sua consciência estará tranquila por você ter tentado.

Acácio então sorriu e voltou a nadar. Eu fiquei parado um pouquinho na água. Olhei para a margem e vi que Laís me esperava. Pela primeira vez na vida eu tinha alguém especial, que eu queria muito, me esperando por um motivo muito além do comum; ela não me esperava para que eu fosse comer, ela me esperava porque era eu. E eu me senti especial por isso... E, sem dúvida, aqueles poucos segundos, antes de Laís perceber que eu havia atendido ao seu chamado e se virar na direção dos sanduíches, ficariam para sempre na minha memória...

Ao chegar à margem, sentei-me ao lado dos outros postados em uma fileira reta de frente para o mar, abaixo da sombra de uma árvore.

O sanduíche consistia de uma dupla de fatias de pão de forma, com um recheio de requeijão misturado com ketchup picante e batata palha. Era um sanduíche de tranqueira em termos de valor nutritivo, mas de sabor incrível, levando em consideração nossa fome monumental.

— Está muito bom — eu elogiei, quando devorei boa parte do meu lanche na primeira mordida.

— Não seja mentiroso — Natália disse, na defensiva.

— Não estou — rebati.

Acácio soltou um risinho.

— Está mentindo sim, cara! Por muito pouco isto aqui não deixa de ser comestível.

Laís estalou a boca, desconte.

— Fizemos o que deu com aquele monte de porcaria que vocês trouxeram.

— Doritos não são porcaria! — Acácio se fingiu de ofendido.

— São uma delícia, mas ainda assim uma porcaria — Natália respondeu, séria.

— Ok. — Acácio jogou os braços para o alto. — Isso é algum tipo de complô só por causa do meu comentário construtivo a respeito do sanduíche de vocês?

Laís revirou os olhos.

— Só acho que você devia ser grato pelo que tem.

— Mas eu sou — ele revidou.

— Não parece — Natália falou, num tom afetado.

Acácio suspirou.

— Certo, as cozinheiras se juntaram contra mim... Cadê meu amigo quase atropelado? — Acácio se inclinou para me ver. — Uau! Estou sozinho nessa luta! O cara devorou os dois sanduíches mais rápido que todo o mundo!

Encolhi os ombros, meio envergonhado como se flagrado em um ato estranho, e todos riram alto por um tempo.

Depois de todos comerem, Natália e Acácio foram nadar juntos, enquanto eu e Laís ficamos sentados na areia, pouco antes de onde as ondas quebravam. Ficamos olhando o céu; algumas nuvens se moviam com graciosa lentidão, tapando casualmente os raios de sol e parecendo criar buracos na terra onde simplesmente não havia luz.

Olhei para Laís de canto de olho, e sério, meus olhos pareciam nunca se acostumar com a beleza dela. Seu cabelo estava ainda mais avermelhado, seus olhos pareciam se abrir para um mundo de possibilidades e sonhos a que eu nunca fui apresentado. Seu sorriso era lindo, mesmo nas imperfeições. Tudo nela fazia parte de uma composição única e harmoniosa.

— O que você está olhando? — ela indagou, puxando-me do mar de divagações em que minha mente se encontrava.

Sorri, sem graça, como uma criança flagrada roubando o doce de uma festa que ainda não começou.

— Você — respondi, sendo o mais sincero possível.

Ela sorriu, parecendo incrivelmente encabulada, e voltou a atenção para o horizonte, que, daquele ponto em que estávamos, parecia infinito.

— Meus pais costumavam me trazer muito aqui — ela disse, segurando um punhado de areia e deixando vazar por entre os dedos. — E este lugar continua com o mesmo toque especial que sempre senti que tinha... Após a morte deles, teve umas duas vezes, depois dos meus quinze anos, em que eu vim pra cá sozinha... E passei a noite aqui, apenas olhando as estrelas. De alguma forma, acho que nesta praia me sinto mais conectada a eles; a tudo o que tivemos.

— Mas você veio sozinha? Dirigindo? — perguntei, porque a ideia maior que se formou na minha mente era o quão aquilo era perigoso.

Laís encolheu seus ombros sardentos e riu.

— A minha amiga Juliana, a neta do senhor e da senhora Silva, me ensinou a dirigir... Então, tudo o que tive de fazer foi roubar as chaves do carro da minha avó. — Ela sorriu ao se lembrar desses momentos.

— Você é louca...

Laís ficou séria e olhou para a frente.

— Mas o que eu poderia fazer? Essas boas recordações são tudo o que me restou deles… E eu amo este lugar! Olha isso… — Ela estendeu os braços. — Parece que aqui existe uma energia diferente…

— É… — eu falei, enquanto avistava um pássaro mergulhando no mar para pescar um peixe, bem próximo de onde Natália estava. — Acho que o lugar tem essa aura naturalmente… A beleza, a paz… Mas o que ele representa para você deve torná-lo ainda mais especial.

— Exatamente…

Ficamos quietos por um tempo, até que a curiosidade me mordeu, e perguntei:

— Laís, qual o nome desta praia?

— Com sinceridade? Eu não tenho a mínima ideia… Meus pais me diziam que a acharam por acidente, quando vieram com uns amigos da faculdade para umas praias aqui perto e se cansaram deles e foram procurar um lugar para terem um momento de *privacidade* — ela disse com malícia, o que me fez rir. — Minha mãe até dizia que eu fui feita nesta praia… Lógico que com sete, oito anos, eu não entendia bem o que isso significava. Mas hoje entendo e vejo a beleza da relação deles…

— Uau! Então foi nesta praia que a Laís Moura foi feita?! — exclamei, e ela achou graça. — Nestas areias! Nessa água!

— Para! Apesar de mortos eles ainda são meus pais e eu não gosto de pensar neles transando!

Eu gargalhei.

— Desculpa…

— Tudo bem. — Ela tornou a sorrir.

Até que me ocorreu um pensamento:

— Ok. Já que esta praia não tem nome, eu vou batizá-la.

Laís ergueu uma sobrancelha.

— Estou curiosa… — ela disse, com sarcasmo.

Eu ignorei seu comentário e falei:

— Acho que um nome digno para ela é Praia da Cabelo de Raposa.

Laís me olhou, muito surpresa.

— Meio que você merece, né? Você nos trouxe para cá… E antes mesmo de saber, você já estava aqui, antes de qualquer um de nós, na forma simbólica do amor que os seus pais nutriam um pelo outro…

Os olhos de Laís estavam marejados. Ela apenas esticou a mão e alisou meu rosto.

— Adorei o nome... — ela sussurrou, com a voz embargada, e deitou a cabeça no meu ombro. — Obrigada por você ser assim.

— Assim como?

Silêncio, por um longo tempo.

— Por fazer com que eu me sinta especial.

— Mas você é — eu disse.

Como a Laís poderia não ter certeza disso?

— Não, não sou — ela sussurrou, a voz embargada. — Há tantas camadas monstruosas do meu ser, que acho que meu maior medo é me mostrar para mim mesma...

As palavras dela denotavam uma dureza muito grande consigo mesma, mas eu não conseguia me segurar a um fio de pensamento que me fizesse acreditar naquilo. A Laís era tão espontânea, tão cheia de luz, de personalidade... Lógico que tinha seus defeitos, mas eles também faziam parte daquele todo completamente fantástico.

— Estou disposto a conhecer todos os seus pedacinhos — eu disse, num surpreendente e incômodo tom melancólico, e ela apenas permaneceu com a cabeça deitada no meu ombro.

E por mais que milhares de questionamentos transbordassem da minha mente, fazendo-me mergulhar numa vertiginosa onda de dúvidas, eu achei que agora o melhor era não dizer nada.

— Um dia talvez eu te mostre até mesmo o que me recuso a ver sobre mim mesma — ela sussurrou, sua voz navegando até mim como uma brisa fria de inverno.

Eu apenas sorri.

— Quando esse dia chegar, estarei te esperando — respondi.

O sol começava a se pôr no fim do horizonte, pintando a água de um alaranjado original, muito bonito.

— E você? — ela me disse. — Quando eu poderei conhecê-lo?

Eu engoli a pergunta em seco, enquanto meu corpo tremia um pouquinho por dentro. Abrir-me para alguém significaria ter que me abrir para mim mesmo, e eu não sabia se estava completamente preparado para isso. E pego assim, de surpresa, respondi com camadas espessas de silêncio, que, por si só, já revelavam o aglomerado de confusão em que se encontrava a minha alma. E tem sido essa confusão desde... bem... desde julho.

Pode parecer maluquice, mas comecei a ver agora que eu estava querendo dela algo que eu também não estava fazendo. No fim das contas, a percepção de que meus desejos eram dotados de um forte teor de contradição caiu sobre mim: como eu poderia querer que a Laís se abrisse para mim quando, no fim das contas, eu próprio me escondia dela?

— É complicado — falei, sem encontrar palavra melhor para descrever o que eu sentia.

Laís ergueu a cabeça e deslizou a maciez das pontas de seus dedos pelo meu queixo.

— Eu aguento. — Ela me olhou bem fundo nos olhos.

Meu corpo todo se arrepiou.

Então, fiquei de pé e andei só um pouquinho mais à frente, até um ponto onde as ondas conseguiam alcançar meus pés e os banhavam por completo. Eu sentia os olhos da Laís às minhas costas, o que fazia os batimentos do meu coração martelarem com ainda mais força.

— Tenho dezoito anos, moro com minha mãe, que trabalha na área de marketing de uma empresa multinacional e precisa viajar o tempo todo, e com meu irmão, Henrique, que coleciona namoradas, mas ainda continua apaixonado pela Valéria, uma menina incrível que ele namorou mas acabou traindo e eles terminaram. Só que o Henrique não para uma semana com nenhuma menina porque ele ainda gosta da Valéria, isso está estampado na cara dele. Minha mãe e meu pai são separados, meu pai é…

— Pare — a Laís pediu.

Eu me virei para encará-la e ela fez um sinal para que eu parasse de falar.

— Pronto, agora já conheço sua família — ela disse. — Agora me fale mais de *você*.

Respirei fundo e recoloquei a conversa nos trilhos:

— É… sobre mim… O que posso dizer? Bem, eu adoro ler. Adoro mesmo, acho que isso é o que mais fiz na minha vida. Também gosto de ouvir música enquanto caminho sozinho. Eu meio que me acostumei, nos últimos meses, com a solidão. E até aprecio, às vezes. Também amo dias nublados. Não sou muito fã de chuva, nem de dias ensolarados, mas o meio-termo, quando nuvens escuras tomam conta do céu e a gente sente aquele frio permanente, nossa, é quando eu realmente acordo e sinto que meu dia pode ser legal. Er… estou ainda no terceiro ano do ensino médio, mas só devo me formar ano que vem, já que saí no meio do ano da escola. Muitas coisas aconteceram e se tornou impossível continuar. No geral, não tenho nada em especial para oferecer em questão de personalidade e sou considerado até estranho. Mas isso não me incomoda de uma forma ou de outra. Gosto de ser quem eu sou. Só queria ser diferente algumas vezes…

Laís pigarreou antes de falar:

— Você... você é tão especial... Sei que já te disse isso e posso estar sendo repetitiva, mas... É que eu não consigo não falar isso para você, porque parece que você não consegue acreditar...

Olhei para os meus pés e não pude dizer nada. Laís estava certa, eu realmente não conseguia acreditar que alguém poderia me achar especial. Por que eu? O que havia de especial em mim?

Laís é que era totalmente especial. Era só olhar para ela, tão dona de si, de seu corpo, do seu destino... E mesmo assim, ela dedicava atenção a uma perda de tempo como eu.

Contudo, ignorando todo e qualquer pensamento sobre meus possíveis defeitos, Laís apenas se levantou, se aproximou de mim e me deu um beijo molhado no rosto.

Meu coração ameaçou escapar do meu corpo e eu senti que aquele singelo beijo era a maior prova de carinho que eu podia receber no momento. Não soava como "estou te beijando por pena". Era mais como "estou te beijando porque senti vontade de te beijar, apenas isso".

Quando ela voltou a me olhar, apenas movimentou a cabeça ligeiramente para a direção do mar.

— Vamos nadar mais um pouco... Logo o sol vai embora e teremos que acampar para voltarmos amanhã.

Concordei com a cabeça.

Laís então me estendeu a mão. Eu a admirei apenas por alguns segundos. Os dedos compridos, a pele branca, as unhas descascadas pintadas de preto. Enlacei os dedos nos dela e entramos juntos na água.

À noite, o céu escuro estava encoberto por nuvens cinzentas e espessas e um vento gelado e constante balançava nossos cabelos. Todos nós estávamos felizes com a descoberta do lugar e mais ainda por termos aproveitado o último dia de sol antes da chegada de uma aparente frente fria.

Acendemos uma fogueira com alguns galhos secos que encontramos e ficamos conversando até altas horas da madrugada, sem nos preocuparmos com nada... Até que em determinado momento, os bocejos começaram a se tornar mais constantes e o sono nos pegou com força.

Havia duas barracas, e, como na noite anterior, o Acácio e a Natália foram para uma, e a Laís e eu ficamos com a outra.

Eu apaguei a fogueira, enquanto a Laís ainda me esperava. Ela usava um casaco grande que engolia suas mãos e shorts jeans bem curto. Simples e maliciosamente bonita, sempre com um cigarro pendendo da boca.

Quando então eu ia entrar na nossa barraca, Laís segurou meu pulso e fez sinal de negação com a cabeça. Arqueei uma sobrancelha, confuso, mas ela apenas deu alguns passos para trás e tirou o casaco: e ela se encontrava completamente nua.

Meus olhos se perderam em seu corpo, até voltar para seu rosto. Eu então, instintivamente, a puxei pelos pulsos, rumo ao meu corpo, beijando-a com uma vontade, até então, inutilmente reprimida. Mas Laís me surpreendeu, recusando o beijo e procurando formas de se afastar. Eu a soltei rápido, confuso e com medo de acabar acontecendo algo como na noite do píer.

— No mar — ela disse.

Ela queria que ficássemos juntos no mar... Mas que diabos de fetiche era esse de ficarmos juntos apenas dentro d'água?

Minha expressão acabou entregando meus pensamentos de desapontamento.

— Tudo bem... — Ela vestiu logo o casaco, com uma expressão de derrota.

— Laís — chamei, desesperado —, eu quero. Quero muito. É só que...

Mas ela apenas entrou na barraca, sem esperar minhas explicações confusas para as atitudes e gostos ainda mais confusos dela.

Entrei na barraca me sentindo mal com tudo aquilo, e apenas me deitei, encarando o pano azul-escuro do teto. Laís estava deitada de costas para mim, mas minutos depois ela se virou e pousou a cabeça no meu peito. Eu a acolhi no mesmo instante.

— Desculpa... — ela sussurrou.

Eu apenas assenti.

Laís suspirou pesadamente.

— É que eu tenho a mente quebrada. — E então ela adormeceu em meus braços.

A frase final dela ficou na minha cabeça por longos e profundos minutos, ricocheteando. Não era a primeira vez que ela me dizia aquilo...

"Eu tenho a mente quebrada."

O que será que ela queria dizer com isso? Os mistérios que envolviam a Laís eram tão profundos e angustiantes que, sempre que eu chegava perto demais, era consumido por toda a aura sombria que a envolvia.

Por fim, o sono venceu a guerra de pensamentos em meu cérebro e eu adormeci também.

19 de novembro

A viagem de volta se passou num misto de sentimentos; todos brincavam, comemoravam e faziam promessas de voltar para o nosso pequeno paraíso em breve. Eu forçava entusiasmo quando me era solicitado, com medo de acabar contagiando a todos com a tristeza e inquietação que predominavam dentro de mim e eu não queria isso, de jeito nenhum.

Mas também era difícil demais esquecer a noite anterior: Laís querendo fazer amor no mar, e fugindo de mim e dos meus carinhos, quando eu quis saber o motivo. Que tipo de fantasia era aquela?

Eu e a Laís ainda não havíamos falado diretamente um com o outro, até fazermos nossa primeira parada e Acácio e Natália correrem para os banheiros de um posto de gasolina na estrada. Eram onze da manhã, Acácio estava ao volante desde cedo e agora Laís iria assumir o seu lugar.

— Laís — fiz minha voz soar audível.

Estávamos apenas eu e ela à frente do carro. A estrada crescia deserta diante de nós.

— Não precisa falar nada — ela me cortou, acendendo um cigarro.

— Lógico que *precisamos* falar algo! — rebati.

Laís jogou a fumaça para o céu e me encarou.

— Apenas não conte nada a ninguém.

Bufei.

— Não sou do tipo que conta os segredos dos outros, pode ficar tranquila. Só quero entender, por mim mesmo! Quero saber o que se passa com você.

— Não há o que entender — ela afirmou, nervosa. — Apenas me deixe em paz. É a melhor coisa a fazer.

Sem conseguir me controlar, eu a segurei pelos pulsos, forçando-a a me encarar.

— E se eu não quiser te deixar em paz? — indaguei, mergulhando no olhar dela. Labaredas pareciam me chicotear.

Laís deu um meio sorriso.

— Então, você vai se ferrar no final — ela sussurrou. — Assim como eu me ferro sempre. E assim como ferro todo o mundo que chega perto demais.

Laís puxou seu braço e eu a deixei se soltar, pois já não fazia mais questão de tentar entendê-la. Eu só queria a oportunidade de deixar todo aquele sentimento sufocante, aquela necessidade urgente, aquela vontade de cuidar dela longe de mim.

Ela continuou fumando seu cigarro sem me encarar e eu apenas entrei no Fiat e esperei os outros voltarem. Agora, tudo o que eu queria era voltar para casa para poder me afastar o mais rápido possível dela, apesar de saber que, quando eu me despedisse, meu coração iria pesar com a dor de que sua ausência me causaria. Mas o que eu poderia fazer?

O Acácio e a Natália voltaram ao mesmo tempo que a Laís dava o último trago em seu cigarro. Ela nem ao menos me olhava e isso começou a me atormentar de uma forma eficiente e pesada. O que eu significava pra ela? Por que não se abria comigo?

Eu queria todas as partes dela: as boas e as ruins. E eu juro por Deus que cuidaria dela em todas as suas fases. Eu só queria ter essa oportunidade — de chamá-la de minha e saber que ela também sentia que eu lhe pertencia.

Todos entraram no carro e retomamos a viagem. Acácio e Natália dormiam no banco de trás, eu e Laís continuamos num silêncio profundo, nos bancos da frente.

Creio que no fundo ela sabia que poderia dizer que eu lhe pertencia. O contrário era que não podia ser dito.

★ ★ ★

Laís parou o carro na frente da minha casa, algumas horas depois; o sol já estava se pondo atrás das montanhas verdes, no horizonte. Olhei para o banco de trás, mais especificamente para Acácio.

— Vamos?

Natália apenas passou o braço ao redor do pescoço dele e fez sinal de negação com a cabeça.

— Nada disso, garoto quase atropelado. Você já esteve muito tempo com o Acácio. Ele vai passar agora uns dias na minha casa.

Acácio apenas confirmou com a cabeça.

— Muito obrigado pela estada em sua casa, amigo! Depois eu venho pegar as minhas coisas.

Assenti e saí do veículo para pegar os meus pertences no porta-malas, e foi só então que me dei conta de que meu celular estava desligado desde o dia da praia. E se meu irmão tivesse me ligado por alguma razão?

Senti nessa hora um gosto amargo de medo.

— Que foi? — Laís indagou, me ajudando a retirar minha mochila e percebendo na hora minha expressão tensa.

Eu apenas encarei o vazio.

— Nada.

— Até parece que eu não te conheço — rebateu ela, revirando os olhos.

— Conhece pouco — revidei; como uma criança mimada, eu sei. Mas, naquele momento, eu só queria poder machucá-la um pouquinho, da mesma forma que ela fazia comigo.

Laís me olhou torto.

— Conheço a ponto de saber que agora você está querendo ser um babaca, mesmo não tendo talento pra isso.

Eu segurei minha mochila e a puxei com fúria.

— Quem sabe um dia você não consegue me ensinar a ser um babaca melhor que você?!

Laís segurou a outra alça da minha mochila.

— Para de ser infantil, cara!

— Não consigo! — confessei, furioso. — Porque você é a droga de uma menina egoísta que gosta de ter o mundo aos seus pés e não consegue ser sincera e verdadeira uma vez na vida!

Ela empurrou a mochila contra meu corpo. — É isso o que você acha de mim?! — perguntou, praticamente gritando.

Acácio e Natália, debruçados no banco do carro, acompanhavam a cena.

— Acho isso e muito mais! Você me envolve, me faz te querer, para no final das contas brincar com a droga dos meus sentimentos. Você parece ser oca por dentro. Até quando, em raros momentos, você me entrega um afeto, é frio… É vazio…

Só então, quando reparei nos olhos castanhos da Laís cheios de lágrimas, me dei conta de tudo o que eu havia falado.

Meu pedido de perdão tropeçou na minha língua e caiu nas profundezas da minha existência, porque eu não consegui dizer nada. Laís apenas enxugou a primeira lágrima que caiu.

— Vá pro inferno — disse, seca. Gélida e fria, como a descrevi.

Ela virou as costas para mim, entrou no carro e arrancou com velocidade.

Observei o Uno branco se afastando até sumir de vista…

Laís se foi, deixando para mim apenas um convite para o inferno. Apenas isso. E a verdade era que a sensação de vazio já me fazia sentir como se eu estivesse lá.

Não sei por quantos minutos fiquei parado na frente de casa, apenas encarando o vazio onde a Laís, a pessoa que vinha mudando drasticamente a minha vida, estivera minutos antes. Dentro de mim, a vontade de chorar batia forte, mas eu sentia que não havia lágrimas a serem derramadas — era como se eu fosse uma floresta e Laís o fogo, consumindo impetuosamente tudo à sua frente, deixando apenas minhas cinzas para trás. E eu querendo mais desse fogo...

Desistindo de alimentar minha dor, decidi entrar em casa, e foi aí que descobri que o inferno realmente havia chegado.

A minha mãe chorava, o rosto nas palmas das mãos; O Henrique abraçava a Valéria, a única menina que ele de fato amou na vida, no sofá da sala.

Tudo o que se sucedeu depois é um grande borrão e uma mistura de cores e vultos na minha mente; não consigo discernir nada. Houve gritos, choros. Eu gritei e chorei também.

Lembro-me do rosto vermelho da minha mãe me perguntando no que eu me tornei.

"Um monstro", pensei em responder.

Henrique apenas segurava nossa mãe, tentando acalmá-la. Tive a impressão de que se ele a soltasse, ela desmontaria como uma boneca de pano.

A verdade era que depois de tudo o que tinha acontecido, aqueles dias em que viajei com a Laís, a Natália e o Acácio me soaram como os únicos momentos em que eu compreendi o sentido da palavra "viver"...

Apesar dos aborrecimentos, das dores, das lágrimas, havia, lá no fundo, misturado com tudo isso, a alegria, os sorrisos, os beijos e aquela sensação de se sentir quase atropelado. Era como poder, enfim, abrir os olhos e enxergar o mundo que estava à minha espera, me chamando para viver; me chamando para sentir.

Olhei nos olhos da minha mãe tão profundamente que era quase como se eu pudesse lhe abraçar a alma. Minha mãe estava apenas com medo. Eu sentia isso. É como se ela tivesse visto pela primeira vez que eu estava... Crescendo.

"Desculpa", eu queria dizer, mas sabia que qualquer tentativa de me desculpar agora seria vã.

Minha mãe só recomeçou a chorar e eu simplesmente não consegui continuar assistindo àquilo tudo. Subi as escadas e me tranquei no meu quarto.

Minha cabeça doía, latejando de forma aguda; parecia que a minha consciência estava em algum lugar longe de mim. Foi aí que a memória chegou, impregnando minha mente com lembranças...

Corri até o guarda-roupa e peguei uma foto escondida no fundo da última gaveta do meu armário. Encarei os olhos negros e felizes da pessoa que é, acima de tudo, a razão por eu estar escrevendo este diário.

Sempre gostei do fato de Thiago não sorrir apenas com seus dentes brancos e alinhados, mas também com os olhos.

Thiago foi meu melhor amigo antes de eu saber o significado da palavra "amizade". A partir do ensino fundamental, sempre me lembro de tê-lo ao meu lado, me ajudando quando eu não entendia algo, me empurrando quando eu fazia uma piada sem graça ou simplesmente caminhando comigo até em casa depois da escola.

Ele era daquelas pessoas especiais que fazem você se sentir melhor apenas por estar perto. É como se ele tivesse um brilho único e contagiante, que rodeava quem estava próximo como um grande campo magnético de felicidade e paz.

Lembro também que todos olhavam para nós, quase como se fôssemos a soma de um todo: dois indivíduos que se completavam para se tornar um; que se completavam com uma compreensão e cumplicidade inteiramente fraternal.

Nosso todo, porém, mudou assim que entramos para o ensino médio. Nós nos tornamos basicamente um trio com a chegada da Bruna. Ela era uma menina inteligente, daquelas que parecem sempre ter algo a dizer sobre tudo, e gostava de escrever poesias. Tinha um talento verdadeiro para a coisa.

A questão é que a Bruna se apaixonou perdidamente pelo Thiago; e eu a entendo, porque — caramba! — o Thiago era muito especial. Confesso que primeiro me senti um pouco incomodado com a relação dos dois, com medo de acabar perdendo meu amigo. Pensamento esse que desmoronou no decorrer do namoro dos dois, porque, na maior parte do tempo, era quase sempre como se fôssemos apenas três amigos.

Não sei se era proposital, mas o Thiago evitava demonstrações de afeto com a Bruna quando eu estava presente. Eu me sentia verdadeiramente grato por essa atitude, pois seria até ridículo eu estar ali, do lado dos dois, enquanto eles se beijavam e se tocavam.

O primeiro ano chegou ao fim, depois o segundo, até que então, no início do terceiro, tudo deu a entender que seria diferente...

E foi.

Thiago estava mudando... Graças a Deus nossa amizade continuava intacta, mas ele não. Ele parecia, na maior parte do tempo, angustiado com alguma coisa. Nesse tempo, me recordo muito bem, ele começou a fumar e, depois, a beber muito nas festas — eu sempre tinha que ajudá-lo a chegar em casa —, e a irresponsabilidade começou a florescer dentro dele.

Thiago parecia estar cansado de viver sua vida de forma linear... De ser sempre o menino perfeito...

Bruna se irritava com essa nova atitude, e acho que qualquer pessoa se irritaria. Mas eu era o amigo dele, então, minha função era aconselhar, mas sempre ficar ao seu lado.

Uma vez, no início de julho, fomos a uma festa, apenas eu e o Thiago, já que os pais da Bruna não a deixaram ir. A Bruna o xingou até cansar por mensagens do celular, já que ele se recusava a atendê-la. Pelo visto, o relacionamento dos dois não estava mais funcionando.

Só que na festa, por pelo menos uma hora, o Thiago me deixou sozinho e sumiu. Eu o procurei durante um tempo, mas não o encontrei. A festa era de um pessoal da faculdade, no centro da cidade onde moramos, e eu, basicamente, fiquei sentado no sofá, com um copo intocado contendo uma mistura de vodca e suco de abacaxi, porque, simplesmente, não conhecia ninguém e não me sentia inclinado a socializar.

De repente, o Thiago apareceu totalmente embriagado. Ele estendeu a mão e me chamou para um campinho de futebol que ficava atrás da casa. Fui com ele.

Chegando lá, sentamos no gramado verde molhado pelo orvalho noturno e ele tirou do bolso do casaco um cigarro de maconha. Eu já havia visto várias pessoas fumando nas festas ou nos banheiros da escola, mas nunca imaginei que o Thiago pudesse guardar um desses em seu bolso.

— Por que isso? — perguntei.

— Porque sim — ele me respondeu, rindo.

— É sério.

Thiago então engoliu a risada e me encarou. Lembrando agora, poderia ter visto ali, mesmo na penumbra, um mundo de gritos, dores e lágrimas que estavam abafados. Ele, definitivamente, precisava de mim.

— Isso me ajuda a esquecer os problemas — ele confessou.

Então, baixou a mão, o cigarro ainda apagado entre os dedos, e nós só ficamos ali, no frio, no escuro, escutando o barulho da festa ao fundo e com o silêncio, desconfortavelmente, se mexendo entre nós. Até que eu peguei a droga do cigarro, enfiei na boca e tomei o isqueiro da mão dele.

O Thiago riu alto.

— O que você vai fazer? — ele perguntou.

Eu o encarei, pus o baseado na boca e disse:

— Não vou deixar você fumar esse troço sozinho. — Acendi o cigarro e traguei.

Senti a fumaça serpentear pelo meu corpo e, depois, fazer o caminho de volta, me causando uma sucessão de tosse e fazendo meus olhos arderem. Era a primeira vez que eu fumava.

— Vamos fazer juntos. — Ainda tossindo, passei o baseado para ele, que gargalhava, achando graça da minha primeira experiência.

Eu nunca pensei em fumar nenhum cigarro, mas senti que meu amigo precisava de mim. E eu estaria ali, sempre que ele precisasse.

Thiago tragou profundamente e soltou a substancial fumaça de forma bem lenta. Então, me olhou nos olhos, e foi como se um mundo fechado e angustiado se abrisse devagar para que eu entrasse. Uma lágrima correu por um de seus olhos, e seus dentes morderam com força seu lábio vermelho.

— Um dos poucos motivos de felicidade da minha vida é saber que tenho você ao meu lado — ele sussurrou e deitou a cabeça no meu ombro.

Um peso enorme se apossou do meu coração, mas eu sabia que se o pressionasse, provavelmente, ele fugiria e eu perderia a chance de ajudar meu amigo. Por esse motivo, ficamos assim por um bom tempo: eu imóvel, com a bunda dormente, o ombro doendo, mas lhe servindo de apoio.

Em intervalos irregulares, nós tragávamos o fumo, passando logo para o outro, e eu já sentia minha mente trabalhando de forma mais lenta e envolta em uma nebulosa leveza. Até que o Thiago suspirou.

— Eu traí a Bruna — ele disse, sem rodeios.

Fui pego de surpresa, de verdade. Minha mente parecia estar de cabeça para baixo. Eu percebia que ela gostava muito mais dele do que o contrário, mas mesmo assim a notícia me chocou.

— E... você se arrepende? — perguntei, já que foi a primeira coisa que me ocorreu.

Thiago ergueu a cabeça.

— Não. É tudo confuso demais, mas eu não me arrependo.

Assenti. Não que eu concordasse com a atitude, mas, primeiro, queria entendê-lo antes de julgar.

— E por que você a traiu? Acha que está gostando de outra pessoa ou foi só atração?

Ele me olhou, soltou uma risada frouxa e então se inclinou, segurou meu rosto com ambas as mãos e encostou a boca na minha, durou três segundos, e logo ele se afastou, jogou as mãos pro alto e gritou:

— Eu sou a porra de um gay!!!

Aquele quase beijo e a afirmação dele me pegaram de surpresa; atingiram-me direto no peito, me deixando tonto. Era como se mesmo depois do beijo e do que ele tinha dito, o real significado de sua revelação não conseguisse chegar ao meu cérebro.

A essa altura, Thiago apenas chorava como uma criança. Parecia ter tirado das costas um peso maior do que podia suportar.

— Eu beijei um menino hoje... Eu beijei. E gostei... — Seu corpo tremia enquanto as palavras lutavam para sair em meio às lágrimas. — Eu já imaginava que era a merda de um gay, mas... — Secou parte do rosto nas costas do seu casaco G.A.P. azul-marinho. — Mas, droga, quando estava com a Bruna, eu pensava seriamente que poderia... sei lá... gostar de meninas, sabe? — Seu corpo todo tremia. — Mas não sinto com ela nada comparado a quando eu beijo um menino... Eu sei que beijar meninos é errado, mas, merda, quando eu beijo parece ser o certo... E quando beijo a Bruna, parece que estou me enganando, sendo a droga de um fantoche pra esse mundo babaca e...

Thiago se calou quando eu o puxei para um abraço.

Eu estava completamente em estupor. Meu melhor amigo era gay e eu nunca havia desconfiado...

Ele me apertou contra si, o rosto pressionado em meu peito, e deixou rolar para fora todas as lágrimas que guardara durante uma angustiante vida. E eu percebi que tudo o que ele necessitava naquele momento era justamente o meu abraço... Da mesma forma que eu apenas precisei do abraço dele quando minha mãe descobriu que meu pai tinha outra família, eles decidiram se divorciar e meu pai foi embora. Chorei muito quando tudo aconteceu e, naquela época, eu nem imaginava que meu pai estava se divorciando de mim e do meu irmão também.

Eu e o Thiago ficamos abraçados por um tempão, até suas lágrimas acabarem e assim voltarmos para a festa. Só que não estávamos mais com clima para diversão e acabamos voltando para minha casa.

Pouco antes de dormirmos, Thiago me pediu segredo sobre a questão de ele ser gay, e, como toda vez que ele solicitava isso, eu disse que ele não precisava pedir sigilo porque tudo o que falávamos um para o outro morreria comigo. E, como sempre, ele sorria e dizia que sabia, que só estava falando por força do hábito.

Quando eu quase pegava no sono, eu na cama e Thiago no colchão, ele suspirou.

— Tenho que te pedir desculpa.

— Desculpa pelo o quê? — perguntei.

— Bem, eu te beijei hoje.

— É, eu sei.

— Mas isso não te torna gay, fica tranquilo.

— Não sou ignorante, Thiago!

— Eu sei, cara... Só estava tentando me explicar, porque não quero que fique um clima estranho entre nós dois... Eu não sabia bem do que estava precisando...

— Era do meu abraço — eu afirmei.

— Sim. Do seu abraço. E não do seu beijo — Thiago falou, com ar de riso.

— Isso me deixa mais tranquilo, confesso — respondi, rindo baixinho depois.

Nós dois, então, ficamos em silêncio, dissemos boa noite um para o outro e tentamos dormir. Não sei o Thiago, mas eu demorei bastante para cair no sono aquela noite. Fiquei pensando sobre a vida... Sobre como eu era o melhor amigo do Thiago, e de repente descobri que ele gostava de garotos, e como isso não mudava nada na nossa amizade, mas transformava cruelmente a forma como o mundo todo o encararia no futuro.

Nessa noite, fechei os olhos por alguns instantes e tentei rezar — rezar por Thiago, por um mundo, no futuro, em que ser gay fosse algo aceitável, e por todas as outras pessoas, como o Thiago, que se sentiam solitárias e nem ao menos tinham um amigo para poder desabafar. Rezei e pensei, de verdade, que Deus havia me escutado e que a angústia solitária que o Thiago enfrentara tinha sido a pior parte de seu descobrimento.

Mal sabia eu que o pior ainda estava para acontecer...

Na segunda-feira após a festa, quando chegamos à escola, eu, o Thiago e a Bruna nos deparamos com olhares zombeteiros, surpresos e de repulsa. Demorou um pouco para entendermos...

Alguém havia tirado algumas fotos em que o Thiago e eu aparecíamos e uma delas no exato momento em que ele me deu aquele beijo desesperado. O arquivo foi compartilhado por mensagens de celular e através das redes sociais com todo o nosso ciclo de amizade.

Uma das meninas da nossa sala se apressou em mostrar as fotos para a Bruna, que, sentindo-se com todas as provas do crime nas mãos, não pensou em nos perguntar nada — nem ela, nem ninguém da escola. A Bruna, na frente de todos, no meio do pátio lotado, deu um tapa na cara do Thiago e, chorando, gritou:

— Seu bicha traidor!!!

E isso acabou incitando uma onda de gritos preconceituosos contra nós dois.

Na verdade, foi bizarro. Só percebi que as ofensas eram pra mim também quando um cara que nunca vi na vida, desrespeitosamente, apalpou a minha bunda e me chamou de gayzinho.

Mas os piores ataques eram dirigidos ao Thiago, acho que em solidariedade à Bruna. Naquele momento, o único sentimento que eu conseguia ter por ela era raiva, por ter incitado aquele momento repugnante.

Olhei para o Thiago, que só observava tudo aquilo, mas sem enxergar nada, na verdade. Seus olhos verdes estavam fora de foco, sua pele, assustadoramente pálida, como a de um cadáver. Parecia que a alma do Thiago havia saído, vagando, sem rumo.

Ver meu amigo naquele estado me desestabilizou, e eu só me lembro de repetir mentalmente, várias vezes, para continuar respirando porque aquele momento parecia tão assustador, do tipo de coisa que só acontecia em filmes ou séries de drama, nunca na vida real...

As lembranças daquele dia, a partir desse ponto em que vi o Thiago desmoronando, ficaram um pouco confusas...

Lembro-me da Bruna estar lá no pátio, chorando muito, e ao seu redor pessoas que nunca vi na vida, que nunca me olharam na cara, nunca me deram um oi nem foram minimamente educadas ou simpáticas, me encarando com repúdio, cuspindo insultos e xingamentos:

— Veadinho!

— Vocês merecem morrer!

— Bicha de merda!

— Mulherzinhas!

— Quem é a mulher da relação?

— Vocês vão pro inferno!

— Aprendam a gostar de mulher!

Eu não era gay, e, por isso, o que eles falavam era só um grande conjunto de palavras inúteis pra mim. Atacavam-me, mas não me atingiam.

Mas para Thiago, não.

Eu o olhei, e no instante em que nossos olhares se encontraram ele começou a correr insanamente para longe de todos. Tentei alcançá-lo, mas me empurraram pelas costas e eu fui parar no chão. Com o rosto no granito, a única coisa que me vinha à cabeça era o quão monstruoso o ser humano podia ser.

Enfim, os inspetores do colégio apareceram e desarticularam aquela situação, mandando todos para suas respectivas salas. Sem saber para onde Thiago tinha ido, depois de ter procurado bastante, acabei me rendendo e fui assistir ao que restava da minha aula de cálculo, mesmo sabendo que nada do que o professor fosse ensinar me chegaria à cabeça.

Quando entrei na sala de aula, um silêncio sepulcral se seguiu até eu me sentar. As únicas duas coisas em que eu conseguia pensar era no quão cretina a Bruna havia sido — e por mais que eu soubesse que ela imaginava que eu e Thiago estávamos tendo um caso, merda, ele era a droga de um ser humano e merecia ser respeitado! — e no incômodo que me dominava ao ver a carteira ao meu lado vazia: o lugar do Thiago.

A aula se arrastou, e Thiago não deu as caras.

Depois eu teria aula de literatura. No intervalo, optei por não sair da sala e me enterrei em meu livro para não ter que enfrentar mais uma sucessão de insultos. Mas, por fim, o insulto acabou vindo até mim.

— Traidor! — Bruna rosnou, batendo as mãos na minha carteira.

Eu apenas ergui o olhar para ela, ainda sentado, e voltei meus olhos para meu exemplar de *Orgulho e preconceito*, de Jane Austen.

Ela, então, se apoiou no livro e o baixou à força, sabendo que isso me irritaria.

— Tire as mãos do meu livro — eu disse, sério.

Ela bufou.

— Não tem coragem nem de me encarar? — ela provocou, furiosa.

— E por que eu precisaria de coragem? — rebati, jogando por terra em segundos a ideia de me manter em silêncio. — Você tratou como lixo o seu namorado!

— Namorado, não! Uma bichinha traiçoeira! Porque é isso o que vocês dois são...

Não adiantaria discutir com a Bruna e tentar explicar-lhe a verdade. Então, apenas enfiei meu livro dentro da mochila e me preparei para ir embora, mandando, conclusivamente, minha aula de literatura - minha favorita - à merda. Eu não aguentaria mais aquilo...

— Vou mandar a foto para todos que vocês conhecem, seus traidores! — Bruna gritou para as minhas costas. — Vou postar nas redes sociais de vocês, vou mandar para os seus pais e vou transformar a vida de vocês num inferno!

A voz dela sumiu nesse ponto, com a distância. Por mais ódio que Bruna estivesse sentindo, eu duvidava muito que ela mandasse a maldita foto para os pais do Thiago, ainda mais por saber que eles eram religiosos e superconservadores.

Eu não poderia estar mais errado...

Assim que saí do colégio, com a alegação de estar passando mal, liguei para o Thiago enquanto pegava um táxi para casa. Ele só me atendeu depois do telefone chamar sete vezes até cair. Nesse ponto, eu já estava dentro do meu quarto, deitado na cama e encarando o teto.

— Eu não aguento mais... — ele sussurrou, assim que atendeu.

— Thiago, se acalma... — eu disse, repeti, e falei de novo mais uma quantidade incontável de vezes, porque, na verdade, eu simplesmente não sabia o que dizer.

A vida do meu amigo estava realmente um inferno, e eu sentia, com sinceridade, que a merda toda só iria piorar.

Então, Thiago chorou mais e isso começou a me desesperar porque eu não sabia muito bem o que falar para acalmá-lo e mostrar que tudo ficaria bem. Eu sabia que casos assim, mesmo na escola, aconteciam e depois tudo deveria voltar ao normal. Ele só precisava ser forte para suportar a dor e dar a volta por cima, porque, no futuro, certamente, ele estaria longe de toda essa tristeza.

— Vai ficar tudo bem — eu disse.

— Eu estou com medo — ele respondeu.

— Sentir medo é normal... Mas tudo vai melhorar.

— Como você sabe?

Fiquei em silêncio por alguns segundos, ouvindo apenas o choro do Thiago do outro lado da linha.

— Eu poderia dizer que sei que pessoas maravilhosas como você, que têm o coração bom, que têm essa luz própria, que têm sempre um sorriso sincero no rosto estão destinadas a terem uma vida feliz. Mas se eu dissesse isso, estaria mentindo. Porque eu não sei como será o nosso futuro, nem sei se os gays têm um anjo da guarda especial com as asas em cores de arco-íris, o que seria muito maneiro, por sinal...

Lembro que ele apenas riu ao mesmo tempo que chorava. Eu não sabia se isso estava ajudando ou piorando, porém continuei:

— Mas eu sei que quando fecho os olhos, e te imagino daqui a uns anos, vejo você morando em uma casa enorme, casado com um cara superlegal e bonitão, com talvez dois filhos adotados e cinco cachorros. Vocês vão convidar a mim, minha futura esposa e meus filhos para passar um domingo qualquer juntos... E veremos a premiação do Oscar ou do Grammy, como fazemos agora, enquanto nossos filhos brigarão porque querem ver algum desenho. E depois, em outros dias, nós repetiremos isso e continuaremos vivendo como amigos... Como irmãos... E caso alguma pessoa ruim se aproxime de você, eu não posso te garantir que nada de ruim vai acontecer, mas juro que estarei lá para te proteger, para lutar junto com você, para enfrentar o mundo. Porque é isso o que os amigos fazem.

Thiago apenas chorava, sem conseguir falar nada.

— Eu vou estar contigo, Thiago. Até o fim — garanti. — Eu juro.

E essa parece que foi a única frase que eu disse que conseguiu lhe transmitir algum tipo mínimo de conforto.

Pouco a pouco os minutos foram se arrastando e eu sentia que não havia mais nada o que falar, então apenas ficamos na linha em silêncio.

Eu, respirando, e ele, acalmando seu choro.

Devem ter se passado quase cinco minutos, quando ele quebrou o silêncio:

— Espera um segundo... São meus pais me ligando.

E, então, minha chamada ficou na espera.

E ficaria na espera para sempre...

Naquela ligação que Thiago recebeu dos pais, o destino dele foi traçado de forma irremediável.

Assim como prometeu, a Bruna enviou a tal foto para os pais do Thiago, que ligaram para ele e, provavelmente, lhe disseram um monte de coisas inimagináveis. Os pais dele eram do tipo que frequentavam a igreja três, quatro vezes por semana, e seguiam à risca tudo o que lá era pregado. Isso explicava o comportamento sempre exemplar do Thiago.

Mas, naquele dia, Thiago não foi o filho que eles esperavam... Não foi a pessoa perfeita que eles sonharam.

Não sei ao certo o que foi dito — isso para mim ficou no campo da imaginação, das teorias... Porque, no fim das contas, a minha ligação com o Thiago foi encerrada e não consegui mais falar com ele.

Nunca mais...

Meu amigo pulou do oitavo andar direto para a calçada abaixo do prédio onde ele viveu toda a sua infância, no centro da cidade onde morávamos.

Thiago partiu para sempre.

Relembrar isso sempre me deixa mal, mas foi a primeira vez, eu acho, que consegui revisar todos esses fatos da maneira mais fiel. Nas outras ocasiões, quando eu tentava puxar pela memória os acontecimentos, minha mente era anestesiada pela dor e tudo se perdia de mim. Era quase como tentar prender um véu de fumaça com as mãos; escapava-me pelos dedos.

Depois disso, minha vida mudou totalmente.

Para pior, é claro.

Eu, que sempre me considerei parte de um todo junto com o Thiago, me vi sozinho. Era como ter apenas metade da alma e a questão era simples: eu não conseguia mais viver. Sentia que estava preso em uma caverna chamada Depressão, e me sentia bem lá, na escuridão, nas sombras.

Deitei na cama, tentando controlar meu choro, mas as lágrimas pareciam sair de um lugar de dentro de mim que não estava sob meu controle.

Meu coração explodiu.

E eu sangrei, sozinho.

Sangrei a dor, a tristeza e a saudade.

Adormeci com a foto do Thiago nas mãos.

20 de novembro

Não sei se pelo estresse mental e psicológico ou pelo cansaço físico, mas quando abri os olhos, sentindo a mente ainda pesada, me assustei ao encarar o relógio apontando sete da noite. Dormi por mais de vinte e quatro horas ininterruptas e isso deixou meu corpo todo meio amortecido.

Permaneci olhando para o vazio por algum tempo, fazendo uma retrospectiva mental de tudo o que havia acontecido nos últimos dias: a perda da minha virgindade, a briga com Laís, a viagem, a nova briga com Laís e a briga com minha mãe. Tudo acontecia de forma tão rápida e vertiginosa.

Em pouco mais de vinte dias, aconteceram mais revelações, emoções e posicionamentos pessoais que nos últimos seis meses.

Mas o que era importante, algo mais profundo dentre todos aqueles fatos, era o que mudara dentro de mim de forma irrevogável. Eu não sabia explicar direito, mas sentia que havia amadurecido. Deixei de ser um menino que não sabia o que queria ou não tinha coragem de arriscar. Agora, eu era um novo garoto.

Na penumbra do quarto, apenas joguei o edredom para o lado e comecei a procurar a foto do Thiago que ficou comigo durante meu sono. Demorou um pouquinho, mas logo a encontrei, embaixo dos lençóis.

Levantei-me, acendi a luz e, logo depois, voltei para a cama, com meu diário nas mãos. Por algum tempo, fiquei apenas encarando a foto do meu melhor amigo, e foi aí que tudo fez sentido.

A mudança que ocorreu dentro de mim foi sobre o Thiago.

Sobre sua morte.

Sobre sua partida brusca da minha vida.

Sobre o adeus que nunca dissemos.

Por mais que eu sempre tivesse tido uma relação ótima com a minha mãe, e agora parecendo promissora com Henrique, era no Thiago que eu via uma pessoa em quem eu poderia confiar para sempre.

Ele me entendia de uma forma como, às vezes, eu próprio não conseguia, e quando ele partiu, a sensação que tive foi de que estavam me arrancando algum membro do corpo à força, sem consentimento.

Foi no dia de sua morte, 13 de julho, que a minha vida fechou um ciclo e iniciou outro; foi quando eu percebi que minha vida tinha sido engolida drasticamente por uma aura negra de solidão, dor e tristeza.

Por muito tempo não consegui chorar. No enterro do Thiago eu era apenas uma sombra apática e deslocada.

Os pais dele me olharam com um rancor perverso — eles me culpavam pela morte do filho, já que julgavam que eu era seu namorado. Mas não falaram nada, é claro, para evitar um possível escândalo.

Nos dias que se seguiram à tragédia, até minha mãe veio conversar comigo a respeito de uma suposta relação amorosa entre mim e Thiago. Mas, depois que eu expliquei a ela a verdade, acho que ficou mais tranquila. Eu podia sentir a tensão, misturada ao medo de que eu tomasse uma atitude tão drástica como a de meu amigo. Por fim, minha mãe não me deixou voltar para a escola, porque, segundo ela, isso me faria ainda mais mal.

E o tempo passou.

Acabei largando o terceiro ano, o ano da formatura, o ano em que minha vida poderia finalmente mudar, para me isolar ainda mais do mundo. Até isso eu e Thiago fizemos juntos: largamos a escola no mesmo dia.

Uns quinze dias depois dos acontecimentos, quando eu estava na sala de casa vendo desenho animado na TV, um turbilhão de emoções explodiu de dentro de mim e eu só consegui chorar pelas horas que se seguiram.

Eu sabia que Thiago morrera, que nunca mais iria vê-lo, que sua partida havia sido para sempre. Mas era doído demais pensar que, antes de seu suicídio, ele estava ao telefone comigo, ouvindo minha voz, pedindo o meu socorro e, então, num piscar de olhos, eu o perdi. Irremediavelmente.

A sensação que eu tinha era de que, no dia da morte dele, me foi cravada uma faca no peito e nesse dia em que chorei, a faca foi retirada, expondo em mim um buraco no meio do coração que fez meu sangue correr para fora do corpo, deixando a dor preencher os espaços vazios.

E passei a viver assim naqueles dias: lágrimas, falta de coragem para sair da cama, tristeza e solidão.

Meu estado emocional pareceu tão desesperador que minha mãe me levou à psicóloga, Cristiane, uma moça de pele amarelada, óculos de aros metálicos e grossos, e cabelo castanho. Uma sessão por semana ou a cada quinze dias, era o trato. Além, é claro, de tomar os antidepressivos receitados por um psiquiatra da confiança dela.

No começo, eu e a Cristiane apenas dividíamos o silêncio, enquanto ela tentava inutilmente arrancar pedaços fragmentados do que se passava comigo, para montar o quebra-cabeça e me ajudar.

A Cristiane soube, através da minha mãe, os motivos que me fizeram ir parar lá. Mas o modo como eu poderia sair da caverna de dor em que entrei era a grande questão a ser resolvida.

Falar sobre o assunto ainda era inviável; por mais que às vezes eu tentasse me abrir sobre isso, era como se minhas entranhas se retraíssem à simples menção de tudo o que houve. Thiago praticamente se tornou um nome proibido ao meu entorno, um fantasma a ser esquecido. Mas eu não queria isso...

Por essa razão, mesmo com toda a vontade de abandonar as sessões e procurar voltar a viver do meu jeito, eu, simplesmente, continuei, porque queria chegar ao ponto em que lembrar do Thiago me trouxesse saudade e boas lembranças, em vez do sentimento sombrio que me contaminava.

Encarei a foto do Thiago em minhas mãos e minha mente foi invadida por imagens dele; rindo após peidar perto de mim e eu xingá-lo; abrindo um sorriso convencido após me derrotar em uma partida de videogame; fazendo um beiço triste após compararmos nossas notas em alguma prova e constatarmos que ele levou a pior; batendo palmas freneticamente por conta de um convite para comer pizza, ou hambúrguer, ou qualquer outra porcaria; reclamando quando comprava um pacote de Doritos e tinha que dividir comigo.

Percebi, por fim, que a grande dor e tristeza associadas à memória do Thiago tinham ido embora, dando lugar justamente ao que eu mais queria em relação às lembranças que me restaram: os momentos em que seu sorriso conseguia eclipsar qualquer mal-estar que eu estivesse sentindo.

Levantei-me da cama, fui até meu armário e peguei uma cola branca. Depois, colei na primeira página deste diário a foto em que eu e o Thiago estávamos abraçados. Foi como se o peso de uma vida inteira estivesse saindo de meus ombros.

Depois disso, foi algo engraçado, mas parecia que até o ar que eu respirava estava mais leve...

Saí do quarto, fui ao banheiro lavar o rosto, depois, até a cozinha comer algo, e, ao passar diante do quarto da minha mãe para voltar ao meu quarto, pude ouvir o barulho da TV ligada e sua voz sobressaltada, falando algo como "ele é seu filho também" e "você também tem responsabilidades com ele". Até que seu tom de voz mudou e vieram as frases: "Cale a boca, você! É até melhor que você não apareça! Nós sobrevivemos sem você até agora e está muito bom assim."

Nesse ponto, eu já sabia que minha mãe discutia com o meu pai.

"Quer saber de uma coisa? Vá se ferrar, você! Sinceramente, como pude ter me casado com você?" E, então, para fechar com chave de ouro: "Nossos filhos, graças a Deus, são homens de bem! Homens de caráter!

Totalmente diferentes de você. E não, você que não me apareça aqui, porque eu não te deixo mais entrar na minha casa! E vá pro inferno!"

Devo confessar que eu, particularmente, me deliciei com a minha mãe, enfim, colocando meu pai em seu devido lugar. Não que eu sentisse ódio ou raiva dele, mas meu pai meio que não era mais meu pai. Ele nos abandonara e não tinha mais espaço em nossa família.

Ao voltar para meu quarto, eu já sentia a sonolência tomando conta de mim mais uma vez, então decidi dormir, na tentativa de colocar meu sono em dia. Mas antes de acabar de escrever aqui, tudo o que consigo fazer é admirar a foto do Thiago. Ele sorri abertamente, seus olhos brilham com vida.

Thiago finalmente deixou de ser um fantasma para ser de novo o meu amigo, que um dia, certamente, irei reencontrar.

♥

21 de novembro

Quando acordei, a cortina do meu quarto estava aberta, mostrando-me pelo vidro da janela que pálidos raios de sol tentavam se fazer presentes na espessa camada de nuvens que reinava no céu. À frente, sentada na cadeira que costuma ficar na frente do computador, a minha mãe. Seu rosto parecia branco demais, abalado.

— Acho que precisamos conversar — ela me disse.

Eu tive vontade de puxar o edredom e cobrir a cabeça, numa tentativa de escapar dali. Mas sabia que seria inútil… Minha mãe merecia uma explicação.

— Eu sei que as coisas têm sido difíceis desde que tudo aconteceu… — ela começou a falar.

"Desde que tudo aconteceu" se tornou sinônimo para a morte do Thiago.

— Sim, mãe… — eu sussurrei. — Muito difíceis desde que o Thiago morreu.

Senti o olhar surpreso dela sobre mim.

— Mãe, eu sinto muita falta dele, todos os dias. — Eu me sentei e olhei minha mãe nos olhos, esperando que ela sentisse toda a minha sinceridade. — E acho que isso vai doer para sempre, porque não dá pra esquecer uma coisa dessas. E eu sou muito grato por tudo o que você fez e tem feito para tentar me ajudar. Na verdade, acho que, finalmente, estou conseguindo me libertar de toda essa droga de depressão e voltando a viver! E é essa a questão: voltar a viver e... bem... me permitir fazer o que quero de vez em quando. Me permitir ser um pouco irresponsável e apenas me aventurar sem pensar em nada. Eu errei? Sim, mãe, eu errei. Mas que droga, eu não estava aguentando mais ficar preso em casa, e agora sinto que estou, enfim, conseguindo fazer amigos que me querem por perto e que gostam da minha companhia e eu só quis viajar com eles pra passar a noite numa praia. Só isso. Coisas de amigos! Perdão por você ter ficado mal, perdão mesmo... Mas... Eu só sei que... não me arrependo. — Suspirei. — Não me arrependo mesmo, porque... sabe... pelo menos terei algo pra contar pros meus filhos...

E, então, me surpreendendo, minha mãe não começou a chorar, nem tentou me convencer de que eu estava errado. Ela apenas se levantou da cadeira do computador, onde estava sentada, e se acomodou ao meu lado, na cama. Ela me olhou, acariciou meu cabelo e esboçou um sorriso.

— Não me julgue — minha mãe disse, jogando as mãos para o alto —, mas uma vez eu fugi com minhas duas melhores amigas para o Rio de Janeiro, Maracanã, pra ver o show de uma *boyband* que eu amava.

Ela riu, e eu ri também, porque era ótimo sentir que minha mãe era minha amiga.

— Menudo era o nome do grupo, eu era fascinada pelos caras. Não podia perder.

— E como foi com meus avós?

Minha mãe arregalou os olhos.

— Bem... Foi bem mais movimentado que aqui, te garanto. Você teve sorte, garoto, por eu estar viajando. Eu, não. Fui na calada da noite e, quando voltei, acabei tomando uma surra. Mas tudo bem... — Ela tornou a sorrir. — Também não me arrependo. Pelo menos tenho essa história para te contar.

Eu, então, abracei minha mãe, porque, sério, ela era inacreditável! Cuidou de mim e do meu irmão sozinha, sustentando a casa, nos dando o melhor, e ainda conseguia ser uma das minhas melhores amigas.

Ela se afastou um pouco e me deu um beijo na testa.

— Aquela menina que saiu com a gente no seu aniversário veio te procurar ontem à noite… — minha mãe disse.

A Laís. Ela veio até a minha casa…

— E por que você não me acordou, mãe? — protestei.

Ela deu de ombros.

— Você estava dormindo como uma pedra! Acho que te acordar seria uma missão completamente inútil! — Então sua sobrancelha se ergueu. — Foi com ela que você viajou, não foi?

Tentei disfarçar, mas minha mãe pescou alguma coisa em meu olhar.

— Eu sabia! Vocês estão namorando?

— Mãe!!! — gritei, envergonhado.

Meu protesto a fez se conter.

— Enfim… — Ela se levantou da cama, ainda rindo. — Ela se importa mesmo com você. Inclusive, tentou me convencer de que você não era culpado por ter ido na viagem. Inventou algo sobre ela ter te sequestrado ou chantageado para você lhe fazer companhia. Lógico, não acreditei em nada, mas até que ela é uma menina bem criativa.

Isso me fez tremer e ficar quente por dentro.

— Sim — eu disse, sem saber muito bem o que falar. Não me sentia tão à vontade assim para discutir esse tipo de coisa com a minha própria mãe. — Ela é uma boa pessoa…

— Sim, imagino como você a acha *boa*… — minha mãe comentou, com um sorriso maldoso, já se dirigindo para a porta, para minha sorte.

Quando minha mãe soltava esse tipo de comentário mais "safadinho", eu, realmente, não sabia como agir. A minha única reação era ficar vermelho de vergonha.

Então, já com a metade do corpo para fora do quarto, ela apenas me encarou e disse:

— Quase esqueci… Um mês de castigo, ouviu?! Um mês! Quero saber exatamente para que lugar que você e sua sombra pensam em ir. E sério, agora é muito sério, não passe por cima disso. E, só pra constar, isso começa hoje. A Laís disse que passará aqui pra vocês conversarem, lá pelas seis. Eu acabei cedendo ao charme da menina e autorizei. — E minha mãe saiu, sorrindo.

Apesar de toda a leveza, eu podia imaginar o susto que minha mãe tomou com meu sumiço, e sei que ela realmente vai querer saber de cada passo que eu der. Mas acho que posso, sim, dar essas informações a ela.

Porém, essa, decerto, foi uma das menores coisas que tomaram conta do meu cérebro.

Laís viria até mim... Provavelmente, tinha algo importante a dizer ou fazer. Talvez um pedido de desculpas. Ou quem sabe um pedido de que nunca mais olhássemos um na cara do outro?

Ela é improvável demais — eu nunca sabia realmente o que ela estava pensando.

Olhei no relógio: ainda eram onze da manhã. Eu teria longas horas com minha amiga ansiedade até que Laís chegasse, então, decidi entrar na internet e verificar minhas mensagens, imaginando que deveria ter alguma coisa não respondida por lá.

Assim que a página da rede social abriu, uma foto da Bruna com o atual namorado pipocou na tela. A última vez que eu e ela nos vimos foi no enterro do Thiago, e mesmo que ela fizesse parte do meu rol de amizades da rede, não sentia vontade de voltar a falar com ela.

Bruna aparecia sorrindo na foto, sua pele parda iluminada pelo sol, seu cabelo negro caindo ao lado do rosto como cascata, e, junto dela, o Diogo, um colega de classe. Ele também sorria, os dois com os rostos colados. Pelo cenário de fundo, pude ver que a foto foi tirada em nossa sala de aula. Na mesma sala em que, pouco mais de quatro meses atrás, eu e o Thiago nos sentávamos, brincando de forca com tema de personagens de séries durante as aulas de física.

Cliquei na pasta de mensagens, pois sabia que continuar vendo aquilo me faria ainda mais mal. Parecia que todos haviam apagado o Thiago de suas vidas. Menos eu.

Acácio me encaminhara algumas mensagens.

Acácio: Ei, garoto quase atropelado, como está?
Fiquei preocupado desde ontem quando vc realmente foi *atropelado* pela Laís. hahahah.
Desculpe a piadinha, precisava fazê-la.
Mas ok. Eu, realmente, estou preocupado se vc está bem mesmo!
Mande notícias.
Aguardo...

A bolinha verde ao lado do nome do Acácio indicava que ele estava online, então respondi:

Eu: Estou aqui.

Bem.

Com sono, mas bem.

Acácio: Que bom, seu estranho…

E vc e a Laís?

Eu: Vamos nos ver hj…

Acácio: hahaha, ela me disse!

Ela passou aí ontem, mas vc estava dormindo.

Na verdade, ela pensou que vc não queria vê-la!

Eu: Sério?

Por que ela pensou isso?

Acácio: Ah, meu amigo, a Laís tem sérios problemas com rejeição…

Eu: Vc sabe de coisas que não quer me contar!

Acácio: Nunca neguei isso.

Eu: O que é, então?

Acácio: Eu estaria traindo a confiança da Laís…

Sério. Desculpa.

Eu: Eu entendo, de verdade.

Só queria, sei lá, parar de me importar tanto com ela.

Só isso.

Acácio: Gostar de alguém é uma merda.

Eu: Uma merda total, meu amigo.

Acácio: Acho que a gente já teve essa conversa antes e chegou à mesma conclusão de hoje…

Estamos nos repetindo, hahahaha!

Eu: hahaha, sim!

Acácio: Adivinha só… Meu namorado pirou quando eu voltei da viagem…

Eu: Pensei que ele fosse seu ex.

Acácio: Sim, ex-ex-namorado, porque agora ele não é mais ex.

Eu: Vc não o tinha avisado que viajaria, não?

Acácio: Eu não…

Deixei o bofe pensando que eu tinha ido embora pra sempre…

Foi bom pra ele aprender a me dar um pouquinho de valor.

Eu: Ponto pra vc!

Mas fica esperto…

Acácio: Sim, obrigado!

Eu vou ficar.

Eu: Aliás, fiquei triste com seu abandono…

Acácio: ???

Eu: É... Vc saiu da minha casa e foi pra casa da Natália.

Vc é chato, mas eu estava acostumado já.

Acácio: Não seja gay.

A minha estada na sua casa já estava longa demais...

Mas, já que você está com taaaaaaaaanta saudade, o que vai fazer hj?

Quero ir pra algum barzinho, beber e, sei lá, ficar com vcs...

Eu: Não sei se vai rolar...

Acácio: Qual a desculpa?

Eu: Não é desculpa.

É só que não sei como vai ser o encontro com a Laís...

O que vai se resolver.

Acácio: Vc está nervoso por encontrá-la?

Eu: Sim.

Acácio: Gay.

Comecei a rir.

Eu: Não seja insensível.

Acácio: Não seja gay.

Eu: Acho que é a convivência com vc.

Acácio: hahahah, boa resposta!

Aqui, preciso sair. Natália está precisando de ajuda.

Eu: Algo sério?

Acácio: Er... Não. Se cuida.

Eu: Se cuida tbm.

Acácio: Boa sorte com seu encontro!

E a bolinha verde ao lado do nome do Acácio se apagou.

Suspirei pesadamente, tentando forçar oxigênio para minha cabeça, numa forma de clarear os pensamentos. A Laís ainda iria me enlouquecer.

Pelo restante do dia, tentei realizar minhas tarefas de forma a distrair a mente da euforia que se alastrara. Que sentimento idiota e doentio esse de gostar assim de alguém.

Algumas vezes, penso na Laís de um jeito poético, como um ser de espírito livre, um cavalo selvagem que não pode ser domado. Em outras, penso numa metáfora muito mais fiel: eu sou a palha, Laís, a faísca — me consumindo e me consumindo até não restar mais nada, a não ser destruição. Mas seria falso negar que, enquanto houver palha em mim, Laís continuará me alcançando cada vez mais profundamente, deixando pra trás as cinzas da minha própria existência, porque, simplesmente, não consigo evitar.

É assim que acontece quando pessoas como eu e ela, por alguma cilada do destino, acabam se envolvendo. Ela me queima e eu deixo.

Como será o fim dessa história, por mais que eu nunca tenha vivido um relacionamento — se é que posso chamar isso de relacionamento —, é fácil de prever.

Mas por que, sabendo de tudo isso, não consigo mudar essa sina?

Forcei-me a não pensar mais nisso, visando manter o que restava da minha sanidade, e procurei me manter ocupado: arrumei meu quarto, organizando meus livros em ordem de preferência, e, em seguida, almocei com minha família. Foi depois disso que aconteceu uma conversa curiosa com meu irmão.

Minha mãe trabalhava no escritório, e eu e Henrique estávamos acomodados no sofá da sala, enquanto ele ia mudando de canal, entre os de esporte, para fugir dos comerciais. Num deles estava passando um programa sobre nado sincronizado. Passou um minuto em completo silêncio até que o Henrique pigarreou e me olhou desconfiado.

— Se você quiser trocar de canal, fique à vontade — ele falou, mas eu sei que se eu realmente quisesse trocar de canal ele ficaria meio estressado.

Henrique é o rei da televisão aqui em casa, e esse é um trono pelo qual eu não tenho a mínima vontade de lutar.

— Não. Está tudo bem.

Ele arqueou uma sobrancelha.

— Você se interessa por natação?

— Na verdade, natação é um dos esportes que eu sempre achei mais legais. Mas assim, pros esportistas. Não pra mim.

— Então, por que você está aqui, agindo dessa maneira estranha? Aliás, antes de qualquer coisa, se você pensa que eu te dedurei para a mãe, fique sabendo, não fiz absolutamente nada! Ela que chegou antes do que esperávamos.

— Não tem nada disso, Henrique, eu não acho que você fez fofoca! Relaxa! — disse, após seu ataque exasperado, e ele pareceu relaxar mesmo.

Depois disso, resolvi ir direto ao ponto:

— Como você e a Valéria se resolveram? Porque eu vi que ela estava aqui, no dia do estresse...

Acho que foi inevitável, mas Henrique abriu um sorriso frouxo.

— Foi engraçado, mas eu meio que sentia que ia encontrá-la nesse dia, sabe? Eu tinha terminado com uma garota no dia anterior e estava dirigindo por aí, até que parei num parque florestal, um que eu e a Valéria costumávamos ir, e fiquei lá, olhando os patos, os passarinhos. E comecei a me sentir meio idiota por estar lá sozinho, com ar de abandonado... Mas era ali o lugar em que eu me sentia mais perto dela, então fiquei lá, pensando. Não sabia bem o que fazer para que ela me perdoasse, já que tudo o que estava ao meu alcance eu tinha tentado, na época. Então, eu pensava sobre isso, já estava pronto para ir embora, quando a vi sentada num banco com um livro nas mãos. Um livro de poesia. Que foi um presente meu. Na hora, achei que aquilo era um sinal divino de que eu devia tentar mais uma vez. Aí, me aproximei, sentei ao lado dela e a gente ficou conversando por horas sobre nossas vidas. Não tocamos em nenhum momento em assuntos do passado, e eu acabei decidindo convidá-la para um café. Fiquei muito ansioso até aquele encontro acontecer, e quando nos encontramos, nós conversamos tanto... Em alguns momentos ficamos meio emotivos, sabe? A gente percebeu que havia uma alegria enorme entre nós, em nossas conversas, e então aquele encontro num café se transformou numa saída para o cinema. Lá, a gente ficou ainda mais junto. Então acho que resolvemos nosso passado e acabamos voltando.

Ao contar aquilo talvez Henrique não tenha reparado, mas eu ouvia como se fosse um livro de suspense e fui ficando mais animado a cada instante, até ouvir que eles tinham finalmente voltado. Aí, abri um sorriso largo.

— Sempre torci por vocês, Henrique.

— Você pensa que eu não sei? — Henrique deu risada.

Mais um pouco de silêncio, até que minha cabeça começou a ferver um pouquinho.

— É... Então, cara, a minha pergunta é meio complexa...

— Tudo nesse mundo pode ser complexo ou simples. Acho que tudo se resume ao ângulo pelo qual olhamos.

— Bem, então, me deixe fazer minha pergunta, porque preciso de ajuda para achar o ângulo correto, ok?

— Ok.

— Ahh... Como você sabe que a Valéria é *a garota*?

— Irmão, ela não é *a garota*. Ela é apenas a *minha garota*.

— Sim, e como você sabe disso?

— Er... Não tem uma matemática para ajudar a descobrir, desconfio de que ninguém dedicou um estudo acadêmico ao assunto, mas é uma coisa quase mágica. Quando você olha a pessoa, você sente que ela completa algum espaço vazio em seu interior que, antes de ela chegar, você nem sabia que existia. — Ele então me jogou uma almofada. — Olhe o que você está me fazendo dizer!

Foi impossível não rir.

— Mas, Henrique, e se essa pessoa que você pensa que é a *sua garota* for considerada *a garota* de outro cara? Tipo, então essa coisa da conexão se perde?

— Nesse caso, essa coisa da conexão na verdade não era tão real assim.

E as palavras do meu irmão ficaram na minha cabeça, me fazendo refletir por algum tempo. Acho definitivamente que a Laís é a *minha garota*, mas será que eu sou o garoto dela? E será que outras pessoas também não acham que Laís é a *sua garota*?

— Você está me perguntando tudo isso por causa da Laís? — Henrique quis saber.

Eu não queria que nossa conversa ganhasse um teor tão pessoal assim. Sentia que agora nós dois estávamos pisando em ovos; e era impossível não retornar ao episódio em que o Henrique e a Laís quase transaram. E depois de todas as experiências que tive com ela, acho que o ato realmente só não aconteceu porque eles não estavam na droga da água.

— Sim — acabei respondendo, titubeante.

Eu não queria parecer imaturo nem nada. O meu irmão e ela sentiram atração um pelo outro e ficaram. Foi só isso. Foi só isso. Foi só isso...

— A Laís é meio doida, né? — ele disse, casualmente. — Sei que... bem... as coisas soam estranhas quando nós dois conversamos sobre ela... Mas não quero que seja assim. Porque, você sabe, caso vocês firmem mesmo um compromisso, quero que ela faça parte da nossa família. Tudo o que aconteceu naquela festa se resume a uma palavra: álcool.

Assenti, rapidamente.

— Já esqueci esse assunto, Henrique.

E de fato é o que estou tentando fazer. Meu irmão cometeu um erro — ou quase cometeu —, mas talvez induzido pela própria Laís. Pra mim ficou tudo no passado.

— Que bom, cara. Mas tentando te ajudar a responder sua pergunta, eu não sei mesmo como a gente faz pra saber se a *nossa garota* é realmente *só nossa garota*. Talvez isso venha com o tempo, com a confiança. Porque ela também não tem como saber se você é *o garoto só dela*, entende? Você sabe, mas ela não. Sendo assim, acho que isso tem que partir dos dois. Você tem que fazer o outro sentir isso.

As palavras do Henrique realmente faziam sentido e seus significados começaram a germinar em minha mente. Por fim, nós dois ficamos olhando para a TV, sem prestar atenção direito. Fiquei imaginando o que devia estar passando na cabeça do meu irmão, porque na minha era como estava sendo ótimo conversar com ele. Na maior parte do tempo eu o enxergava como um conjunto de massa meio primitivo, e acho que o Henrique me via como um zumbi fúnebre, depressivo, que a qualquer momento iria levar uma arma pro antigo colégio e matar metade da antiga turma. Nós dois estávamos errados, e, merda, nós éramos irmãos! Era assim que devíamos ser sempre ou pelo menos com maior frequência.

Quando os comerciais entraram no ar, percebi que estava perto do horário em que Laís passaria em casa, então me levantei e apenas disse:

— Não sabia que na academia que você frequentava eles ensinavam essas coisas sobre sentimentos e amor. Continue indo lá. — E ri dele.

Henrique riu baixinho.

— Acho que qualquer dia você poderia ir lá comigo. Afinal, é óbvio que você já aprendeu tudo o que podia no Colégio para Babacas.

Subi as escadas ainda sorrindo. Eu havia esquecido que era bom ter um irmão.

Tomei um banho demorado, depois, fiquei escolhendo minha roupa. O pior de tudo era que eu nem sabia onde eu estava me metendo, porque poderia ser desde um encontro de casal a uma simples conversa de amigos na frente de casa — apesar de apostar que a última opção não combinava com a Laís.

Quase perto do horário, minha mãe entrou no meu quarto e apenas pressionou os lábios contra minha testa, sussurrando:

— Volte para casa cedo. — E saiu.

Eu achei a atitude muito legal da parte dela, ainda mais levando em consideração tudo o que acontecera dias antes. Mas também era estranha a expectativa de que todos — meu irmão e minha mãe — pareciam ter criado em cima de mim e de Laís. Era como se eles se agarrassem a ela para que eu não me "perdesse" de novo.

Encarei meu reflexo no espelho e foi impossível não perceber a minha própria expectativa — a palha que ainda faltava ser consumida, desejando ser tomada pelo fogo. E fazendo uma retrospectiva do nosso último encontro, eu, sinceramente, não sabia bem o que esperar. As últimas palavras da Laís tinham sido "Vá pro inferno!". Será que ela queria me encontrar para se certificar de que eu estava mesmo lá?

Forcei a cabeça a parar de pensar nisso e apenas tentei deixar que as coisas acontecessem, como as pessoas normais, imagino eu, fazem. Então, quando ia descendo as escadas para a sala, reconheci a freada do Fiat Uno da Laís diante da minha casa.

Minha mãe e meu irmão, que estavam na sala, apenas viraram os rostos para mim, sorridentes. E eu achei isso uma droga, porque as expectativas deles faziam as minhas próprias expectativas, que já são uma armadilha, crescerem e se multiplicarem de uma forma doentia. Apesar de eu achar que isso se devia ao fato de finalmente eu ter saído do casulo em que me enfiei desde a morte do Thiago e de eles associarem os resultados exclusivamente à Laís, quando nem eu mesmo conseguia compreender a parcela exata da participação dela nesta nova fase da minha vida.

Quando abri a porta e saí de casa, Laís estava lá, vestindo uma blusa branca, short jeans justo e jaqueta de couro preta. Seu olhar era misterioso e parecia que lia mais do que eu queria permitir.

— Oi. — Eu me aproximei, mas deixando que uma quantia considerável de distância ficasse entre nós dois.

O perfume da Laís me envolveu — um cheiro doce, misturado com o aroma leve do cigarro de menta que ela sempre mantinha nos lábios. Aspirei sua fragrância.

— Estou aqui em missão de paz, soldado — ela disse, fazendo um movimento com as palmas das mãos erguidas.

Sorri de lado.

— Somos dois, então — respondi.

Ela sorriu e inclinou a cabeça para a direita. Seu cabelo de raposa acompanhou o movimento com graciosidade.

— Um passeio? — ela sugeriu.

Tentei pensar por um segundo, mas meu coração estava acelerado demais para me deixar raciocinar.

— Topo. — Entrei no carro, onde estava escuro e aconchegante.

No rádio, o álbum *I Never Learn*, da cantora Lykke Li, se iniciava, e não sei se era pela melancolia do momento, ou por causa das últimas coisas ditas entre mim e a Laís, ou do sentimento de arrependimento em meu peito, ou se pelo céu escuro e o vento frio, ou por estar com uma vontade arrebatadora de beijar os lábios dela, mas comecei a me sentir emotivo de um modo estranho. Tudo era tão intenso que tive vontade de chorar.

E quando esses sentimentos começaram a ficar mais fortes, senti o toque leve da mão da Laís sobre a minha. Foram poucos segundos, porque logo ela usou a mão para passar a marcha, mas bastaram para me arrebatar de novo. Para me salvar.

— Fico feliz que você tenha aceitado meu convite, garoto quase atropelado — Laís sussurrou enquanto o carro fazia uma curva, com um sorriso marcando seus lábios de batom vermelho.

Eu apenas sorri.

— Sorte a sua eu ter voltado a tempo do inferno — zombei, me referindo à nossa última conversa.

Laís fez um bico torto.

— Eu sabia que nem lá iriam te aguentar — rebateu.

Apenas rimos e deixamos os acordes da música nos guiar. Eu estava com uma sensação boa e misteriosa no peito que me preenchia, mesmo morrendo de medo do que viria a seguir. Assim, pelo resto do trajeto, deixamos apenas que nosso silêncio ricocheteasse entre nós, sem interrupções.

Até que o carro parou, mais ou menos meia hora depois, e estávamos de volta ao sítio a que ela me levara quando perdi a virgindade. Pelo clima gelado, imaginei que as intenções dela, dessa vez, não tivessem a ver com nadar na lagoa.

— Você deve estar se perguntando por que eu te trouxe aqui. — Ela estacionou e abriu a porta.

Também saí e nossos olhares se encontraram na penumbra que predominava do lado de fora.

Daquele lugar, era impressionante a quantidade de estrelas que se conseguia enxergar no céu, mesmo com tantas nuvens se movendo de lá pra cá.

Laís percebeu minha atenção no céu e, então, sorriu.

— Esse é um dos motivos que me fazem amar este lugar — ela disse, caminhando para ficar ao meu lado. — Da outra vez acho que você não percebeu, né? — falou, enquanto sorria, maliciosa, e colocava um cigarro nos lábios.

Eu deixei um sorriso escapar.

— Convencida...

Laís tragou profundamente e jogou a fumaça para o alto, caminhando para a lagoa. Eu a acompanhei.

— Laís...

Ela parou de andar pelo píer. A fumaça espessa do cigarro dela começou a dançar entre nossos rostos.

— Por que você me trouxe aqui?

Ela enfiou as duas mãos nos bolsos da jaqueta, prendendo o cigarro entre os dentes, e apenas me encarou por certo tempo. Eu me aproximei e retirei o cigarro dos lábios dela.

— Este é um dos meus lugares favoritos de todo o mundo e não tenho ninguém, além de você, com quem eu queira compartilhar isto, entende?

— Entendi. Mas por que depois de ter me mandado para o inferno você quer me trazer para o seu paraíso?

Laís tomou o cigarro, delicadamente, da minha mão.

— Porque nós merecemos. E porque, me permitindo um ato de egoísmo, eu precisava estar aqui... Esse foi o meu refúgio por anos, garoto quase atropelado. Aqui estão fincados tudo o que eu fui e o que me tornei. E... — Ela me olhou, por baixo do véu de sua cabeleira diante do rosto. — ...eu precisava de você.

Ela era sempre tão enigmática, tão misteriosa, que se eu pudesse juro que mergulharia no mais profundo dela, apenas para tentar entender um pouquinho do seu coração.

— Certo — eu disse, depois de um suspiro. — Estou aqui, não?

Laís mordeu o lábio e ficou com o corpo de lado, encarando a água calma. Eu tinha a sensação de que era para evitar que nossos olhares se encontrassem.

— Quero te contar a merda da minha vida — ela disse, soando demasiadamente angustiada. — Essa é razão de eu ter te trazido aqui, porque talvez isso me ajude a entender algo que não consigo fazer sozinha. É só que... Eu tenho tanto medo...

Estiquei o braço e toquei a face dela com as costas da mão — sua pele estava muito gelada.

— Eu estou aqui.

— É por isso que eu te amo — ela sussurrou sem me olhar, soltando a fumaça do cigarro pelo canto dos lábios. — Você está mesmo aqui quando diz que está. É verdadeiro. Não é apenas uma força de expressão.

Fiquei surpreso com o que ela disse e não consegui pensar em nada para responder. Apenas assenti uma vez, sem graça.

— O mundo precisa de mais garotos quase atropelados como você. — Então, a Laís se desvencilhou do meu toque e foi até a beirada do pequeno píer, parando ali, no meio do nada, como se enxergasse algo que eu não conseguia ver.

— Laís? — chamei.

Ela continuou fumando, sem nada responder.

Foi então que me aproximei e reparei que seus ombros tremiam. Um suspiro sufocado escapou de sua boca e ela me abraçou, chorando. Eu a apertei em meus braços, sem ter noção do motivo que a deixara assim, mas com a constatação de que o que ela menos precisava no momento era das perguntas que borbulham em minha mente. Ela precisa apenas de mim ali.

Permiti que Laís molhasse meu cardigã com suas lágrimas misteriosas, deixando-me meio-desesperado-atormentado e me perguntando como ela conseguia fazer isso comigo. Em um momento me punha excitado com seu toque, no outro, anestesiado com seu sorriso e, por fim, mergulhado num poço de angústias. Eu me sentia como uma marionete à mercê de sua intensidade.

Entretanto, era como se dessa vez o choro dela tivesse um teor mais... Pesado? Não... Acho que a definição certa seria "sincero". Parecia que era a alma da Laís que chorava.

— Pessoas como você deviam ganhar um vale direto para o céu — ela disse depois de minutos de choro, quando começava a se recuperar. — A não ser quando não obedecem a mãe.

Acabei sorrindo.

— Você deve achar que sou um filhinho da mamãe, não?

Ela limpou as lágrimas com as mãos de unhas pintadas de vermelho e me olhou com um olhar sugestivo.

— Um filhinho da mamãe bem charmoso, devo dizer.

Segurei o rosto dela com as duas mãos, tomando uma coragem repentina e saindo da minha zona de espera. Tomei a atenção dela toda para mim, com nossos olhos conectados numa linha fixa.

— Pare de dar voltas — eu falei, com a voz firme — e me diz o que você precisa. A razão de ter me trazido aqui... A razão do seu choro... A razão da tristeza nos seus olhos... Se abre para mim.

Laís piscou e fitou o chão.

— É que… — E sua frase morreu num suspiro.

Ela ainda titubeava.

Sorri, infeliz.

— Você sempre foge como uma raposa. — E isso acabou fazendo com que ela sorrisse. — Você sempre escapa…

Laís me tomou o olhar em um único instante e, sério, ela conseguia me levar a outra dimensão em questões de segundos. Ela, então, segurou meus braços. Eu podia sentir o formigamento do contato de nossas peles.

— Não quero mais fugir — ela disse, e, quando percebi, sua respiração estava batendo no meu rosto, quente, doce e densa.

Eu sentia o vento frio cortando meu rosto e balançando meu cabelo e, ao mesmo tempo, a quentura que o contato com a Laís me trazia. E assim, num instante, ela se aproximou, a sua boca encostando na minha devagar, nossos lábios se encaixando como se fizéssemos parte de um tipo de mágica que apenas compartilhávamos um com o outro. Só então eu a puxei para mim, encostando-a em meu corpo, e o mundo pareceu ter desaparecido.

Naquele momento, tudo o que existia éramos eu, a Laís, nossas bocas se entrelaçando e uma enxurrada inimaginável de "eu te amo" sendo transmitida ali. Quando o beijo acabou, minha boca como que pegava fogo, pedindo mais. Porém, ela apenas se desvencilhou dos meus braços e suspirou profundamente. Senti meu estômago afundar, num ruído agourento.

— O que eu fiz dessa vez? — indaguei.

Laís começou a andar de um lado para o outro, aflita. Parecia uma bomba relógio pronta para explodir.

— Não é você… Não é… — Ela chutou uma pedrinha para longe, com suas botas. — Eu poderia te beijar para sempre, sério. Com você eu sinto que posso ser feliz sendo a droga maluca que realmente sou. Mas é que tem isso aqui dentro de mim e eu sinto que vou explodir se não puser pra fora…

Meus nervos começaram a arder.

— Droga, eu já disse que você pode se abrir comigo! — quase gritei, nervoso.

No instante seguinte, a aparência de Laís mudou; seus traços angelicais se alteraram com uma expressão selvagem.

— Eu só não quero explodir em você! — ela rebateu, praticamente fora de si. — Porque sei que se eu fizer isso, você vai acabar em pedaços!

— Laís, você não percebe? A cada momento que você me leva para seu mundo e depois me cospe fora, você destrói um pouco de mim.

Ela parou de andar e me encarou, seus olhos enxergando além de mim.

— Imagina a tristeza na sua forma mais pura e negra... — Ela sorriu, com sarcasmo. — Eu sou a personificação disso.

Quando olhei minhas mãos, elas tremiam. Laís me abalava de uma forma que suspeito que ninguém jamais conseguiria.

— A tristeza é uma bênção, Laís. Pois quando a temos significa que temos um coração.

Ela não respirou por poucos segundos; senti que ela esperava que eu fosse desmoronar e brigar ou apenas ficar mal como acontecia na maioria das vezes em que ela agia assim. Mas a minha resposta fez algo mudar dentro dela. Laís ficou lá, parada e assustada, como se tivesse acabado de levar um tapa.

— Eu te trago até aqui para no fim não ter coragem... — Ela riu amargurada. — Eu sou uma decepção total!

— Coragem para quê?

— Nada.

— Fala.

— Não é nada.

— Você tá me deixando mais nervoso...

— Esquece isso.

— Não dá pra esquecer.

— Tenta.

— Eu não consigo.

— E por quê?

— Porque eu te amo.

A frase saiu sem que seu valor real tivesse sido processado pela minha mente. Ela me encarou com seus olhos castanhos arregalados, e, no final, apenas baixou a cabeça.

— Você não devia me amar — ela disse, mais para si mesma do que para mim.

Mas doía, de qualquer forma.

— Laís, alguém já te falou que você é a pessoa mais insuportável do mundo?! — acabei deixando as palavras deslizarem para fora da minha alma, mesmo que eu apenas as quisesse prendê-las ali. — Você me traz a um lugar simplesmente para ficar fugindo de mim e a gente não chegar a lugar nenhum! O que eu sinto, do fundo do meu coração, é que você gosta de me prender a você e...

Eu me calei, porque só naquele momento percebi as lágrimas rolando pelo rosto da Laís mais uma vez, embora ela estivesse coberta pela penumbra da noite.

Parecia que minha alma tinha ido parar no fundo do estômago e meu coração havia ficado rodeado por uma espessa camada de gelo.

Tentei me aproximar, mas não consegui me mover. Fiquei preso nesse momento de dor que parecia não ter fim e só me fazia afundar cada vez mais em mim mesmo.

Até que a Laís deixou escapar entre lágrimas "Eu preciso de ajuda" e sua voz emudeceu enquanto seu corpo sofria uma sequência de tremedeiras por causa do grau de tensão de seu choro.

O que aconteceu foi estranho, porque eu não conseguia fazer nada além de permanecer pregado no mesmo lugar, como se meus pés estivessem enraizados ali.

Eu não sabia se deveria me aproximar, abraçá-la e dizer que tudo ficaria bem, que tudo se resolveria e que eu estaria ali por ela e para ela. Porque, na realidade, eu não me movi e não falei uma palavra sequer, apesar de sentir que cada segundo ouvindo o choro da Laís partia um pouquinho mais o meu coração.

— Por anos... eu... fui estuprada... — ela disse, em meio a um suspiro profundo. — Eu era abusada... durante o banho... E depois que tudo acontecia... a única coisa que me fazia ficar bem... era me lavar... me limpar... O máximo que eu podia fazer... E isso ajudava... Por isso... Eu não sei... Mas quando vou me relacionar... com alguém, quem quer que seja... Sem que eu esteja em contato com água... Eu entro em desespero.

Laís se calou quando eu a abracei e, finalmente, deixei que ela repousasse o rosto ali, em meu peito, para que toda e qualquer lágrima contida em seu coração pudesse sair.

O frio nos atacava com ferocidade, mas em nosso abraço parecia ter sido criada uma aura de fogo e proteção.

Passados vários minutos, seu desespero foi diminuindo e sua respiração voltou a se estabilizar. Eu fiquei em silêncio o tempo todo, porque, sinceramente, que palavras poderiam ser ditas diante de uma situação como essa?

Laís fungou, secando o rosto molhado nas costas do braço da jaqueta.

— Vamos entrar? — Eu inclinei o rosto na direção da casinha.

Ela concordou, eu a abracei de lado e nós caminhamos juntos até dentro da casa. Assim que entramos, sentimos o alívio instantâneo ao conseguirmos proteção do forte frio do lado de fora.

Laís acendeu a luz, se aninhou na cama e me encarou com um olhar frágil em que parecia estar como nunca desprotegida de personagens. Eu nunca a vira tão vulnerável.

— Fica aqui — ela pediu, num sussurro, passando a mão ao seu lado da cama.

Fiz o que ela pediu. Tirei o tênis e me enfiei embaixo do edredom que forrava a cama. Assim que me aproximei, Laís deitou a cabeça em meu peito e encostou a perna em mim.

— Fico feliz que esteja aqui — Laís murmurou.

Acarinhei seu cabelo, de leve.

— Você sabe que pode contar comigo, não sabe?

— Meus pais costumavam me trazer muito aqui... — Laís me contou, e seus olhos estavam focados no vazio, como se ela estivesse em outro lugar, vendo um filme apenas exibido em sua mente. — Meu pai costumava me colocar em seus ombros e mergulhava comigo na lagoa, enquanto minha mãe cozinhava biscoitos ou fazia bolos para nós. Mas... quando eu tinha dez anos, eles me deixaram na casa da minha avó, saíram de carro para fazer compras e... — A respiração da Laís ficou pesada; ela parecia estar com dificuldade para respirar. — Um caminhão veio desgovernado na contramão e bateu de frente no carro deles. O motorista estava dirigindo fazia horas e acabou dormindo ao volante. Para o motorista do caminhão, apenas ferimentos leves... Mas para os meus pais, o acidente foi fatal.

— Poxa... Sinto muito. — Eu me senti péssimo por não ter conseguido pensar em nada melhor para falar.

— É, eu também... Mas juro que pensei, quando eles morreram e eu tive que ir morar com a minha avó e o marido dela, que as coisas não poderiam piorar. Eu era muito unida aos meus pais, sabe? E eles foram tirados de mim de uma forma tão brutal e rápida que demorou para eu ter a consciência de tudo o que havia atingido. Eu tinha perdido as únicas duas pessoas que pareciam me amar no mundo. Que pareciam me olhar e ver em mim algo especial... E minha avó já tinha a vida dela, né? Sua rotina, suas vontades, seu marido... Ela ficou comigo porque não teve escolha. E a partir daí eu passei a viver o maior pesadelo da minha vida.

— Se você não se sentir bem em me contar isso, eu vou entender.

— Não. Eu quero falar. Quero exorcizar isso de mim… Nunca antes eu havia conseguido chegar tão longe… E eu preciso limpar isso do meu coração. Eu preciso…

Assenti, lembrando-me do enorme alívio que experimentei depois de reviver os acontecimentos referentes ao Thiago.

Laís prosseguiu:

— O meu avô morreu quando eu ainda era muito nova e logo minha avó se casou com outro cara… um tal de Cézar. Ele era rico, carismático, e conquistou a confiança de toda a família, inclusive a minha. O cara era fantástico, sabe? Não tinha como não gostar dele. Só que… quando passei a morar com eles, descobri, da pior forma possível, que o Cézar era um… monstro. — Laís mordeu o lábio, e seu punho automaticamente se fechou. — Todas as vezes em que a minha avó saía de casa, por qualquer motivo que fosse, ele me levava para o banheiro, com o pretexto de que precisava me dar banho e… abusava de mim. E isso aconteceu várias vezes, durante anos. Chegou ao ponto de minha avó ter consciência do que acontecia, mas continuar fingindo, apenas evitando me deixar mais tempo sozinha. Não sei se por medo de perdê-lo ou com receio do que os outros iriam falar caso ela se separasse… Não sei…

Conforme a Laís ia contando a história, eu tentava encontrar as palavras certas para dizer, mas era difícil demais. Ainda mais porque ela era tão nova, tão frágil e vulnerável…

— Esse horror transcorreu até meus quinze anos, quando tomei coragem e comecei a ameaçar o Cézar de contar para todo o mundo, da maneira como eu podia. Ele era um homem conservador, preocupado com sua imagem social, então as ameaças até que surtiram algum efeito. Mas a longo prazo, ele foi me afastando da minha própria avó. Agora, imagine, se antes ela já não sentia um grande apreço por mim, depois que o Cézar começou a dizer que eu estava me insinuando para ele, ela simplesmente ficou transtornada e disse que era para eu me preparar, porque, aos dezoito anos, eu sairia de casa.

— Nossa… — foi tudo o que consegui dizer, me colocando um pouquinho no lugar dela.

— Comecei então a perceber que tinha cada vez menos espaço naquela casa. Com o tempo, passei a frequentar mais a casa da família Silva, já que eles eram vizinhos da minha avó desde sempre e conheciam muito meus pais. E sentia que lá eu era mais querida; fora o fato de ser amiga de escola da neta deles. Então, com o tempo, comecei a passar mais tempo com eles, que pareciam gostar da minha presença. A Juliana, minha amiga e neta deles, foi quem me apresentou basicamente tudo o que sei hoje sobre a vida.

— E por onde anda a Juliana? — perguntei, curioso.

— Longa história... O sonho da vida dela sempre foi conhecer o mundo, então, ela arrumou suas coisas e saiu por aí, sem rumo. Sorte a dela, né?

— E como ficou sua relação com o senhor e a senhora Silva depois que a Juliana se foi?

— Poucos meses antes de eu completar dezoito anos, eles se mudaram para o seu condomínio e me convidaram para ir morar com eles. Porém, eu também consegui passar na faculdade de letras e minha avó me propôs uma mesada para que eu pudesse me sustentar e pagar o aluguel em outro lugar, longe dela. Não era um ato de bondade da minha avó, eu sabia. Era um meio de me manter afastada. E eu preferi aceitar. Fora que também achei que seria meio injusto com o senhor e a senhora Silva, depois de todas as coisas boas que haviam feito por mim, continuar enfiada na casa deles, dando trabalho.

— Sua avó quis te afastar como se isso fosse resolver tudo — acabei deixando escapar, sentindo uma verdadeira mágoa pela avó da Laís e seu marido.

— Exatamente. Minha avó é do tipo que acha que tudo se resolve com dinheiro. Então, mesmo depois que abandonei a faculdade, ela pediu para que eu não voltasse mais pra casa. Como se eu quisesse ou fosse pedir pra voltar! — Laís revirou os olhos como se não se importasse. — E então ela continua me dando essa mesada cale-a-boca.

— Entendi. Mas não entendo por que você abandonou a faculdade.
Ela abriu um sorriso tímido.

— Definitivamente não estava lá o que eu procurava para a vida.

"Não estava lá o que eu procurava para a vida." As palavras da Laís acabaram impregnando na minha mente como uma cola, me fazendo divagar sobre o real significado e valor delas.

— Ao sair da casa deles, pensei que meus problemas teriam acabado, mas o que eu não sabia era que com tudo o que aconteceu nessa parte da minha infância, eu fiquei impregnada de traumas, dores e conceitos que me tornaram uma pessoa doente... — Laís suspirou, como se as lágrimas estivessem prestes a voltar. — Não sei como lidar com isso. E a história do sexo embaixo d'água é apenas uma parte dessas coisas que estão inseridas na minha vida de modo involuntário...

— Fique calma, Laís — eu pedi, mas minha voz soou fraca demais.

— É só que... Como o Cézar sempre abusava de mim durante o banho, é estranho, mas eu peguei nojo de relações sexuais, mesmo que... Mesmo que às vezes eu queira e sinta vontade. Então, só consigo... Só consigo me relacionar, sem ter um ataque nervoso, se eu estiver na água. E não é um tipo de tara ou coisa parecida, mas é que me sinto protegida, como se a água fosse um escudo, não sei... Sou capaz de tremer ao lembrar de cada coisa que me aconteceu, mas consigo suportar algo, caso ocorra num banho, por exemplo. O que me parece ruim... É como se eu tivesse aprendido a não sentir nada nesses momentos.

Ouvir aquilo tudo da boca da Laís fazia tanto sentido... Pior que isso: parecia que eu conseguia ver as cenas, e entendi por que fora tão difícil contar para alguém. Isso explicava como a Laís se descontrolou quando o Henrique quis ficar com ela em um dos quartos na minha festa de aniversário; de como ela parecia molhada como se tivesse acabado de tomar um banho quando eu e o Acácio a encontramos com outro cara em seu apartamento; do motivo de só termos transado porque estávamos na lagoa e de como a Laís desistiu, no dia da praia, simplesmente porque não recebi bem a ideia de fazermos amor na água outra vez.

— Acho que minhas primeiras experiências com sexo me deixaram uma marca de algo sujo... — ela voltou a dizer, baixinho. — Não consigo dissociar o abuso na infância do sexo depois. Pra mim tem sempre o mesmo impulso sujo, vulgar... nojento... E só a água minimiza isso, porque, ao mesmo tempo que as coisas acontecem, eu estou me limpando... É doido, porque não considero sujo o que aconteceu entre nós dois. Não mesmo. Mas não sei ser diferente.

— Eu te entendo.

— Entende mesmo?

— Entendo. E acima de tudo, te respeito e admiro. Você tinha todos os motivos para ser uma pessoa ruim... Mas, muito pelo contrário, você age exatamente de outra forma. E, agora, consigo enxergar a origem de tudo com clareza... Laís, garanto que as coisas vão mudar.

— Por que você diz isso?

Então, acabei revelando para a Laís toda a minha história envolvendo o Thiago — a nossa amizade, a sua revelação e, por fim, a sua morte. Contei também sobre o meu período de dor, em que me enfiei em um casulo de mágoa e desespero, e como comecei a escrever este diário. Falei também sobre como ter conhecido o Acácio, a Natália e ela, principalmente, mudara completamente a minha vida e o meu jeito de enxergar o mundo.

Por fim, apenas ficamos em silêncio, encarando o teto da casa. Eu e a Laís havíamos nos despido de qualquer segredo, máscara ou barreira entre nós dois. Eu vira e presenciara o lado mais frágil e delicado dela, assim como ela também tivera permissão de adentrar o meu lado mais vulnerável.

Até que a Laís olhou o relógio e disse que deveríamos voltar, para não abusar da bondade e paciência da minha mãe. Concordei e já havia me levantado, pronto para ir embora, quando a Laís se aproximou e, sem que eu pudesse prever, me abraçou; me abraçou com força, carinho e afeto.

— Obrigada — ela sussurrou, com a boca em meu ombro. — Você me salvou.

Eu a abracei com o máximo de força que podia e respondi:

— Obrigado também.

Laís podia não entender direito tudo o que eu havia passado e sentido com os acontecimentos envolvendo Thiago, mas quem salvou quem nesta história era o inverso do que ela pensava. Era ela que havia me tirado da escuridão ao colocar fogo na minha vida. Ao colocar fogo no meu coração. Ao me fazer voltar a viver.

A viagem de volta transcorreu com mais leveza do que a de ida. Eu olhava para a Laís e finalmente sentia que a via de verdade, sem nenhuma barreira que pudesse maquiar seus sentimentos.

Já com o carro parado na porta da minha casa, ela agradeceu mais uma vez, e eu fiz o mesmo. Ela sorriu, me deu um beijo no rosto e disse que agora, após ter tirado de dentro de si toda a dor, sentia-se muito mais leve. Se sentia quase atropelada. Acho que ouvir essa expressão era melhor do que qualquer agradecimento. Era a melhor coisa a se ouvir naquele momento.

Eu disse que ela fazia o mesmo comigo; fazia com que eu me sentisse quase atropelado sempre que estava por perto. Nós nos despedimos com um sorriso, e eu entrei em casa.

Sinto que de alguma forma as coisas entre mim e a Laís irão mudar para sempre. Não sei o quê, mas minha expectativa agora é imensa.

22 de novembro

Hoje acordei, surpreendentemente, cedo — após um sono reparador —, e, por alguns minutos, fiquei deitado pensando na noite anterior: aquela em que Laís ficou deitada no meu peito e em que pude conhecê-la a fundo, incluindo todas as rachaduras de sua alma.

Era muito boa a sensação de, mais uma vez, ser digno da confiança de alguém que eu amava a ponto de esse alguém me revelar seus segredos mais íntimos. Sim, Acácio se abriu comigo, assim como Natália; porém, com Thiago e Laís isso se elevava de nível. Parecia que eu conseguia acessar o mais profundo de suas almas, e encarar a essência ali, sem pinturas ou maquiagem.

Com a mente funcionando, desci as escadas e encontrei minha mãe à mesa do café, dentro de um roupão branco. De pernas cruzadas, ela segurava o jornal aberto diante do rosto.

— Bom dia — ela me cumprimentou, sem tirar os olhos do jornal.

— Bom dia — respondi, sentando em uma cadeira e me servindo de um copo de café e broa de milho.

E então, ao fitar minha mãe protegida pelas folhas de jornal, surgiu o pensamento de que, desde que descobrimos que meu pai tinha outra família, ela simplesmente se fechou para o mundo, trancando as portas do seu coração e se dedicando unicamente a mim e a Henrique. E foi triste pensar naquele instante que logo o Henrique teria uma vida com a Valéria, talvez eu também tivesse a minha — e minha mãe, não. Ela anulara sua vida pessoal e escolheu não colocar seu coração em risco novamente.

Eu a entendia muito bem. Depois de uma dor profunda, quem não pensaria na hipótese de se fechar, para evitar sofrer de novo? Acho que todo o mundo um dia quis ser frio o suficiente, babaca o suficiente, vazio o suficiente, para simplesmente não se importar. Mas está aí uma grande questão: o fato de desejarmos não nos importar já mostra de certa forma que nos importamos.

É complexo, mas por tudo o que já vivi, tanto relacionado à felicidade como à tristeza, acho que as duas são complementares e precisam uma da outra para existir. Como saberíamos o que é felicidade se não soubéssemos como é a tristeza? É quase como se precisássemos sentir a dor para que os momentos bons realmente valham a pena. E pensando em tudo isso agora, acho que o momento de dor da minha mãe tem de chegar ao fim.

Ela precisava parar de ser apenas minha mãe e do Henrique, e voltar a ser a Ana, a executiva respeitada, fã de Chico Buarque, que gostava de praia e verão.

— Mãe?

Esperei até que ela baixasse o jornal, com seus óculos quadrados e pequenos parecendo escorregar em seu nariz reto.

— Sim? — ela disse.

Mordisquei um pedaço de broa, tentando organizar os pensamentos, para que a coisa toda não soasse "mãe, quero que você desencalhe", mas sim "mãe, quero te ver feliz".

— Fale logo — minha mãe resmungou, depois de algum tempo. — Você sabe que odeio suspense!

— É só que eu estava pensando em algumas coisas...

— "Algumas coisas" é muito amplo, não?

— Sim.

— Então, vá direto ao ponto, menino — reclamou, exasperada.

Soltei um risinho, mas, quando dei por mim, a pergunta simplesmente saltou da minha boca:

— Você é feliz?

Foi direta como uma flecha, acertando minha mãe em seu ponto mais vulnerável.

No mesmo instante, me bateu um sentimento controverso e eu não sabia dizer se tinha feito o certo. Realmente, eu queria conversar sobre isso, mas, às vezes, acho difícil organizar uma linha de raciocínio para que minhas ideias não soem confusas ou ofensivas.

Minha mãe ficou encarando algum ponto invisível na mesa e, por fim, sorriu com os lábios pressionados.

— Há muitas formas de ser feliz... — Ela parecia um tanto desconcertada. — Bem... É... — Soltou um riso nervoso. — Eu... — E então me olhou, e seus olhos estavam levemente marejados. — Eu me faço essa pergunta quase todos os dias, filho. E têm ocasiões em que, para mim, é fácil encontrar a resposta... Porém, há outras em que...

— São dias difíceis. E você se pergunta o que está fazendo no mundo, não é?

Ela apenas assentiu.

— Eu também tenho alguns dias assim — afirmei, de modo casual. — Acho que faz parte da vida, não é?

— Sim... — Minha mãe sorriu, agora mostrando os dentes brancos.
— Você é novo, mas entende bem da vida...

— É. Às vezes sinto que tenho o dobro da idade que realmente tenho.

— Sei como é. Há momentos em que sinto o mesmo. — Ela bebericou um gole de café. — Mas respondendo a sua pergunta, eu sinto que sim, sou uma pessoa feliz. Sou realizada e reconhecida no meu trabalho e me orgulho da criação que dei a você e ao seu irmão.

— É isso o que está me preocupando, mãe, porque eu acho que tem que ter algo mais.

— Algo mais?

— É, mãe... Eu e o Henrique já estamos crescidos... Sua felicidade tem que ir além de nós dois...

Ela abriu um sorriso sacana, como se uma luz tivesse sido acesa em sua mente.

— Entendi. — Ela movimentou a cabeça algumas vezes em confirmação. — Então era isso o tempo todo? Sobre você querer saber se eu estou ou não saindo com outra pessoa? — Piscou um olho pra mim. — Ou "ficando", como vocês dizem por aí...

Acabei rindo, porque era impossível não rir.

— Mais ou menos, mãe. Mas tem a ver com isso também.

— Ok, ok. Pode ficar tranquilo, filho. Minha vida amorosa nunca foi muito badalada, mas, também, não sou totalmente largada. — Ela abriu um sorrisinho. — Estou conhecendo uma pessoa... Um colega do trabalho. Não é nada certo, nós apenas saímos algumas vezes para conversar e... Parece que rola uma química, sabe?

— Sério?! Não acredito nisso! — De repente, me senti nervoso.
— Como você não me contou nada? Caramba! E você diz que quer que eu seja seu amigo.

Minha mãe encolheu os ombros.

— Mas você, até hoje, não me disse nada sobre você e a Laís!

— Mãe, é diferente!

— Não é nada.

— É sim, porque eu e a Laís não temos nada sério.

— Nem eu tenho algo sério com alguém!

Por mais que eu continuasse irritado, me sentindo traído por minha mãe não ter me falado nada sobre seu suposto flerte, apenas abri mão da discussão, porque sei que isso não levaria a nada.

— Tudo bem. Se as coisas ficarem sérias, você tem de me apresentá-lo — eu disse, de uma forma tão natural que fez minha mãe dar risada.

— Tá certo, papai.

Seu comentário me fez rir também. Ela então se levantou, chegou perto de mim e me deu um beijo estalado na bochecha.

— Sabia que eu tenho muita sorte de, além de um filho, ter um grande amigo? — Minha mãe despenteou ainda mais meu cabelo e se afastou.

O comentário dela me deixou feliz. Minha mãe era do tipo de pessoa que valia a pena e era bom que ela visse em mim um amigo.

Após nossa conversa, subi para o meu quarto e iniciei a leitura do meu outro presente de aniversário, *O apanhador no campo de centeio*, clássico do autor J. D. Salinger.

O livro me prendeu na hora e foi impossível não fazer a associação entre mim e Holden Caulfield, personagem principal do livro. Apesar de considerar que eu não era tão egoísta como ele e que havia no mundo muito mais pessoas com quem eu me importasse além da irmãzinha ou da família, a confusão na cabeça de Holden era meio parecida com a minha. A diferença principal era que a dele ficava limitada à imortalidade das páginas do livro. A minha era na vida real.

★ ★ ★

Já era fim da tarde, quando meu celular tocou. Eu estava no meu quarto, descansando a mente depois de ter lido metade do livro.

— Oi, Laís — atendi, sem evitar um sorriso.

— Olá, gatinho — ela respondeu, parecendo sorrir também. — Tudo bem?

— Tudo bem. Melhor agora. E você?

— Bem também. Quer dizer… Mais ou menos.

— O que aconteceu?

— Não é nada importante. Juro. É só que eu não consigo evitar de pensar em algumas coisas…

— Laís… — Exalei um suspiro, já acostumado com toda a neblina de mistério que parecia sempre envolvê-la.

— Eu estava pensando no Thiago — ela falou, me surpreendendo. — O seu Thiago…

— Mas por quê? — perguntei, sem conseguir conter a curiosidade.

— Essa história toda foi uma grande confusão na sua vida e eu lembro que você me disse que eu estava te ajudando a… voltar a viver. Não é?

— Sim — confirmei, ainda sem entender bem aonde Laís pretendia chegar com aquele assunto.

— Então, eu acho que, por mais que seus sentimentos em relação à morte dele estejam mudando e melhorando, por todo o final conturbado que vocês tiveram, vocês mereciam uma despedida decente.

— Sim, Laís, eu também acho que merecíamos, pela nossa amizade. Porém, minha vontade nunca o trará de volta.

— Mas quem disse que uma pessoa precisa estar viva para você poder se despedir dela? — Laís falou, numa mistura de impaciência e animação. — Passo aí daqui a meia hora, combinado?

E desligou, me deixando com um turbilhão de pensamentos rondando a minha mente. Antes de ligar ela já havia planejado tudo. O que será que ela faria? Eu não conseguia prever nada, mas sabia que podia confiar.

Fiquei ainda deitado na cama, rememorando os últimos meses da minha vida — como ela parecia perfeita antes de julho e, depois do ocorrido, como tudo se tornou inseguro, bagunçado e assustador.

A vida é engraçada. Em um instante estamos pisando no chão com uma sensação de segurança, uma estabilidade reconfortante e, então, num piscar de olhos, tudo desmorona, você não consegue mais ficar de pé e só o que deseja é ter sua antiga vida de volta. Mas, passado um tempo, você descobre que aquela vida não existe mais, que você não é mais a pessoa que era, e que as coisas que aconteceram fizeram você ver tudo de uma forma mais crua, porém real; e que, se quiser sobreviver, precisará encarar isso.

Forço-me a levantar; encaro meu reflexo no espelho e não gosto nada do que vejo. Minha camisa branca está com uma mancha de ketchup e minha calça jeans tem o azul já desbotado. Mas é boa a sensação de saber que não preciso estar impecável para a Laís, porque, no fim das contas, ela não é do tipo de garota que acha a aparência o mais importante.

Peguei um casaco preto dentro do armário por causa do frio lá fora e contei para minha mãe que iria encontrar com a Laís num lugar perto de casa. Depois, fui esperá-la no quintal. Levou apenas uns cinco minutos até o Fiat Uno da Laís apontar na minha rua, estacionando em frente à minha casa.

Mesmo dentro do carro, a primeira coisa em que reparei foi seu cabelo de raposa ligeiramente mais volumoso; tive a sensação de que ela também estava deitada na cama do seu quarto, pensando sobre minha relação com o Thiago, quando teve um devaneio mental e me fez o convite. Ela não se estressa se seu cabelo não está sempre perfeito e eu até gosto mais dela assim — combina com seu espírito selvagem.

Sentei no banco do carona, e Laís me recebeu com um sorriso que ficou ainda mais lindo à luz do fim do dia, com o céu apresentando-se em tons arroxeados.

— Oi — eu disse, retribuindo o sorriso.

— Oi. — Ela acendeu um cigarro. — E desculpa, viu? Sei que às vezes pareço muito louca, talvez eu realmente seja, mas é só que… — Parou de falar, soprando a fumaça e olhando à frente, parecendo ver algo. — É só que fiquei com o seu amigo na cabeça… A lembrança dele ficava me rondando, como um fantasma me atormentando e eu senti a necessidade de fazer isso.

— Fazer isso o quê? — perguntei, curioso.

Laís me olhou, como se estivesse me avaliando. Depois voltou seu olhar para a frente, passando a primeira marcha e indo adiante pela rua, em direção à saída do condomínio.

— Você precisa dizer adeus — ela afirmou, soando quase inconformada. — Você precisa. Tanto por ele, quanto por você.

Olhei para fora do veículo, me sentindo, automaticamente, triste.

— Eu queria poder fazer isso, Laís. Eu queria…

— É o que você vai fazer, então.

Resolvi não discutir, enquanto o sol sumia por completo, deixando o céu cada vez mais escuro — assim como minhas ideias.

Laís me levou até o cemitério, com nossa viagem mergulhada em silêncio; parou o carro em frente aos portões e me olhou, parecendo estudar as minhas feições, até que disse:

— Você acha que faria bem ir visitá-lo?

Virei o rosto para a janela, onde carros e ônibus passavam aos montes, sumindo em segundos do meu campo de visão.

— Eu já o visitei algumas vezes…

— Mas essa não seria uma visita qualquer.

— Por que não?

— Porque seria uma despedida, finalmente... Acho que onde quer que Thiago esteja, ele se preocupa com você e quer vê-lo bem.

— Mas eu estou bem — eu disse, mesmo contra a minha vontade.

A frase "eu estou bem" se tornou algo comum no meu vocabulário, já que a usei um incontável número de vezes durante a fase "mais sombria" da minha vida, quando minha mãe vivia em constante alarme, com medo de eu ter o mesmo destino trágico do Thiago.

— Você pensa que está bem — a Laís afirmou depois de um tempo. — E não me leva a mal, eu não quero de forma nenhuma te ofender. É só que... quando você pensa nele, qual a primeira lembrança que lhe ocorre?

Respondi prontamente:

— A sua morte.

— E esse sentimento te remete a quê?

— Tristeza... Não tem como ser diferente!

Laís me olhou como se uma luz tivesse se acendido.

— É isso! É isso o que estou tentando te mostrar! A sua amizade com o Thiago foi algo lindo, mesmo com o fim trágico que ele teve, a lembrança maior que deveria prevalecer é a boa. Os bons momentos que vocês tiveram deveriam ser a coisa mais forte para guardar, entende? E não a tragédia...

Assenti, mas ainda confuso sobre como conseguir alcançar este nível de pensamento.

— Então, eu quero te ajudar. — Laís pousou a mão sobre a minha, que estava em cima da minha coxa. — Quero fazer isso por você. E por ele também.

Sorri, agradecido.

— Obrigado — foi tudo o que eu consegui dizer.

Laís se aproximou, inclinando-se sobre mim, e me deu um beijo molhado na bochecha.

— Não tem o que agradecer, garoto quase atropelado — ela sussurrou. — Estamos juntos.

E ela tornou a ligar o motor. Atravessamos os portões do cemitério, subindo um morro pavimentado, ladeado por amplos campos verdes. Quando chegamos perto da capela, Laís estacionou nos fundos, enquanto um segurança vinha falar conosco.

— Viemos visitar nosso irmão — Laís disse, num tom melancólico.

O guardinha examinou a expressão dela, depois me dedicou alguns segundos de atenção, durante os quais encarei meus tênis. Por fim, ele disse que podíamos prosseguir. Laís pegou uma bolsa grande no banco de trás, pendurou no ombro, desligou o carro e começou a andar.

— Ele veio nos sondar porque, você sabe, muitos góticos vêm pra cá para beber vinho em crânios de verdade.

Eu achei graça.

— Você é uma ótima atriz.

— *Gracias*. Agora me diz: onde está a lápide do Thiago?

— Eu te levo lá.

Caminhamos pelo cemitério escuro, atravessando inúmeras lápides e estátuas de anjos, até chegarmos à do Thiago.

THIAGO FREITAS
**Filho dedicado, amigo amado e, principalmente,
um ser humano feliz.**

Laís me olhou, com um sorriso torto e ar de deboche.

— Que grande porcaria escreveram aí!

Concordei com a cabeça.

— Foram os pais que fizeram.

— Os que xingaram o Thiago até a morte?

— Ãhã.

— É. — Ela acendeu um cigarro, e a pequena chama do isqueiro iluminou seu rosto por segundos. — Mundo irônico.

— Mundo hipócrita.

— Mundo sujo.

— Mundo de merda.

— Mundo ferrado! — Laís colocou a bolsa no chão e sentou ali perto.

— Totalmente. — Eu me agachei, e sentei de frente para a lápide, ao lado da Laís. — E o mundo, justamente por ser ferrado, ferra com você! Foi assim que aconteceu com o Thiago... Ferraram com ele.

— Do jeito como ferram com todo o mundo. — Laís abriu a bolsa, puxou de dentro dela uma garrafa de vinho, tirou a tampa e deu uma golada no gargalo.

Ela estendeu a garrafa pra mim, eu a peguei e pensei no Thiago enquanto entornava uma boa dose daquele vinho quente.

— Mas ferraram muito mais com ele. — Senti as lágrimas brotando em meus olhos e meu estômago revirando como uma pipa em meio à ventania.

— A coisa de ser gay piora tudo mesmo — Laís comentou, pensativa, recebendo a garrafa e bebendo. — Diga, o que você acha que ele faria se fosse você o gay que cometeu suicídio, e ele, o amigo hétero que ficou sozinho no mundo?

— Essa é fácil — respondi, sem precisar pensar muito. — Se eu tivesse uma lápide de merda como esta, Thiago arranjaria um jeito de me dar algo mais decente. Ele também diria algumas boas verdades para os meus pais e... Não sei... Talvez fizesse alguma festa em minha homenagem.

Laís me olhou, com uma sobrancelha arqueada.

— Então...

— Então?

— Então é isso o que você deveria fazer pelo seu amigo! — ela disse, eufórica. — Ele merece isso! Thiago deve esperar isso de você, onde quer que ele esteja!

— Mas... — Eu a encarei, totalmente incrédulo. — Você não está pensando em... sei lá... pichar a lápide dele, está?

Laís mordeu o lábio, levando a garrafa direto à boca e me fitando com um brilho ardente no olhar.

— Estou pensando nisso, sim! — Ela sorriu, com uma gota de vinho escorrendo do canto da boca. — Por que você acha que eu trouxe o vinho?

— Porque é a bebida alcoólica de que você mais gosta?

— Poderia até ser! — Ela me entregou a garrafa. — Mas o motivo principal foi te dar coragem.

Coragem... A palavra explodiu em minha mente, ricocheteando por todos os cantos escuros em que a imagem do Thiago se fazia presente.

Lembrei-me de seu cabelo escuro e liso caindo por cima dos olhos verdes; de seu sorriso aberto, dos dentes alinhados; e consegui imaginar direitinho caso a situação fosse oposta e essa lápide fosse para mim: o Thiago estaria encarando aqueles dizeres, bêbado, e soltando um grande grito para o mundo:

— Esta é pra você, meu amigo!

E, então, provavelmente, derrubaria a original ou escreveria por cima dos meus dizeres: "Ele foi um cara FODA!" Ponto-final. O Thiago teria coragem para isso. Ele honraria a minha memória. E eu, definitivamente, precisava ser corajoso para honrar a dele também.

Virei a garrafa na boca, bebendo uma boa quantidade do vinho. Demorou menos de dois minutos para que eu começasse a me sentir levemente tonto.

Thiago não era o cara certinho, religioso e moralista que pintavam dele desde a sua morte; ele era imperfeito e isso era o que o tornava tão especial. Thiago era humilde, generoso, inteligente e companheiro. Ele fumava maconha de vez em quando, bebia vodca escondido dos pais, jogava videogame, colecionava filmes pornôs (provavelmente alguns gays, que nunca encontrei), tinha notas medianas na escola, adorava peidar, silenciosamente, e dizer que tinha sido eu, era um baita preguiçoso e não tinha muita ideia do que fazer no futuro. Esse era o Thiago que eu conhecia — o verdadeiro.

— Você trouxe alguma coisa para a lápide do Thiago? — perguntei.

Laís tirou uma latinha de spray vermelho da bolsa. A lápide era de mármore e os dizeres estavam todos em letras pretas, ou seja, tinta vermelha era totalmente perfeita em relação à visibilidade.

— Pensa bem antes de escrever — Laís disse.

Eu segurei a latinha de spray bem firme.

— Eu sei o que faria Thiago se sentir orgulhoso...

Laís sorriu abertamente, fazendo um leve gesto em direção à lápide.

— Vai em frente, então, garoto quase atropelado!

Eu me levantei, bebericando mais um pouco do vinho e sentindo a excitação latejando em minha mente. Caminhei até a lápide e me agachei bem em frente. Passei os dedos por todas as letras dos dizeres cravados no mármore.

Chegada a hora. Sacudi a latinha de tinta, e, então, movido por um forte impulso de coragem, me movi para trás da lápide do Thiago e escrevi:

DEUS NÃO ODEIA OS GAYS!
É PROVÁVEL ATÉ QUE DEUS
AME *I WILL SURVIVE*,
APESAR DE VOCÊ ODIAR!

Quando Laís se levantou e se juntou a mim, eu podia sentir as interrogações em sua cabeça. Ela, primeiramente, leu, e, depois, começou uma sucessão forte de risadas, e eu não aguentei e comecei a rir também.

— A ideia não era você escrever na frente da lápide? — ela perguntou, ainda rindo.

— Sim. Mas achei que aqui ficaria mais simbólico.

— Como assim?

— Bem, eu não quero manchar ainda mais a suposta imagem que os pais têm dele, então, resolvi deixar meu recado aqui. Sei que se os pais dele lerem, eles vão entender os dizeres, até porque Thiago odiava *I will Survive* com todas as suas forças e isso era algo que só os íntimos sabiam.

Laís sorriu e sacudiu meu cabelo.

— Thiago deve estar orgulhoso de você. E eu também estou.

As palavras da Laís me encheram de alegria e eu apenas a abracei, emocionado, grato por ela ter provocado a minha coragem para fazer o que era mais justo. E eu juro que meu maior desejo, independente de onde a alma do Thiago estivesse, era que ele pudesse ler meus dizeres. A família dele era toda religiosa e eu queria que o Thiago acreditasse de verdade que Deus o amava, porque eu sei que isso significava muito para ele.

Estava feito. Terminamos o vinho, e Laís disse que me levaria para casa. Na viagem de volta, eu sentia como se tivesse tirado um peso das minhas costas. Como se desde a morte do Thiago eu realmente tivesse que viver esse momento para libertá-lo, de alguma forma, das lembranças sombrias que sujavam sua memória.

E o melhor de tudo era que, ao encarar as estrelas e pensar no Thiago, eu já não sentia mais a dor, a tristeza e a solidão que me assolavam. Eu só sentia felicidade por ter sido seu melhor amigo... e saudade.

23 de novembro

Hoje, ao acordar, deparei com um recadinho da minha mãe em cima da mesa do computador. Dizia que ela teve que sair cedo por causa de um compromisso do trabalho, e para eu não esquecer que tinha consulta marcada com a psicóloga.

Consultei, então, o calendário e vi que era 23 de novembro e que o dia 30, a data marcada para o fim do meu diário, estava cada vez mais próxima. Essa constatação, ao contrário do que eu imaginava antes de começar a escrever, me trouxe certa ansiedade. Desde que comecei a escrever passei a me sentir mais leve, mais liberto de toda a dor que me acompanhou por tanto tempo. Era como se eu fosse um balão sendo esvaziado aos pouquinhos e isso estava me fazendo bem.

Desci as escadas, tomei café, conversei um pouco com Henrique, e ele me disse que estava bem com Valéria, o que me deixou verdadeiramente feliz. Depois, voltei pro quarto e retomei a leitura de *O apanhador no campo de centeio*.

O livro está cada vez mais próximo do fim. Foi interessante notar as mudanças que Holden Caulfield vem sofrendo a cada capítulo. É impossível não me identificar com ele, comparando como era seu pensamento no início da história e como eu me sentia antes de ter começado a escrever. Nossas evoluções, minha e de Holden, eram visíveis.

Foi então que meu celular vibrou e verifiquei que se tratava de uma mensagem da Natália:

Menina de cabelo roxo: Saudade

Fiquei segurando o celular por algum tempo, invadido pela memória de quando a Laís me disse que a Natália nutria algum interesse por mim. Isso me deixa intimidado, mas, de qualquer forma, tentei não pensar muito e respondi:

Eu: Saudade também.

Dois minutos depois, ela respondeu de volta:

Menina de cabelo roxo: Psicóloga, hoje? Estou numa preguiça danada de ir pra lá! ☹
Eu: Sim, nem me fale! Esse tempo nublado não ajuda muito a sair de casa. Mas tenho consulta marcada!
Menina de cabelo roxo: Você tá muito ocupado?
Eu: Não. Por quê?
Menina de cabelo roxo: Quer dar uma volta antes de ir pra lá?

O convite me pegou de surpresa; porém, eu sabia que a Natália tinha consciência de que eu gostava da Laís e que nós estávamos nos acertando. Natália não me parecia o tipo de menina que competiria com uma amiga, dessas que a gente vê em filmes norte-americanos. Muito provavelmente ela só estava se sentindo sozinha e queria conversar.

Eu: Sim! Vamos sim.

Menina de cabelo roxo: Uma da tarde, no parque, em frente ao consultório. Pode ser?

Eu: Estarei lá.

E Natália não respondeu mais. Fui tomar banho, enquanto tentava imaginar o que Laís estaria fazendo e se ela também estaria tentando imaginar o que eu estava fazendo.

Cheguei no horário marcado com a Natália e de longe a avistei. Parte de seu cabelo roxo estava coberto por uma touca cinza e um cachecol lilás preso em seu pescoço pendia levemente à mercê do vento. Ela também usava um casaco que lhe caía no corpo como um vestido, calça preta *legging* e botas marrons. Natália estava bonita como sempre, mas havia algo diferente; algo que eu não conseguia detectar ao simples olhar.

— Oi — eu disse, chegando por trás dela.

— Oi! — Natália me cumprimentou, dando-me um rápido abraço.

Nós, então, sentamos um de frente para o outro, no banco de cimento pintado de azul da praça.

— Quanto tempo — ela disse, de um jeito que me deixou desconfortável.

— É — eu respondi, sem saber o que falar.

Natália olhou para o chão e, então, me perguntou como estava indo a minha vida. Fui sincero e contei que a rotina estava quase intacta, a não ser pelas vezes em que eu me encontrara com a Laís. A Natália ouviu tudo, com uma expressão que mascarava seus sentimentos.

Então, fiz a mesma pergunta, e Natália se calou. Ela ficou me encarando com seus olhos grandes e redondos, e soltou um sorriso amarelo, meio perdido.

— Não tem sido tão movimentado... Eu tenho... Bem, eu tenho comido, sabe? — Ela me olhou, e achei que parecia um espelho rachado, totalmente a ponto de desmoronar. — E isso é uma mudança na minha rotina... — Sorriu. — Eu não sabia que você e a Laís estavam... juntos. Mas também, como eu poderia me surpreender? Ela sempre consegue isso!

Boquiaberto, eu fiquei ali parado, sem saber o que dizer. O que eu deveria falar para contradizê-la e provar que ela estava errada? Será que ela realmente estava errada?

— Natália...

Mas a Natália não deve ter me ouvido, pois já estava curvada sobre as pernas, debruçada sobre uma árvore ali perto, vomitando loucamente um líquido branco — provavelmente, água. Meu coração se angustiou e eu me aproximei, porém, Natália esticou a mão, para que eu mantivesse distância.

— Não... chega... perto... — ela disse, entre um engasgo e outro.

— Natália, você precisa de ajuda... — Eu me inclinei sobre ela e coloquei os braços por debaixo dos dela, como ganchos, erguendo-a.

Natália deixou que eu a conduzisse de volta até o banco.

Então, eu me ajoelhei diante dela, segurando uma das suas mãos. A testa da Natália estava suada, fria, e seu rosto, terrivelmente pálido.

— O que você está sentindo? —perguntei, apertando a mão dela.

Uma lágrima desceu pelo rosto da Natália, enquanto ela desviava o olhar do meu.

— Está doendo... — ela sussurrou.

— Onde está doendo, Natália? Onde?

Natália limpou a lágrima e me encarou. Seus olhos castanhos pareciam um terremoto violento.

— Dentro de mim, garoto quase atropelado... Meu coração dói... — Ela, então, segurou meu rosto com ambas as mãos. — Eu... eu só queria que alguém especial gostasse de mim, sabe? Eu... eu queria...

E num piscar de olhos, ela se inclinou para me beijar. Eu agi sem pensar e virei o rosto para o lado. Os lábios dela tocaram minha face. Foi estranho e inusitado — era tudo o que eu conseguia pensar.

Quando a Natália me soltou, ela se afastou alguns passos e parecia meio arrependida.

— Desculpa — ela disse.

— Tudo bem.

— Não está tudo bem. Desculpa mesmo. Foi apenas impulso.

— Eu entendo...

— Não. — Ela me encarou com frieza. — Você não entende.

— E por que você diz isso, Natália? — Eu me levantei e fui em sua direção. — Pensa que as coisas são sempre fáceis para mim? Eu sempre sofri por amor... Sempre me dei mal. E até mesmo agora, com a Laís, eu nem ao menos sei qual é o tipo de relação que temos... É tudo confuso,

Natália. Eu me sinto perdido em relação ao amor tanto quanto qualquer outra pessoa...

Natália fungou algumas vezes antes de falar:

— É difícil imaginar isso...

— O que é difícil imaginar é você, tão linda, tão interessante, tendo algum tipo de interesse em mim.

Isso a fez sorrir.

— Acho que, às vezes, você não tem noção do que representa para algumas pessoas — ela disse, me olhando nos olhos. — E peço desculpa de novo. Eu só queria sentir, pelo menos uma vez, como era ser beijada por uma pessoa que eu sei que vale a pena.

Enfiei as mãos nos bolsos da calça jeans, sem saber o que dizer.

Natália pousou a mão no meu ombro e o apertou com delicadeza.

— Tudo bem. Não precisa dizer nada. É só esquecer o dia de hoje e se concentrar em prender a Laís em seus braços. — Natália se aproximou da mesinha em que estávamos, pegou sua bolsa e a pendurou no ombro. — Você costumava chamá-la de cabelo de raposa, não é? Engraçado como antes mesmo de conhecer a Laís você já sabia com quem estava lidando.

O jeito como Natália disse aquilo me incomodou.

— Natália... Há algo sobre a Laís que você gostaria de me dizer?

Natália olhou para o chão, para suas botas marrons. O vento sacudia seu cabelo roxo, jogando-o para a frente de seu rosto.

— É só que... eu e a Laís somos melhores amigas... E é como eu te disse, eu a conheço, e, simplesmente, estou cansada de vê-la ter todas as coisas especiais e destruí-las. E repetida vezes eu nunca conseguir nada realmente importante porque sempre estou à sombra dela. — Natália colocou uma mecha atrás do ombro e me encarou. — Mas você não tem que se preocupar com isso. Talvez este seja o meu destino.

— Não é destino de ninguém ser triste, Natália. Talvez a única coisa que, realmente, deva ser levada em consideração é que o momento certo ainda não chegou...

Natália esboçou um sorriso torto.

— Garoto quase atropelado, entenda: existem dois tipos de pessoas desajustadas. As desajustadas loucas que conseguem pessoas especiais e valiosas em suas vidas, como Laís; e as desajustadas loucas que passam a vida toda buscando alguém minimamente especial para tentar dar sentindo à droga de vida à qual estão submetidas. Não é difícil deduzir que eu estou nesse grupo, né?!

Eu não sabia o que dizer, então a única coisa que saiu da minha boca foi "Desculpa", o que depois se mostrou claramente inapropriado, pois minhas desculpas poderiam significar muitas coisas que eu realmente não queria dizer. Sobretudo: "Desculpa por não te amar e não te querer como quero sua melhor amiga". Mas, graças a Deus, Natália parecia me entender.

— Acho que deu o meu horário — ela falou. — Juro que quando pedi pra te ver, eu não imaginava que as coisas tomariam este rumo. A verdade era que eu só estava sentindo sua falta e queria te ver.

— Tudo bem.

— Tudo bem, então.

Ela sorriu, infeliz, e se afastou para longe do consultório da psicóloga. Eu a chamei duas vezes, movido por uma vontade de não deixar as coisas acabarem assim, mas Natália não se virou para trás.

Natália não foi à psicóloga, e durante a espera, minha mente ficou o tempo todo divagando sobre onde ela poderia estar. Quando chegou a minha vez de me consultar, Cristiane ficou muito feliz por eu ter levado tão a sério a tarefa de escrever diariamente, e mais ainda ao ouvir que eu estava superando a morte do Thiago.

Senti que hoje era quase como se um capítulo da minha vida estivesse se fechando, e um novo se abrindo. Cristiane falou que nossa terapia precisaria de apenas mais uma sessão, visto que os motivos que me trouxeram ali estavam realmente bem conduzidos e eu poderia lidar com eles sozinho agora.

Voltei pra casa mergulhado em pensamentos sobre a Laís e a Natália. Uma era quem eu amava, quem eu queria, a garota de quem eu sentia saudade. Pela outra, eu nutria um carinho enorme; ela era alguém com quem eu me preocupava.

Peguei o celular e acabei ligando para o Acácio.

— Oi — ele atendeu, prontamente.

— Cara, estou angustiado.

— Só me liga quando tem problemas, né? Pensei que você estava com saudade.

— Mas eu estou. Também. É só que minha cabeça está tão cheia...

— Fala. Se eu puder ajudar...

— Você está sozinho? Eu vou ser direto.

— Sim, por favor. Pode falar.

— Eu amo a Laís. É ela quem eu quero. Mas a Natália... Bem, ela é especial. E eu me preocupo com ela.

— Se preocupa como amigo, certo?

— Sim. Acho que é isso.

— E essa preocupação ganha novas proporções por saber que ela sente algo especial por você, mesmo que não possa retribuir, não é?

— Bem, talvez seja isso. Acho que se não existisse a Laís, eu, provavelmente, estaria envolvido com a Natália, mas...

— Pois é, caro amigo. Existe o "mas". E o "mas" faz toda a diferença.

— É, eu sei.

— Então para de sofrer por coisas que estão fora do seu alcance, tá? A verdade é que a gente não pode controlar nossos sentimentos, muito menos fazer todas as pessoas do mundo felizes. Então, sério, eu juro que acho que você é o cara mais doce do mundo! Você faz tudo certinho. Na verdade, certo até demais. Portanto, apenas deixe que o tempo cure tudo, tá bom?

Concordei com o Acácio, mesmo sabendo que eu não conseguiria deixar a Natália apenas nas mãos do tempo.

Minha conversa com o Acácio durou mais um pouco e ele me contou como estava sua vida e a nova tentativa de fazer dar certo com o Alex. Ao desligarmos, fiquei com a sensação boa de que eu tinha um amigo confidente, com quem eu poderia conversar sobre tudo — o que era muito bom.

Já era noite e eu estava me preparado para dormir, quando fiquei olhando o celular fixamente. Laís não havia me mandado nenhum sinal de vida e minha mente começou a pensar onde, com quem e o que ela estaria fazendo naquele momento.

Laís parecia uma pessoa ansiosa por viver, ansiosa por novidade... E se ela, simplesmente, resolvesse me deixar? Se encontrasse outro cara que a fizesse ter sensações mais fortes do que simplesmente quase atropelada?

Meu coração se sentiu vazio quando esses pensamentos assombrosos me tocaram, e, recusando o conselho do Acácio, resolvi mandar mensagem para as duas.

Para a Laís primeiro:

Eu: Pensei muito em você durante o dia. Onde você está? Saudade.

Assim que enviei, comecei a pensar se minha mensagem não soava controladora demais. Ou, talvez, muito insegura. Mas, no fim, deixei pra lá, porque eu sabia que, independente de qualquer coisa, ela soava bastante verdadeira.

Enviei, então, logo em seguida, uma mensagem para a Natália:

Eu: Espero que você esteja bem. Boa noite! Bj.

Demorou menos de um minuto para meu celular vibrar com uma resposta da Natália:

Menina de cabelo roxo: Obrigada pela preocupação, garoto-quase-atropelado. Eu estou bem. Boa noite. ☺

Dentro de mim, parecia que uma luz havia sido apagada. Um dia inteiro sem contato algum com a Laís, e cada vez que a procurava, ela demorava muito a aparecer. Em contrapartida, a Natália, simplesmente, estava ali, interessada, preocupada.

E se eu estivesse sendo apenas mais um para a Laís? Só mais uma conquista? Não era exagero pensar que com todos os conflitos dela, os demônios que a atormentavam, ela poderia estar com outro homem, pondo até mesmo sua segurança em risco. E eu, como poderia me sentir vivendo nessa gangorra? Por mais que a amasse, que fosse louco por ela, precisava de alguma segurança.

Minha mente ficou pesada de tanto pensar nisso e com o coração doendo e um nó de vazio preso na garganta por causa da falta de notícias, adormeci com o celular na mão.

24 de novembro

Quando acordei, tudo soava normal, rotineiro.

Tomei café com minha mãe e meu irmão. Ele saiu logo, para se encontrar com a Valéria, e minha mãe e eu ficamos à mesa. Falamos sobre o trabalho de marketing que ela estava desenvolvendo e como vinha se desenrolando bem a relação com o cara com quem ela estava saindo. Fiquei feliz por ela e pelo Henrique — finalmente eles tinham parado de viver à sombra da minha depressão e suas vidas voltavam pouco a pouco aos eixos.

Fui para o quarto, liguei a TV e fiquei vendo desenhos — um costume que adquiri quando queria parar um pouco os pensamentos. Mas hoje, não sei por que, isso não soou "adequado". Não sei se essa é a palavra certa, mas uma inquietação forte se apossou de mim e eu não quis mais ficar no quarto, trancado no meu mundo. Agora que via o que minha mãe e o Henrique estavam fazendo por suas vidas, eu queria tomar as rédeas da minha sorte também.

Fui para o quintal e senti os raios de sol tocando a minha pele. Sentia-me muito mais confiante e animado, como se a minha vida estivesse aos poucos entrando em uma fase melhor. Como se meu trem tivesse encontrado o trilho certo a seguir.

Fui trazido à realidade quando o celular vibrou no bolso da minha bermuda. Olhei o visor e li uma mensagem da Laís:

Laís: Você poderia vir até aqui em casa agora?

Respondi, com o coração pulsando forte:

Eu: Qual motivo?

A resposta veio em segundos:

Laís: Porque quero te ver. Simples assim! ;) P.S.: Ontem eu não te respondi porque estava sem créditos. Foi mal.

Ler isso foi como tirar um peso tremendo do meu coração, e todos os pensamentos tristes e melancólicos que tomaram conta da minha mente na véspera evaporaram.

Laís morava num bairro próximo. Então, tomado pela ansiedade, corri para dentro de casa e me vesti com o básico para não perder tempo: calça jeans, blusa branca e uma touca vermelha. Avisei a minha mãe que estava saindo, liguei para um táxi e esperei sua chegada.

Após explicar ao taxista o caminho até a casa da cabelo de raposa, pude me dedicar totalmente à ansiedade desse encontro. Todo tipo de coisa passava pela minha cabeça, já que eu conhecia bem a imprevisibilidade dela — ou, pelo menos, achava que conhecia.

Chegando à rua da Laís, avistei o Fiat Uno branco estacionado e a desbotada picape vermelha do Acácio. Isso me surpreendeu um pouco, fiquei até mais intrigado. Subi as escadas até o quarto andar praticamente correndo, parando em frente ao apartamento 407.

Toquei a campainha uma vez, e quando a Laís abriu a porta e eu avistei a Natália e o Acácio, soube que algo importante estava prestes a acontecer.

— Bem-vindo. — Laís me puxou pelo braço e fechou a porta atrás de si.

Ela estava com o cabelo preso num rabo de cavalo, o que deixava as feições delicadas de seu rosto ainda mais em evidência. Vestia uma blusa branca com a frase "Live Fast, Die Young", e um shorts jeans azul bem clarinho.

— Uma festinha fora de hora? — perguntei, me juntando ao Acácio e à Natália, que estavam sentados no chão da sala, com copos de vidro contendo vinho, para variar...

— Festas nunca são fora de hora! — Acácio disse. — É algo que sempre está na moda.

— Exatamente! — Natália soltou uma risadinha, aparentando estar levemente embriagada.

Laís então me surpreendeu ao chegar por trás de mim e encostar todo o seu corpo no meu. Ela segurou minha mão, encaixando os dedos nos meus, e me dando um beijinho molhado na bochecha.

— Para sentir saudade não há hora, meu amor — ela sussurrou, perto do meu ouvido. — E eu estava com saudade deles... — Encostou a pontinha dos dentes no lóbulo da minha orelha. — ...e de você.

Meu corpo todo se arrepiou com esse último sussurro.

— Bom saber disso.

Ela, então, soltou minha mão e sumiu na cozinha.

Cumprimentei o Acácio com um abraço, e quando fui abraçar a Natália, ela me olhou como se o dia anterior não houvesse existido. Isso me deixou um tanto confuso, mas evitei pensar muito a respeito.

— Este é um dia de comemorações — Laís dizia, voltando da cozinha e me entregando um copo com vinho. — E espero que seja um marco não só na minha vida como na de vocês também.

Eu sentei entre o Acácio e a Natália, e a Laís à minha frente, completando um círculo. Na hora me lembrei de quando a Laís desenhou o triângulo com a bolinha dentro em meu braço... Eles eram o triângulo, e eu, a bolinha, guardando seus segredos, compreendendo suas personalidades e sendo amigo confidente deles. Naquele instante, eu realmente me senti a bolinha.

— Garoto quase atropelado, esta é uma homenagem aos mortos — a Laís disse, de um jeito animado que não combinava em nada com aquele tema pesado. — Mas não me leve a mal, pois nós, definitivamente, não estamos querendo reproduzir aqui o Dia de Finados. Muito pelo contrário. É uma celebração da vida... — E acendeu um cigarro.

— Minha amiga é um complexo ambulante, não é não? — Acácio falou, rindo alto. — Ela prepara uma comemoração sobre a celebração da vida mantendo um cigarro na boca.

Todos rimos alto, enquanto a Laís apenas encolhia os ombros.

— Conheço bem a vida e a morte e gosto de ficar na linha entre as duas. — Ela soprou a fumaça devagar com ar de mistério.

— Até agora não entendi muito bem isso de celebração da vida — eu comentei, olhando para os três.

No rádio, tocava uma versão do Arctic Monkeys de *You Know I'm No Good*, da Amy Winehouse.

Arctic Monkeys — You Know I'm No Good

I told you I was trouble
Yeah, you know that I'm no good

Eu te disse que eu era encrenca
Você sabe que eu não sou bom

— Que burrinho! — Natália gargalhou.

Ficou nítido que ela já estava mesmo bêbada.

— Explica para ele, Laís. — Acácio tomou o cigarro da mão dela. — Explica para o nosso amigo.

Laís me olhou com um sorrisinho doce, como se eu fosse uma criança, e ela, uma babá encantada.

— Nós quatro passamos por muitas coisas em nossas vidas, e, bem... estamos aqui, vivos, lutando, certo? E apesar disso, sinto que há pessoas que nós deixamos para trás, mas não totalmente... Então eu pensei em fazermos uma festa para celebrarmos nossa vida e, ao mesmo tempo, homenagearmos algumas pessoas que já se foram, entende? — E ela piscou pra mim.

E eu entendi completamente. Aquela festa era uma homenagem ao Thiago — a homenagem que eu não tivera coragem de fazer e que seria uma das coisas que ele gostaria que eu fizesse.

Era nessas horas, vendo a sensibilidade da Laís, o jeito como ela entendia ser aquilo algo tão importante para mim, que eu tinha certeza de que a amava... Mais do que isso, que ela era a pessoa que eu gostaria de ter comigo pelo resto da minha vida.

— Então a Laís trouxe esses papéis aí. — Acácio apontou para algumas folhas de caderno arrancadas e canetas coloridas. — Iremos escrever cartas para algumas pessoas que já morreram e que nos fazem falta de alguma forma.

— Nossa! — foi tudo o que consegui dizer, porque, realmente, eu estava surpreso com aquilo.

A ideia era genial. Tinha certeza de que o Thiago a adoraria. Senti na hora uma vontade imensa de que ele estivesse ali, porque iria adorar participar daquele grupo.

— Vamos pegar os papéis e as canetas e começar a escrever nossas cartas antes que estejamos tão bêbados a ponto de vomitar nos papéis! Mas calma! Não vamos lê-las agora... Não sei quem vai participar. — Laís lançou um olhar para o meu copo de vinho, ainda intacto. — Até porque quem não bebe não pode *brincar*.

Para demonstrar a ela que eu estava mais que dentro, bebi todo o vinho numa virada de copo. Sorri para ela com os lábios ainda molhados e manchados levemente de roxo.

— Que a *brincadeira* comece, então — ela falou, sorridente, tornando a piscar para mim.

Eram quase dez horas da noite quando reuni o pouco de sobriedade que me restava para ligar para minha mãe e convencê-la a me deixar passar a noite na casa da Laís. Ela não estava muito aberta a uma resposta positiva, mas acabou não resistindo ao coro da Laís e dos outros para que eu tivesse minha permissão concedida.

Quando desliguei o celular e tirei essa preocupação da cabeça, a música *West Coast*, de Lana Del Rey começou a tocar, e Laís entrelaçou os dedos nos meus e me puxou para o centro da sala para dançarmos.

Lana Del Rey — *West Coast*

I can see my baby swinging
His Parliament's on fire when his hands are up

Posso ver meu amor balançando
Seu cigarro está aceso quando suas mãos estão no alto

A verdade era que todos estávamos meio bêbados e enquanto eu e a Laís rodopiávamos de mãos dadas, tudo o que eu via eram estrelas fora de foco e minha mente era invadida por pensamentos de o quanto eu era feliz por poder compartilhar daquela dança com uma menina tão incrível quanto ela.

Quando a música acabou, e eu estava me sentindo confiante para puxar a Laís e beijá-la insanamente, ela se soltou das minhas mãos, correu até o rádio e baixou o volume, erguendo as mãos e falando em voz alta:

— Atenção! Atenção! Vamos iniciar agora a leitura das cartas!

Todos os outros estavam animados em começar as leituras. Mas eu não me sentia tão feliz assim… Não sabia bem o que esperar…

Natália pegou a sua carta, posicionando-se ao centro, enquanto eu e os demais nos sentamos no chão, de frente para ela.

Natália estava com um vestido branco de alças, com desenhos de margaridas, que acabava na altura de suas coxas. O cabelo dela estava ainda mais roxo, em um tom mais escuro, e seus ossos apareciam mais saltados sob a pele pálida. Ela olhou para mim, creio que percebendo meu olhar, e esboçou um sorriso triste.

— Serei sincera… — ela começou, abrindo a carta. — Meus pais estão vivos. Meus avós também, assim como tios, primos e toda e qualquer pessoa da minha família que possa representar alguma coisa na minha vida. É engraçado, mas acho que, nesta parte, Deus foi meio que generoso comigo, porque é isso… Nenhum familiar ou amigo morreu.

— Então saía da frente, sua vadia sortuda! — Acácio gritou, provocando risadas em todos.

Natália revirou os olhos.

— Não me interrompa no meio da minha carta, seu gay atrevido! — ela rebateu, mostrando a língua. — Pois bem, a minha carta é para Amy Winehouse! E tudo bem, podem se olhar, podem soltar risadinhas ou me achar idiota, mas dane-se, porque eu sentia que aquela garota era minha alma gêmea! Ela cantava canções que falavam de sentimentos, de dores e de tristezas que eu sentia. E, definitivamente, queria que ela estivesse viva para continuar a pôr em melodias as dores do meu coração.

— Uau — Laís gemeu, ironicamente. — Que poético.

— Vão se ferrar com a ironia de vocês! — A Natália ergueu seu copo cheio, mantendo a carta em frente ao rosto, enquanto lia:

Querida Amy, não sei onde você está, mas rezo para que esteja em um lugar muito bonito, em que sua voz seja valorizada e que tenha se livrado do seu vício em bebidas e drogas ou esteja perto disso. O mundo aqui embaixo sente muito a sua falta, inclusive de suas músicas e de suas verdades... Eu...

A Natália parou de falar em meio a uma crise de choro.

Podia soar cruel, mas a verdade era que aquela era uma das cenas mais engraçadas da minha vida e, infelizmente, Acácio e Laís pareciam compartilhar da mesma opinião, porque eles também não conseguiam parar de rir.

A Natália limpou as lágrimas e jogou a carta para o alto.

— Dane-se a carta! Essa é para a Amy, a mulher da minha vida! — E bebeu todo o vinho em seu copo.

Eu, o Acácio e a Laís, ainda rindo, erguemos nossos copos e brindamos à Amy também.

A Natália, então, veio se sentar perto da gente, e o Acácio se levantou, tomando o lugar no centro.

— Pois bem, meus amigos, a minha carta é... É complicado falar dela, mas vamos lá. Pouca gente sabe, mas meus pais não aceitam que eu seja gay. E é dificílimo lidar com isso, porque eu juro que já tentei não ser e levar uma vida normal, mas isso ia contra a minha natureza. Quando percebi que era uma autoagressão, decidi parar de tentar e contei tudo aos meus pais, e... — Ele sorriu, amargamente. — E como uma família tradicional, eles me expulsaram de casa, sob acusações de que eu manchava o nome da família e outras coisas do tipo. Desculpem este pequeno resumo melancólico, mas é tudo para explicar que esta carta é para o meu pai.

Um silêncio modorrento se fez depois das palavras de Acácio. Todos parecíamos presos hipnoticamente ao que ele iria dizer.

— Ele morreu tem algum tempo, quando eu já tinha sido expulso de casa, e se foi assim, sem me perdoar, e eu sem perdoá-lo. Então eu...

E Acácio começou a ler a carta:

Pai, sei que pra você eu sou a ovelha negra. Algo que o senhor abomina. Mas eu sou assim. Juro que se eu tivesse a opção de ser diferente, apenas para poder te dar orgulho, eu seria. No entanto, descobri, depois de tentar muito, que algumas coisas simplesmente são como são. Por isso, eu queria muito que o senhor soubesse que, apesar de toda a dor que me causou, eu ainda te amo, e espero que o senhor esteja no céu, ao lado do Deus em que sempre acreditou. Sei que não sou o filho perfeito, mas o amor que eu sentia pelo senhor era perfeito, e espero que, mesmo estando morto, isso baste.

Quando acabou, Acácio ergueu seu corpo e todos nós batemos palmas e bebemos com ele.

A carta do Acácio me tocou de uma forma pessoal. Ouvi-lo falando sobre o preconceito sofrido por ser gay me remeteu na hora ao Thiago. Assim, eu me levantei, decidido a ser o próximo.

Caminhei até o centro e encarei meus três amigos. Minha visão estava turva, provavelmente, pelo efeito do vinho que embotava meus pensamentos. Olhei para meus tênis e fechei os olhos, tomando coragem para dizer ao Thiago tudo o que eu não tive a oportunidade de dizer quando ele era vivo.

— Minha carta é para um amigo que se foi dia 13 de julho deste ano. O Thiago era gay e, bem, nós éramos amigos desde quando eu tinha oito anos e eu nunca desconfiei. Ser gay era algo que ele escondia até de si próprio. Porém, quando ele me revelou numa festa, após ter bebido muito, ele me deu um beijo em um ato de desespero. A questão é que alguém fotografou, divulgou as imagens, e a namorada dele, quando viu, ficou insana, imaginando que nós dois a traíamos pelas suas costas. Como vingança, ela mandou a foto para os pais do Thiago, que eram super-religiosos, e... — Abri os olhos, encarando meus amigos — E...

Eu tentava prosseguir, mas sentia as lágrimas queimando pelo meu rosto. Então, abri a carta e comecei a lê-la:

Thiago, sei que a nossa ligação nunca chegou ao fim. Você se foi e eu fiquei do outro lado da linha, na chamada em espera, enquanto seus pais diziam coisas ruins a seu respeito, cavando assim a sua cova. Eu estou esses meses todos na chamada em espera, ainda te aguardando... E, cara, ainda dói muito a sua perda, não existe um dia sequer em que eu não pense em você. Eu queria muito que você estivesse vivo para poder te dar um soco na cara, por ter pensado e feito o que você fez. Com toda a sinceridade, quando eu te olhava, via em você que o mundo podia ser um lugar melhor e mais legal no futuro. Você me inspirava coisas grandes e dava para perceber facilmente que você realizaria enormes feitos no futuro. Mas, que a realidade seja encarada: esse futuro não existe mais... Durante muito tempo, fiquei me perguntando se Deus existia. E se ele existia, por que permitia que coisas ruins acontecessem a pessoas boas? Demorou para eu chegar perto da resposta. No entanto, acho que as coisas ruins vêm para que as boas possam se ressaltar. E é engraçado, mas eu não percebia como a nossa rotina, como a nossa convivência, era simplesmente boa demais, até te perder e sentir a coisa ruim. Saiba, Thiago, que onde quer que você esteja, você terá um amigo para sempre e que, a partir de hoje, prometo que vou voltar a viver. Sei que é isso o que você deseja pra mim. Então, eu te amo. Muito, muito, muito. Mais do que consigo expressar em palavras escritas em uma carta para uma festa de tributo. Fique sabendo, meu amigo, que por te amar tanto, hoje eu ponho fim na nossa eterna chamada em espera. Hoje eu desligo o telefone. Hoje eu posso lembrar do seu sorriso, das suas piadas infames, dos seus puns, do seu jeito de fazer sons engraçados. Hoje, a lembrança da eterna chamada em espera fica em segundo plano diante do seu sorriso. E prometo que será assim daqui para a frente.

Quando acabei, todos estavam contendo as lágrimas, com sorrisos nos rostos, e eu soube que mesmo sem nunca terem conhecido o Thiago, eles conseguiram captar a dimensão do quão especial ele foi.

Ergui meu copo, e nós brindamos de novo, e bebemos em silêncio. Em seguida, sentei-me no chão com um sorriso aberto. Era como voltar a respirar aliviado depois de meses.

Olhei para o lado, e a Laís me fitava com palpável admiração. Ela apenas sorriu, sem dizer nada, e se levantou, assumindo seu posto.

— É... Depois de depoimentos tão sinceros e singelos, me sinto meio perdida estando aqui na frente... E o pior de tudo é que fui eu quem inventou isso tudo. — Ela riu, nervosa. — É só que é difícil demais me abrir assim. Porque alguns dos meus sentimentos são um segredo para mim mesma. Têm vezes que não consigo nem me decifrar, de verdade. Porém, vou tentar.

Laís, então, abriu sua carta.

— Essa carta é para os meus pais. Vocês sabem que eles morreram em um acidente de carro e que foi aí que eu passei a morar com meus avós. Pois bem:

Queridos papai e mamãe, esta carta é para lhes dizer, onde quer que vocês estejam, o quanto vocês representam para mim. Desde o acidente, uma parte de mim morreu junto com vocês naquele carro, e o resto do que sobrou vai morrendo aos poucos a cada dia... Eu só queria entender por que vocês não lutaram pela vida! Por que aceitaram morrer? Sinto que já vivi mais coisas do que deveria... Vi mais maldade no mundo do que uma adolescente deveria ver. Foi por sua culpa que uma menina de dez anos, sozinha e perdida, foi parar na casa de um maníaco que abusava dela quase todos os dias durante o banho. Ela não sabia o que estava acontecendo, só se sentia mal e mal, até seu coração não conseguir sentir mais nada além da escuridão que passou a consumi-la. Essa escuridão, devo dizer, ainda floresce em mim, a ponto de eu esquecer como era o amor entre nós e como conseguir amar sem viver numa gangorra emocional. E só consigo pensar que é culpa de vocês. Por causa desse abandono, eu me tornei uma louca que não consegue lidar com seus próprios sentimentos. É culpa de vocês que eu só consiga ter relações sexuais na água, porque tudo o que toca em mim parece terrivelmente sujo. A culpa é de vocês por eu ter me tornado uma bomba-relógio pronta para explodir, afastando cada oportunidade boa de minha vida. Às vezes, penso que faço isso porque, no fundo, desejo me punir por não ter estado com vocês naquele carro. Se eu tivesse morrido, com certeza não teria passado por tanta dor assim... Então, torço para que, onde quer que estejam, vocês se sintam mal por terem me deixado aqui.

Quando acabou de ler sua carta, Laís estava aos prantos. Seu peito subia e descia em movimentos violentos. Suas mãos tremiam segurando a carta.

— Laís... — foi tudo o que consegui dizer antes de ela correr e se trancar no quarto.

Fui atrás dela, bati na porta, chamei seu nome, gritei por ela, mas Laís me respondeu com silêncio. Até que Acácio e Natália foram até mim.

— Não adianta — Acácio disse. — Ela não vai abrir a porta.

— Ela só abrirá amanhã, quando puder não mostrar para ninguém a sua dor — Natália falou.

Mas apenas os ignorei, porque só eu sabia que a Laís já havia se despido de sua armadura antes; só eu sabia que ela havia me mostrado todos os pedaços de sua alma rachada.

Fiquei lá na porta da Laís durante horas, arrisco dizer. Eram três da madrugada quando voltei para a sala e encontrei a Natália deitada no sofá de dois lugares, e o Acácio roncando levemente no tapete. Voltei para a porta do quarto, e sussurrei o nome da Laís uma última vez, antes de sentar ali e acabar adormecendo.

25 de novembro

Quando acordei, já passava do meio-dia. Minhas costas doíam e minha bunda estava em estado permanente de dormência. Porém, tudo isso ficou em segundo plano assim que percebi a porta aberta do quarto da Laís.

Fiquei de pé no mesmo instante e o invadi, para encontrar uma Laís totalmente recomposta sentada na beirada da cama, passando batom vermelho nos lábios.

— Oi — eu disse, ainda zonzo.

— Oi — ela respondeu, sem me encarar. — Tentei te acordar, para você deitar na cama, mas você dorme igual a uma pedra.

— É. Bem assim. — Eu me aproximei e sentei ao lado dela. — Onde estão Acácio e Natália?

Laís parou de passar batom e se levantou da cama. Pareceu que a minha aproximação a havia repelido.

— Já foram embora — ela respondeu enquanto se analisava no espelho da porta de seu armário. — Aliás, sua mãe vai ficar preocupada com você se não voltar logo, né?

E antes que eu pudesse responder, ela falou:

— Eu já estou de saída. Vamos, eu te deixo em casa.

Laís vestia uma camisa cinza de manga comprida com estampa de borboleta, jaqueta de couro preta por cima, calça jeans branca e botas pretas. Ela estava incrivelmente arrumada para um evento idiota como me deixar em casa.

— Para onde você vai? — perguntei, sem titubear.

Laís puxou as alças de uma mochila para fora da cama, saindo do quarto.

— Eu acho que não te devo satisfações.

— Não é questão de satisfação — rebati, andando atrás dela. — É mais questão de preocupação.

Laís largou a mochila no chão da sala e se virou para me encarar.

— Eu não queria te envolver mais nos meus problemas — ela afirmou, parecendo sincera.

— Já estou envolvido demais para você desejar isso agora, Laís — respondi, porque era a mais pura verdade.

Ela me olhou profundamente por alguns segundos e pareceu que naquele instante, no mundo todo, tudo o que existia éramos nós dois. Mas, então, ela desviou o olhar e, sem me responder nada, ergueu a mão na direção da porta.

Eu já conhecia um pouco a Laís para saber que, quanto mais a pressionasse, mais ela fugiria. Assim, preferi acompanhá-la para fora do apartamento, até o seu carro, onde ela jogou a mochila no banco de trás. Eu me sentei no banco do carona.

Assim que Laís entrou, a primeira coisa que fez foi acender um cigarro e ligar o rádio. Uma música do CD da Lykke Li que já havíamos escutados juntos uma vez, *Love Me Like I'm Not Made Of Stone*, começou a tocar, invadindo o ambiente com sua atmosfera carregada de melancolia.

Lykke Li — Love Me Like I'm Not Made Of Stone

Even though it hurts, even though it scars
Love me when it storms, love me when I fall
Every time it breaks, every time it's torn
Love me like I'm not made of stone

Mesmo que machuque, mesmo que fiquem cicatrizes
Me ame quando for turbulento, me ame quando eu cair
Toda vez que quebrar, toda vez que for dilacerado
Me ame como se eu não fosse feita de pedra

Meu primeiro impulso foi mudar a música porque soava terrivelmente apropriada ao momento e eu não queria isso. Eu não queria que Laís me dissesse "Me ame como se eu não fosse feita de pedra", apesar de saber que era quase isso o que ela fazia todos os dias, quando me queria perto, mas, ao mesmo tempo, não suportava a carga de um sentimento mais forte.

Quando chegamos à frente da minha casa, depois de um trajeto mergulhado em silêncio, eu saí do Fiat e Laís também.

— Desculpa — ela disse. — Por tudo. Eu sei que tenho sido uma bagunça incompreensível, mas o que refleti depois de ler minha carta é que preciso fazer algo para pôr uma pedra em cima disso tudo. Assim como você fez com a sua tristeza pela perda do Thiago...

Eu apenas a olhei, confuso.

— E o que você pretende fazer?

— Vou até a casa da minha avó e do marido dela.

Antes que eu pudesse falar qualquer coisa, ela assentiu.

— Sim. O cretino que abusava de mim. Ele mesmo.

— Mas, Laís, por que você vai fazer isso? — perguntei, me sentindo desesperado com a possibilidade de ela estar próxima desse cara novamente.

— Porque eu preciso. É sério. Preciso enterrar esse assunto. Sinto que enquanto eu não for lá e disser tudo o que está preso dentro de mim, nunca vou exorcizar este pesadelo, entende?

Era duro admitir, mas sim, eu a entendia.

— Vou ficar bem preocupado — disse, receoso.

Mas Laís apenas sorriu com doçura, aproximou-se e me beijou bem de leve nos lábios. Minha boca ficou formigando, querendo mais.

— Eu volto logo, garoto quase atropelado — ela sussurrou, olhando-me nos olhos. — É uma promessa.

Assenti, tocando os lábios dela mais uma vez.

— Eu quero uma garantia maior — falei, brincalhão.

Mas Laís levou aquilo a sério.

Ela foi até o carro, abriu sua mochila e me entregou um caderno de capa dura vermelha.

— Sabe o que é isso aqui? — ela perguntou. — É meu caderno de desenhos. E nele você vai encontrar mais coisas sobre mim do que eu já revelei em toda a minha vida. Acho que ele representa para mim algo como o seu diário.

Laís, então, me entregou seu caderno de desenhos e eu o segurei, como num abraço. Meu coração martelava ruidosamente.

— Guarde pra mim, até eu voltar — ela pediu. — Essa é a sua garantia de que voltarei para você.

— Obrigado.

Achei aquela atitude muito forte, pois eu não sei se entregaria o meu diário para qualquer pessoa que fosse...

Mas ela estava se abrindo para mim e parecia tão decidida e certa de sua decisão que comecei a pensar que Laís havia mesmo conseguido encontrar um caminho para começar a superar aqueles traumas. Senti-me mais confiante de que tudo daria certo.

— Tudo bem.

— Mas, Laís, uma pergunta: eu posso ver seus desenhos?

Laís apenas olhou para o chão de gramado verde da minha calçada, profundamente pensativa.

— Há coisas perturbadoras aí, confesso. Porém, é tudo do fundo da minha alma. Então, se você quer mesmo me conhecer, eu permito, sim.

Sorri, agradecido, e, tomado de coragem, propus:

— Para ser mais justo, vamos fazer deste jeito: quando você voltar, te devolvo seu caderno e te mostro o meu diário.

Laís assentiu.

Nós, então, voltamos a nos encarar e havia um fogo tão intenso e urgente no olhar dela que não resisti e começamos a nos beijar apaixonadamente. Era quase como se o mundo estivesse sendo coberto por uma escuridão e só nós estivéssemos em foco, os únicos que restaram do planeta.

Segurei a Laís pela nuca, puxando-a para mais perto de mim, buscando mais dela, como se quisesse guardá-la pra sempre. Laís apenas retribuía o meu desejo, passeando com as mãos pelo meu cabelo, pelo meu rosto, pela minha nuca.

Quando paramos de nos beijar, minha boca estava pegando fogo, pedindo mais. Mas Laís apenas acariciou meu rosto com as pontas de suas unhas pintadas de preto.

— Eu volto — ela sussurrou.

E eu fiz que sim. Aquela era uma das poucas vezes em que eu tinha certeza de que ela não estava escapando de mim.

Ela sorriu, me deu um último beijo rápido e estalado e entrou em seu carro. Eu fiquei em frente à porta de casa, até Laís sumir do meu campo de visão, deixando meu coração apertado, pois o que ela iria fazer era daquelas coisas para as quais é preciso ter muita coragem e podem mudar o curso de uma vida. Ela enfrentaria o pior pesadelo de seu passado.

Quando entrei em casa, encontrei minha mãe na sala e tivemos uma conversa breve sobre como foi a festa. Eu subi até o meu quarto, deixei o caderno de desenhos em cima da cama e fui tomar um banho. Quando voltei para o quarto, sentia várias partes do meu corpo doendo, o que me fez deitar na minha cama por alguns momentos e me dedicar a terminar de ler *O apanhador no campo de centeio*.

Já havia lido algumas vezes artigos que tentavam explicar a razão do sucesso do livro, mas eu tinha a minha própria teoria: esse livro retratava a adolescência de uma maneira fiel, sem nada muito trágico, explosivo ou politicamente correto. Era apenas um livro sincero, com uma mensagem profunda e tocante.

Cheguei ao fim do livro com uma sensação agradável e adormeci tranquilo, com a lembrança do meu beijo na Laís.

Doce e quente.

26 de novembro

Quando acordei, percebi que o caderno de desenhos de Laís havia adormecido comigo, sob meus braços. Procurei o relógio, em busca de orientação, e vi pela janela que metade do dia já havia passado. A essa altura, imaginei que Laís já devia ter encontrado sua avó.

Saí do quarto com aquela sensação de cabeça pesada depois de ter dormido mais do que o necessário, mas sem conseguir controlar a ansiedade para abrir o seu caderno de desenhos. Só não tinha feito isso imediatamente porque, para mim, ele era como um livro que precisava de tempo, de estado emocional, de respeito.

Fui até a cozinha, preparei um lanche e, ao chegar à sala, fiquei feliz em ver o Henrique e a Valéria assistindo a um filme. Sentei lá e fiquei um tempinho com eles, comendo pipoca e olhando para a tela, mas com a cabeça em outras coisas.

Após o filme, os dois foram para o quarto do Henrique, e eu, para o quarto da minha mãe, querendo saber como andava a vida amorosa dela também. Mas a encontrei atarefada, resolvendo vários assuntos por telefone, mexendo em planilhas, imprimindo documentos para o trabalho. Resolvi, então, deixar essa conversa para outro momento.

Quando voltei para o meu quarto, senti que o momento havia chegado. Tranquei a porta para evitar qualquer interrupção. Deitei na cama e, por alguns segundos, apenas folheei o caderno de trás para a frente. Muitas das páginas de trás estavam em branco, mas, conforme fui me aproximando do início, as ilustrações começaram a se mostrar, até eu parar na primeira página.

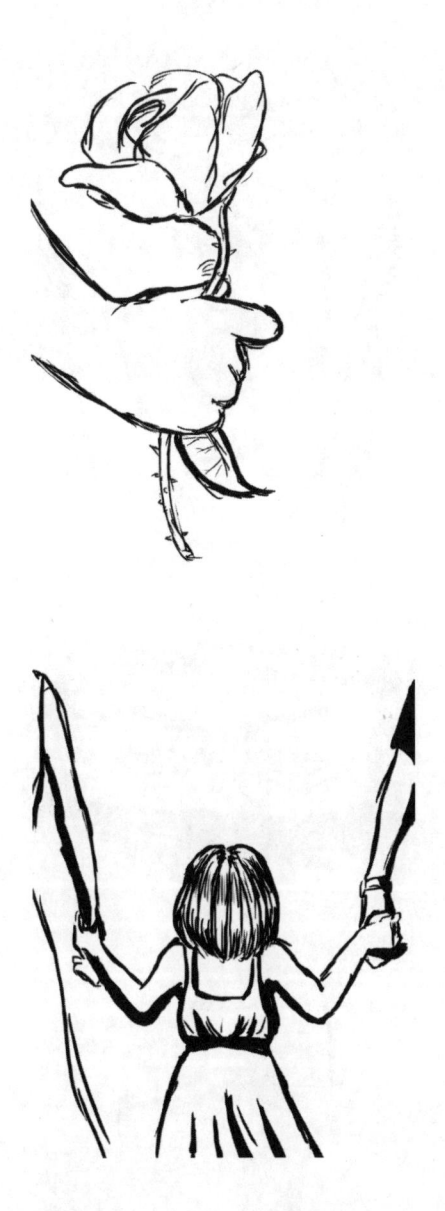

Depois de ver os primeiros desenhos, parei um instante e repassei as páginas, lentamente. Eu não esperava que os desenhos da Laís fossem tão reais assim.

Meu coração estava acelerado, minha garganta, seca. A imagem da Laís criança, feliz e, desenhos depois, perdida, acabou comigo. Mesmo sabendo que eu não poderia fazer nada, doía...

Meu estômago revirou quando vi a sequência que representava os maus-tratos, o abuso, o desequilíbrio de forças, a opressão do mundo adulto impondo sobre uma criança uma violência tamanha, sem que houvesse alguém para protegê-la, para ouvi-la e dar abrigo seguro. Senti-me doente, e um gosto de bile foi se apossando da minha garganta. Apesar de a Laís ter me contado sobre os males que sofreu na infância, agora, eu conseguia ver as cenas em minha mente. E isso só aumentava, de forma avassaladora, o modo como eu havia digerido todo esse horror.

Minhas mãos tremiam e era como se eu sangrasse sob o caderno da Laís — minha dor pingava em forma de lágrimas.

SOLITÁRIA E PERDIDA...

        SOLITÁRIA E PERDIDA...

                SOLITÁRIA E PERDIDA...

As palavras não paravam de reverberar em minha mente, se transformando, gradativamente, em gritos guturais e desesperados, porém, abafados. Eu não sabia dizer se esses dois adjetivos representavam como a Laís se via, se ela pensava que era desse jeito que o mundo a enxergava ou se havia incorporado aquilo como parte do destino dela. Para mim, cada desenho parecia um grito de socorro de uma alma repleta de escuridão que acreditava que não conseguiria mais encontrar luz.

SOLITÁRIA E PERDIDA...

E eu a entendia. Há dias em que tentamos encontrar algo bom em nossas vidas para que possamos nos segurar e, mesmo diante de algumas coisas boas, se a maior parte é ruim, não da pra ser otimista, positivo, e tudo o que encontramos se transforma em ruínas.

Vendo aquelas palavras eu só pensava em ser um local seguro para ela... Eu nunca mais a deixaria se sentir assim. Nunca.

SOLITÁRIA E PERDIDA...

Ela não precisava mais se sentir solitária e perdida... Eu havia prometido que estaria com ela para sempre. E iria cumprir minha promessa porque este também era o meu desejo e, suspeito, a minha própria salvação.

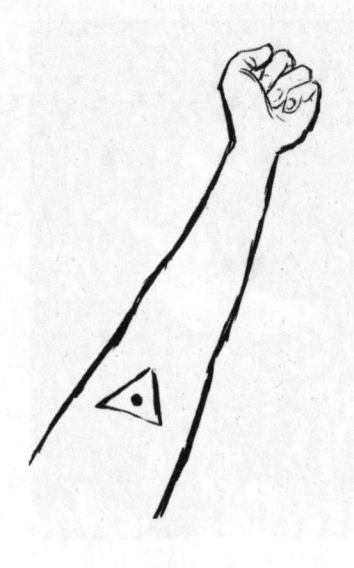

Eu não conseguia conter as lágrimas. A forma como eu, Acácio e Natália estávamos inseridos na vida da Laís me trazia um sentimento de felicidade e gratidão. Eu me sentia especial por fazer parte da vida dela, assim como ela fazia parte da minha…

Lembrei-me das inúmeras vezes em que ela me falou da importância que eu tinha em sua vida, do quanto era especial... E ver isso, retratado por ela, me trazia uma sensação muito boa, difícil de explicar, algo que rompia a barreira das palavras e me enchia de um sentimento bom.

Parecia que me faltava o ar para respirar e o meu coração martelava fortemente dentro do peito. A Laís nunca disse que me amava — pelo menos, não da forma como eu fiz, numa crise vergonhosa que eu procurava esquecer.

Laís, que sempre foi mais reservada, teria mesmo feito uma declaração? O que representavam aqueles "eu te amos" flutuando acima de nossas cabeças se não os "eu te amos" que nunca foram ditos?

A Laís me ama...

Eu não conseguia parar de pensar nisso. Era como se ocorresse uma explosão dentro de mim...

A Laís me ama, e isso é tudo o que importa!

Cheguei ao último desenho com um peso no coração e uma angústia crescente cravando suas garras no meu peito. A montanha-russa de sentimentos em que Laís sempre me colocava estava de volta. Em um momento eu estava angustiado; no outro, feliz; e agora, profundamente triste...

Era horrível pensar a quanta tristeza e dor Laís fora submetida. Eu não conseguia me imaginar no seu lugar. Não saberia dizer ao certo qual seria minha reação e como eu faria para tentar viver com isso. Talvez, em vez de usar os cigarros, a bebida e o jeito irresponsável como escape, eu poderia acabar inclinado para uma direção muito pior...

Seguido por um impulso desconhecido, voltei algumas páginas do caderno e encarei o desenho em que a Laís estava no quarto escuro, indefesa. Para mim, ela, naquele quarto mergulhado em trevas, representava seu próprio coração. Fiquei pensando naquela imagem e fechei o caderno de desenhos por alguns segundos. O que eu mais queria naquele instante era tomá-la nos braços e fazer o impossível para que ela se sentisse em segurança, devolvendo a paz que foi enterrada com seus pais.

Peguei o celular, angustiado para ligar para Laís. Eu precisava saber se ela estava bem e queria muito ouvir a sua voz. Então, me surpreendi ao encontrar três chamadas dela não atendidas. Rapidamente, retornei a ligação e ela atendeu após o segundo toque.

— Oi — eu disse.

— Oi. Precisava ouvir você — Laís disse, de forma embolada, e fungou alto, como se estivesse chorando e embriagada. — Não sei o que vim fazer aqui! — E começou a chorar alto.

Parecia que um buraco estava crescendo dentro de mim.

— Laís, se acalma — pedi, mesmo sabendo que era em vão. — Onde você está? Eu vou te encontrar!

— A minha avó me detesta... A única pessoa ainda viva da minha família, me odeia... — Ela, então, deu uma pausa e pude ouvir o barulho de garrafa, de um gole.

Tive certeza de que ela estava bebendo alguma coisa enquanto dirigia e, muito provavelmente, era alcoólico.

— Por que meus pais tiveram que me deixar? — ela perguntou com a voz tremida.

— Não pense assim, Laís! Tenho certeza de que se eles tivessem escolha estariam com você... — Eu tentava acalmá-la.

— Não é assim... — Ela ainda soava terrivelmente nervosa. — Todo o mundo que eu amo me odeia. Todo o mundo.

— Você está errada, Laís... Eu te amo e nunca te abandonaria.

Laís soltou um risinho agudo e abafado.

— Você não sabe o que está falando — rebateu, de um modo tão afetado que me assustei com a possível quantidade de álcool que ela devia ter ingerido.

Foi aí que aconteceu algo que realmente me assustou: ouvi o som estridente de uma buzina, uma freada brusca, um grito esganiçado e outra buzina abafando tudo.

Só o que eu consegui fazer foi gritar o nome da Laís, que me respondeu com silêncio.

Quando me forcei a me calar, em busca de alguma pista do que havia acontecido, escutei o som nítido da respiração dela, ofegante e profunda.

— Laís? — voltei a chamar, desesperado.

Depois de alguns segundos, ela disse:

— Estou aqui...

— Não acredito que você está dirigindo! — falei, realmente alarmado. — Você precisa parar o carro. Você... — E então me calei, porque sabia que ela não funcionava assim. Eu sabia que quanto mais eu gritasse e falasse o que tinha que fazer, mais ela se afastaria.

Ficamos, então, calados por algum tempo, um ouvindo a respiração do outro. O único som era da Laís, vez ou outra, bebendo o que muito provavelmente era um vinho barato.

A verdade era que viver tudo aquilo, distante, sem poder fazer nada, era desesperador. Laís tinha parte da minha vida, da minha felicidade, em suas mãos. Era inevitável e eu não podia fazer nada. Naquele instante, tentei me controlar ao máximo, pois só queria que ela ficasse bem...

— Laís... Eu te amo... — afirmei, com toda a calma, com as lágrimas me enchendo os olhos. — Juntos nós vamos apagar esse passado... Um ajuda o outro...

E, então, perdi o controle; acho que nesse ponto, a dor e o medo por ter perdido o Thiago me afogaram no turbilhão de sentimentos que acontecia em meu interior. Eu só conseguia sentir medo e comecei a chorar também.

— Eu preciso de você...

Laís parecia desequilibrada demais até para falar quando respondeu:

— Você não vai me perder... — ela disse, a voz totalmente arrastada. — Eu estou indo para você...

Antes mesmo que eu pudesse dizer qualquer palavra, ouvi o som estridente das rodas rasgando o asfalto e o carro voltando para a estrada.

— Laís... Por favor, você não pode dirigir! Você não pode, merda! Eu te amo, eu só quero que você fique bem!

— Eu te amo, garoto quase atropelado... Eu te amo... — ela sussurrou. — Estou indo para você...

Minha imaginação me brindou com a imagem da Laís bêbada, chorando, o rosto vermelho, dirigindo numa estrada perigosa, com o sol se pondo e uma das mãos segurando o celular.

Eu sabia que parte potencial do perigo de ela estar nessas condições na estrada era que estava usando uma das mãos para manter o celular no ouvido, mas o que eu podia fazer? Não conseguia desligar. Eu não conseguia simplesmente "esperar" pela vinda dela.

— Laís...

Eu ainda chorava, mas nem sabia mais o que dizer. Só tinha vontade de falar o quanto eu a amava, o quanto ela era especial, e o quanto eu precisava dela.

— Garoto quase atropelado, preciso desligar — ela falou. — Outra chamada. É a vadia da minha avó e o pedófilo de merda do marido dela. Quero ouvir o que eles têm a dizer depois de me expulsarem da casa deles...

— Não desliga! — implorei, irracionalmente.

Laís soluçou alto, provavelmente, por causa do álcool.

— Tudo bem... Eu vou colocar a chamada em espera. Até...

— Eu te amo! — eu gritei, mas nem sei se ela ao menos conseguiu ouvir.

Respirei fundo, tomado por uma confusão de sentimentos, e fiquei encarando o visor do celular. Ele apontava que haviam se passado poucos segundos desde que a Laís me colocou na chamada em espera, mas parecia ser uma eternidade.

Meu coração palpitava, aflito, mergulhado numa angústia terrível e sem precedentes.

O visor indicava trinta e oito segundos, para mim soava difícil até mesmo lembrar o meu corpo de respirar. Foi, neste instante, que onde aparecia no visor "chamada em espera" uma nova frase apareceu: "chamada encerrada".

Minhas mãos tremeram, enquanto eu pegava o celular e retornava a ligação com urgência. A mensagem que ouvi foi a de que o número da Laís estava fora da área de cobertura.

— Tudo bem, está tudo bem, ela está na estrada e passando por um lugar que não tem sinal — eu fiquei me dizendo, como um mantra, repetida vezes.

Comecei então a andar de um lado para o outro do quarto, segurando o celular, enquanto uma mensagem em voz feminina repetia pela vigésima vez que o celular estava fora da área de cobertura. A essa altura, minha mãe bateu de leve na porta do meu quarto e eu abri.

Acho que foi pelo tanto que ela me conhece ou pelo modo como viu a angústia em meus olhos, mas minha mãe só disse que eu precisava me acalmar. Eu concordei, porque a minha aflição começava a se tornar física — eu estava com dificuldade para respirar e parecia que meu estômago ia sendo esmagado de dentro para fora.

Minha mãe voltou dois minutos depois com um comprimido e um copo de água. Disse que era um calmante e que não tinha contraindicação. Aceitei, para o meu próprio bem, e pouco depois, enquanto eu ouvia a mensagem já gravada da operadora de celular mais uma vez me informando o que eu menos queria ouvir, comecei a sentir os efeitos do calmante.

Minha mãe me conduziu até minha cama, deitando a minha cabeça em seu colo e passando a mão pelo meu cabelo. Meus olhos estavam molhados de lágrimas, mas isso não me impediu de enxergar o crepúsculo vermelho que aparecia na janela do meu quarto.

Ela me perguntou qual era a razão de eu estar daquele jeito, e eu, chorando, só disse que era por causa da Laís... O nome dela foi a última coisa que me lembro de ter dito, antes de ser mergulhado num mar de inconsciência.

Nunca vou me esquecer do que veio a acontecer depois...

Quando acordei, meu quarto estava mergulhado na mais completa escuridão. Senti os nós dos dedos da minha mão doloridos e a abri, encontrando meu celular pressionado ali. Apertei qualquer botão e o visor acendeu, me mostrando que já era madrugada, que eu havia dormido sete horas seguidas e que havia sete chamadas não atendidas do Acácio e cinco da Natália.

Sentei-me na cama, assustado, e quando minha visão foi se acostumando à escuridão, encontrei minha mãe. Ela estava sentada na cadeira em frente ao computador, com o rosto coberto de lágrimas.

Não entendi o que havia acontecido e meu coração começou a doer, com minha mente saindo bruscamente daquele estado nebuloso, que vem logo após acordarmos, e indo direto para o estado de constante alerta, como se pressentisse algo de muito errado.

— Mãe? — lembro-me de falar, e sentir a garganta muito seca.

Sob a luz da lua, o rosto da minha mãe parecia assustadoramente fantasmagórico.

Ela abriu a boca e apenas me recordo de ouvi-la dizer:

— Filho, você precisa ser forte... Você...

— Mãe... Fala logo!

A única coisa que latejava na minha cabeça era a chamada em espera da Laís...

A chamada em espera...

A chamada em espera...

A chamada em espera...

— A Laís... Ela sofreu um acidente na estrada e... Ela não resistiu... A Laís morreu.

27 de novembro

No dia 26 de novembro, às onze horas da noite, a Laís bateu em um caminhão-tanque e capotou três vezes antes de o carro parar de cabeça para baixo no meio da estrada. O Fiat Uno branco ficou totalmente destruído.

Eu ainda não havia conseguido chorar; a sensação que tinha era de que meu coração era uma represa repleta de rachaduras, pronta para explodir e engolir tudo ao redor.

Ironicamente, o mundo também parecia estar afogado em dor pela morte da Laís. O céu amanheceu escuro e uma chuva fina, fria e cortante não parava de cair.

Acácio estava dois minutos atrasado. Eu, ele e Natália havíamos combinado de ir juntos ao enterro. Pensei em ligar para ele, para saber onde estava, mas eu sabia, no fundo, que devia controlar minha ansiedade.

Mal percebi que andava de um lado para o outro na sala de casa, quando minha mãe parou à minha frente.

— Sinto muito — ela disse, num tom de voz melancólico.

Era a décima vez que ela me dizia isso... Todo o mundo sentia muito, eu sabia, mas garanto que bem menos que eu.

Laís se foi, deixando outra chamada em espera nas minhas costas, além de uma promessa: ao dizer que voltaria.

Mas essa promessa, infelizmente, nunca seria cumprida.

Eu estava predestinado a viver por uma espera que nunca teria fim.

— Tudo bem — eu respondi, dando de ombros.

Henrique, então, se aproximou, usando uma camisa polo preta e calça social. Ele me olhou de cima a baixo, antes de falar:

— Meu irmão, desculpa... mas está chovendo muito, e, além disso, não acho que sua roupa seja apropriada para um velório — ele falou, baixinho, quase como se seu tom de voz pudesse me machucar.

Dei de ombros, de novo, pois já sabia que estava ridículo. Minha camisa com gola V vermelha, a calça jeans azul e os tênis de corrida coloridos realmente não combinavam em nada com um velório, mas eu tinha certeza de que era assim que a Laís iria querer que estivéssemos — de vermelho. E foi por isso que liguei para o Acácio e a Natália e sugeri que fizéssemos isso por ela, mesmo vivendo este momento terrível.

A buzina do Acácio cortou meus pensamentos e vi pela janela que o carro estava estacionado em frente a minha casa.

— Já estou indo — avisei, pegando um casaco no sofá e meu celular.

Porém, antes que eu saísse, minha mãe me puxou para um abraço e disse que logo estaria lá com o Henrique, para me dar apoio. Eu agradeci e, quando já estava saindo, me virei para dizer:

— Henrique, minha roupa pode ser inapropriada para um velório. Mas é totalmente apropriada para a Laís. — Fechei a porta, corri até o carro do Acácio e me espremi no banco do carona da picape, onde a Natália já estava.

Olhei para o Acácio e a Natália no confortável ar quente dentro do veículo. Os dois pareciam compartilhar do mesmo sentimento que eu — que éramos represas ainda se sustentando em fracas vigas, tentando, inutilmente, resistir à destruição iminente.

Na madrugada passada, após ter recebido a notícia, eu não havia chorado, nem gritado, nem xingado. Apenas liguei para a Natália e para o Acácio e pedi algumas coisas. Era um momento difícil e poderia até soar como frieza da minha parte, mas eu não queria chorar — não ainda. Eu desejava fazer pela Laís o que ela fizera pelo Thiago: dar a ela a despedida que ela queria e merecia.

— Vocês trouxeram o que eu pedi? — perguntei.

Acácio assentiu.

— Está tudo no porta-malas. — Os olhos dele estavam marejados e vermelhos.

Natália tremia levemente e seu rosto estava inchado.

— Ela terá orgulho de nós três.

Fiz que sim com a cabeça, encostando no banco e olhando para o teto do carro. Fechei os olhos e tentei imaginar a Laís ali, ao meu lado, sussurrando meu nome, jogando a fumaça de seu cigarro de menta no meu rosto, com seu cabelo cor de pelo de raposa caindo nos ombros. Tentei imaginá-la ali, dizendo que finalmente estávamos fazendo algo que prestava e que deveríamos nos orgulhar disso.

Respirei fundo, abrindo os olhos e derramando as primeiras lágrimas por ela. Sequei rapidamente, querendo mais que tudo me sentir quase atropelado nesse dia.

— Vamos, então — eu falei, tomado pela adrenalina.

Acácio fungou alto, antes de ligar o rádio e colocar a música *Wannabe*, das Spice Girls, no último volume. Foi terrivelmente doce, engraçado e sincero o momento em que ele cantava os primeiros versos da música e lágrimas corriam pelos seus olhos de James Dean.

— Ela adorava essa música quando era mais nova — ele disse, como se estivesse se justificando, entre uma lágrima e outra.

E assim, com o som nas alturas, fomos para o nosso último encontro com a cabelo de raposa.

★   ★   ★

Quando chegamos ao cemitério, aquela costumeira aura pesada de dor e tristeza já assolava o local. Acácio estacionou sua picape numa área mais afastada e saímos do carro indo em direção oposta à da capela onde o caixão da Laís estava. Tínhamos que levar uma mochila e eu fiz questão de carregá-la sozinho. A essa altura, a chuva tinha dado uma trégua para as pessoas que estavam ali por ela: um grupo de dezenas de adolescentes, de todos os tipos possíveis.

— Laís era uma pessoa muito popular, não? — comentei, enquanto seguíamos por um caminho estreito, de gramado verde, que ia subindo gradativamente, contornando a capela por trás.

— Muito. — Natália suspirou. — Boa parte desse pessoal, provavelmente, estava na sua festa de aniversário.

— Laís sempre foi uma garota calorosa, que atraía as pessoas mesmo sem conhecê-las — Acácio afirmou.

— Ótimo — eu comentei. — Acho que ela vai adorar ter uma boa plateia.

Continuamos o percurso em silêncio e, por vezes, eu realmente me perguntava se aquilo tudo estava acontecendo. Parecia que a qualquer momento Laís apareceria em seu Fiat Uno branco, com o cabelo de raposa voando ao vento e o sorriso misterioso que diria que tudo iria ficar bem. Mas aí a ardência que as alças da mochila causavam em meus ombros me dizia que aquilo era real.

A dor era real.

O vazio era real.

A morte era real.

Quando chegamos a um ponto alto, Acácio me ajudou a tirar a mochila das costas e colocá-la no chão.

— Vocês acham que aqui está bom? — Natália perguntou.

Do ponto em que estávamos, uma linha reta e invisível era facilmente traçada até onde o corpo da Laís seria enterrado.

— Acho que aqui está perfeito — respondi, olhando para as pessoas que caminhavam de um lado para o outro.

Acácio, então, abriu a mochila e tirou de lá três garrafas do vinho barato favorito da Laís. Entregou uma para mim, outra para a Natália e ficou com a terceira.

— Ela amava tanto esta porcaria. — Acácio soltou um risinho.

Todos nós rimos também, mesmo que a frase não tivesse muita graça. Eu sentia que ríamos para tentar não chorar.

— Laís amava quase tudo o que lhe fazia mal. — Natália abriu a garrafa e começou a beber.

Ninguém pareceu perceber, mas a frase da Natália me acertou como um tiro. Laís amava praticamente tudo que lhe fazia mal... Era por isso que ela me amava, de certa forma, pensei. Porque o amor lhe fazia mal e era isso que eu conseguia arrancar da Laís.

Mas meus pensamentos se perderam quando vimos a movimentação que começava a fluir lá embaixo. Um padre e as dezenas de pessoas que davam adeus para a Laís, mas que nunca chegaram a conhecê-la de verdade na vida, caminhavam atrás de dois homens que carregavam seu caixão de madeira escura.

O caixão estava lacrado, por causa do estado do corpo dela, que fora desfigurado com o acidente. Eu nunca mais poderia olhá-la nos olhos... Nunca mais. Porém, de certo modo, até achei que essa era a escolha que a deixaria mais feliz, pois, assim, todos teriam gravada para sempre aquela imagem jovem e misteriosa que ela tinha.

Lá embaixo, as pessoas se organizaram e o padre começou a ler algumas passagens da Bíblia e a dizer como a Laís era uma menina cheia de vida, alegre e muito amiga.

— Por Deus, o padre não conheceu Laís quando ela queria ser uma vadia! — a Natália disse, o que fez com que todos nós ríssemos.

E a verdade é que as lágrimas e a tristeza daquela gente lá embaixo, somadas às palavras do padre de uma Laís idealizada, estavam realmente causando uma raiva tremenda em meu coração. Nenhum deles conhecia a Laís de verdade.

— Juro que, a cada segundo que passa, tenho mais certeza de que a nossa última homenagem à Laís é a coisa certa a se fazer — Acácio afirmou, um tanto nervoso. — E tenho certeza de que, quando tudo acontecer, aposto que ela estará rindo muito de tudo isso em algum lugar.

Fechei os olhos por alguns segundos e consegui imaginá-la em uma espécie de paraíso, rindo de tudo, com um cigarro mentolado pendendo dos lábios. O pensamento trouxe lágrimas aos meus olhos e, pela sinceridade de tudo o que eu sentia por ela, apenas as deixei cair.

— Gente, o momento de nos despedirmos chegou... — eu falei, com a chuva fina e gelada molhando meu rosto e se misturando as minhas lágrimas. — Acho que se vocês tiverem algo a dizer... — Olhei para eles.

Natália ergueu a mão.

— Eu queria muito falar alguma coisa... mas não consigo me conformar com tudo isso... — Ela deu um passo à frente. — A sensação que tenho é de que tudo não passa da merda de um pesadelo e que amanhã ou mais tarde irei acordar e a encontrarei rindo e debochando de mim quando eu manchar, na rua, minha calça jeans branca com o sangue da minha menstruação!

Nesse ponto, Acácio soltou uma gargalhada tão alta que me fez rir também, em meio às lágrimas.

— Mas é sério, gente! Porque a Laís era assim.

— Totalmente diferente daquilo que esse padre está dizendo — Acácio concordou. — Mas eu também acho que não vou conseguir expressar em palavras tudo o que estou sentindo... — Ele me olhou. — Garoto quase atropelado, você se importaria se...?

Concordei de leve com a cabeça e soltei um pigarro baixinho, limpando a garganta, mas sem saber direito como começar.

— Estive pensando no que a Laís iria querer que eu dissesse em uma ocasião como essa e...

Natália segurou a minha mão direita; Acácio, a esquerda.

— E tudo o que consigo pensar é que ela simplesmente diria: "Vão viver, seus pedacinhos de merda! Eu morri, mas vocês estão vivos!" E dói saber que teremos que viver em um mundo sem uma pessoa igual a ela. A Laís tinha sim seus defeitos, mas suas qualidades eram muito superiores e únicas. É engraçado dizer isso, mas tudo o que eu conseguia sentir ao olhar os olhos da Laís era um fogo, uma vontade urgente de viver, de ser feliz, camuflados por uma inocência que só nós conseguíamos ver. A Laís tinha todos os sonhos do mundo dentro de seu coração e me orgulho de dizer que eu, assim como vocês, vivia nesse coração tão especial...

Fiz uma pausa, porque as lágrimas afogaram minhas palavras. Eu podia escutar o choro do Acácio e da Natália também.

— A cabelo de raposa pode ter nos deixado, mas nós sempre seremos amigos. Nossa amizade, de certa forma, está totalmente eternizada no tempo... Seremos para sempre a cabelo de raposa, o James Dean não tão bonito, a menina de cabelo roxo e o garoto quase atropelado. Seremos para sempre as pessoas que saem da própria festa de aniversário, simplesmente, porque um de nós precisa respirar. Seremos para sempre os idiotas que viajam quase dois dias para passar uma única noite numa praia paradisíaca e deserta. Seremos para sempre o triângulo com a bolinha dentro... — Minhas lágrimas me impediram de prosseguir.

Acácio me abraçou e me entregou minha garrafa de vinho. E a Natália me deu um beijo na minha bochecha molhada, alisando meu cabelo carinhosamente.

— Acácio, tudo pronto? — perguntei.

Ele mexeu na mochila por instantes, depois voltou para o meu lado, assentindo com vigor.

Nesse ponto, as pessoas lá embaixo já tinham percebido nossa presença e nos encaravam com curiosidade, fazendo até o padre interromper, por algum tempo, o seu sermão e nos observar.

Ergui minha garrafa de vinho, e a Natália e o Acácio fizeram o mesmo.

— Pela Laís! Porque hoje, mesmo com toda a dor, estou me sentindo quase atropelado! — gritei a plenos pulmões e bebi o vinho o máximo que pude em uma única golada.

Em seguida, o céu se iluminou em um show psicodélico de luzes e explosões vermelhas, resultado de mais de uma dezena de fogos de artifício.

Fechei os olhos, com os braços abertos, sentindo um arrepio que correu cada centímetro do meu corpo, enquanto, quase ao mesmo tempo, uma forte pancada de chuva começou a desabar do céu escuro.

Lá embaixo, algumas pessoas correram para a capela para se proteger, enquanto outras aplaudiam vigorosamente nossa homenagem, fosse pelos fogos, pela chuva ou por tudo junto.

O senhor e a senhora Silva, meus vizinhos, que eram avós de consideração da Laís, nos fizeram sinal de positivo com os dedões, lá de baixo. Minha mãe, o Henrique e a Valéria aplaudiam alto.

Mas a verdade é que depois de pouco mais de trinta segundos de fogos, ninguém mais parecia se importar. As pessoas começaram a partir aos poucos e o caixão foi descendo lentamente na cova destinada a guardar a eternidade da Laís.

Quando o caixão estava sendo coberto por terra, além de mim, a Natália, o Acácio, o casal Silva, minha mãe, o Henrique e a Valéria, o padre e os dois coveiros, ninguém mais permaneceu lá. A avó da Laís, decerto, nem aparecera, tampouco o desgraçado com quem era casada.

Na sequência, o padre e os coveiros se foram. Minha mãe se despediu de mim, e também foi embora com o casal Silva, meu irmão e a Valéria. No final, ficamos nós quatro: eu, o Acácio e a Natália sentados no gramado, em frente à lápide; e Laís, morta e enterrada embaixo da terra.

LAÍS MOURA
(1994 — 2014)

— Cara, tem noção da nojeira que é isso? — Acácio apontou para a lápide. — A Laís nem ao menos tem uma droga de dizeres decente.

— Geralmente, os dizeres são feitos quando a família pede — Natália explicou.

— Está aí a merda! Laís não tinha família. — Acácio continuava revoltado.

— Engano seu — eu contrapus. — Nós éramos a família dela.

O Acácio e a Natália sorriram de leve, porque eles sabiam que isso era verdade.

Então tirei da mochila um spray vermelho — o mesmo que a Laís me dera para corrigir o epitáfio do Thiago.

Eu me aproximei da lápide e apenas escrevi abaixo da data:

LAÍS MOURA
(1994 — 2014)

EM MEMÓRIA À CABELO DE RAPOSA

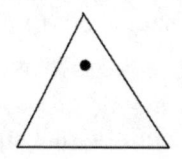

E desenhei o triângulo com o círculo dentro. Ele, melhor do que qualquer conjunto de palavras bonitas e poéticas, representava de forma fiel e eficaz a nossa amizade.

O Acácio e a Natália me abraçaram e nós três ficamos assim por um longo tempo, molhados pela água da chuva, chorando uma mesma dor.

★　★　★

Horas mais tarde, Acácio me deixou em casa e só agora a ficha começou a cair. A verdade é que quando o seu melhor amigo e a menina que você ama morrem, você começa a pensar seriamente se não há algo de errado com você. O que sinto agora se assemelha a um misto puro de ódio e revolta; só não consigo ter clareza a quem direciono estes sentimentos. Não sei se culpo Deus, a vida, o destino, aqueles que se foram ou tudo isso junto.

A sensação que tenho é de que meu coração foi arrancado e, no lugar, restou um buraco negro, rodeado por vácuo e escuridão.

Ao chegar em casa, encontrei minha mãe e o Henrique na sala de estar. Parecia que estavam me esperando. Porém, eu me sentia exausto, não queria conversar, então, apenas subi direto para o meu quarto. Eles devem ter sentido receio, de novo, de que eu viesse a ter um fim trágico como o Thiago e a Laís... De que talvez, algum dia, acordem e me encontrem sem vida.

Tenho consciência de que viver não é fácil e, acho que, na medida do possível, lido bem com a morte — não por desejá-la, mas por saber que é algo inevitável e natural. Porém, nunca pensei, nem nos piores dias que tive, em algo como suicídio. Isto não é uma opção válida para mim.

Quando vivi meus melhores momentos com o quarteto completo, como na praia, só pensava no que daria para que Thiago estivesse conosco por trinta minutos. Trinta minutos de sua vida de volta para estar ali curtindo com a gente. E nesses instantes eu penso que quem corta o próprio fio da vida não tem chance de aproveitar nada disso; não tem a oportunidade de saber que mesmo que a vida esteja muito difícil, momentos bons virão...

Cheguei ao meu quarto e minha mãe apareceu, logo atrás.

— Filho, imagino que queira ficar sozinho. Sei que nenhuma palavra será capaz de minimizar a sua dor. Só quero te dizer que estarei aqui para quando você quiser conversar, tá? — E ela me entregou um telegrama. — Isso chegou hoje, pra você.

Peguei o envelope e comecei a abrir automaticamente. Só então reparei no remetente... Eram os pais do Thiago.

Caso tenha algum tempo disponível, gostaríamos de recebê-lo em nossa casa amanhã. Senhor e senhora Freitas.

Eu estava com a cabeça cheia e a primeira coisa em que pensei foi: "Por que tudo tem de acontecer ao mesmo tempo?!" Então me recordei de algo que poderia ter provocado aquilo. Eles devem ter visto o que fiz na lápide do Thiago e queriam alguma explicação.

Meu primeiro impulso foi ignorá-los, mas lembrei que de todas as coisas que a Laís me propôs fazer para me despedir do Thiago a única que faltava era encarar os pais dele.

Amassei o papel e o joguei para o lado, me recolhendo à segurança de travesseiros e edredons da minha cama. Fiquei lá, em silêncio, até ouvir minha mãe sair do quarto e fechar a porta.

Sozinho com a minha dor, permiti que minha alma chorasse em paz.

28 de novembro

O dia seguinte a uma perda é sempre o mais doloroso; parece que a anestesia do cérebro que abafa a dor e a tristeza vai embora e você, finalmente, se dá conta de que aquela pessoa não volta mais. De que tudo o que restou foram os sonhos bons do passado e a realidade crua.

Preso pelo estupor da perda, saí do quarto, tomei café, vi TV, almocei e voltei para o sofá. Eu fazia as coisas sem perceber o que cada atitude realmente representava. Era como estar ligado em um modo automático de viver, sem pensar na dor, evitando senti-la na sua forma mais verdadeira.

À tarde, quando eu tomava banho para ir ao encontro dos pais do Thiago, senti como se estivesse nadando para uma caverna negra de depressão, da mesma forma que aconteceu quando o perdi. Agora, com a morte da Laís, eu estava sendo sugado para a dor e a tristeza mais uma vez, sem conseguir ter forças para reverter essa situação. E o pior de estar vivendo tudo isso de novo era que agora eu tinha consciência do que poderia acontecer se afundasse nesse poço.

Então, até como ato de resistência, me arrumei e fui ao encontro dos pais do Thiago. Não avisei à minha mãe o que iria fazer e disse que daria apenas uma volta para espairecer — não queria que ela se preocupasse com aquilo, até porque eu não sabia o que esperar dos pais do Thiago. A única ideia que eu tinha era de que eles me culpavam pela morte do filho deles. Como o Thiago estava morto e não podia mais dar a sua versão da sua "descoberta", eles deviam pensar que eu é que o havia influenciado e o "tornado" gay de alguma maneira. O que é uma grande merda, porque nem mesmo *eu* sabia que o Thiago era gay. Mas estava pronto para qualquer coisa. Queria dar ao meu amigo a dignidade de fazer seus pais saberem a verdade.

Quando cheguei à frente da casa deles, pensei duas vezes antes de tocar a campainha. Meu estado de espírito não seria calmo e amistoso, caso eu fosse recebido de maneira ríspida.

Respirei fundo, colocando na balança se valia a pena passar por algo assim, ainda mais levando em consideração os recentes acontecimentos e meu estado psicológico. Mas aí, o único pensamento que se formou em minha mente foi de o quanto o Thiago valia para mim e que ele merecia que eu encarasse aquilo. Merecia que eu fosse corajoso.

Então, apertei fundo a campainha sem pensar em mais nada.

Os pais do Thiago logo apareceram para me receber à porta. Eles eram a caricatura daquelas famílias de comerciais: cabelos bem penteados, aparências bem cuidadas, sorrisos brancos perfeitos. De fora, podia-se acreditar que eles eram uma família perfeita. Mas, conhecendo um pouco, já era possível observar as rachaduras da excessiva busca por perfeição, passando por cima de sentimentos e marcada por autoritarismo e excesso de regras, sem espaço para as vontades pessoais.

A mãe do Thiago, Helen, era uma senhora de cinquenta e poucos anos muito bonita, com cabelo tingido de loiro até a altura dos ombros, corpo magro e rosto anguloso.

O pai, Fabiano, era alto, com o corpo forte e saudável. Seu cabelo era grisalho, e os olhos, azuis.

— Olá — Helen me cumprimentou, dentro de um terninho rosa. — Estou surpresa por você ter vindo.

— Bem, vocês me convidaram, não? — respondi.

O Fabiano pousou a mão em meu ombro.

— Sim, convidamos. Mas, sinceramente, não acreditávamos que você viesse.

— Eu também não esperava vir... Mas achei que seria uma oportunidade válida — afirmei, sério.

Fabiano tirou a mão do meu ombro.

— Er... Por favor, entre — Helen me deu passagem.

Eu obedeci, e, assim que passei pela porta, meu peito foi invadido por um turbilhão de emoções. A casa do Thiago era quase um segundo lar pra mim. Eu havia passado muito tempo da minha vida ali, correndo pelos corredores, jogando videogame em seu quarto, tomando banho de piscina nas férias de verão...

— Esta casa ainda tem muito a cara dele, né? — Helen falou, reparando na minha expressão.

— É. Eu estou me lembrando de cada momento com ele aqui...

— Nós não queremos tomar muito do seu tempo — o Fabiano interveio. — Então, se quiser se sentar...

Olhei para o sofá de dois lugares e me acomodei. O Fabiano e a Helen se sentaram no de três lugares, à minha frente. A sala da família era ampla, cheia de fotografias, com uma televisão de plasma enorme e móveis clássicos.

— Você me conhece e sabe que costumo ir direto ao ponto, não é? — o Fabiano começou. — Nós te fizemos esse convite, porque... bem, fomos visitar o túmulo do Thiago e encontramos o que você deixou na lápide dele...

— Sim — eu disse, sem pestanejar. — Acho que o Thiago merecia algo que... tivesse mais a ver com quem ele realmente era.

Helen pressionou os lábios antes de começar a falar:

— A questão é que nós fizemos uma grande besteira... Perdemos a cabeça, ficamos com medo, com vergonha e fomos pegos de surpresa... Mil coisas se passaram em nossas mentes. Coisas terríveis. E você sabe, na nossa religião, ser gay é algo muito errado.

— Sim. E?

Helen pareceu se irritar com a minha resposta e Fabiano tomou a palavra:

— Então, no dia em que descobrimos que você, que sempre conviveu na nossa casa, que víamos como melhor amigo de Thiago, era... — Ele baixou a cabeça por alguns segundos e, depois, me encarou. — Era namorado dele, do nosso filho, nós simplesmente nos sentimos traídos de todos os lados. Sem contar, é claro, o choque e a dor que vêm com uma notícia dessas.

— Imagino — falei, porque eu não sabia bem o que dizer e não queria nem ser grosso, nem ser falso com a minha opinião. — Mas o senhor está equivocado. Eu e o Thiago nunca fomos namorados. Nós sempre fomos melhores amigos. Até o último segundo.

— Não tem por que mentir... — Helen afirmou, com uma falsa calma. — Nós vimos a foto.

— Tudo bem, mas vocês chegaram a pedir alguma explicação para seu filho antes de saírem acusando? Porque a foto não representa nada. Aquele foi o dia em que o Thiago me contou que era gay e estava desesperado e bêbado demais, por isso, acabou me dando um beijo, que foi mais fraternal do que qualquer outra coisa.

Helen esboçou um sorriso de desagrado.

— Desculpa, mas o Thiago não tinha o costume de ficar bêbado.

Respirei fundo, tentando me acalmar, mas acabei mandando minha paciência para o inferno.

— Foi por isso que coloquei aquela frase no túmulo dele. Vocês não o conheciam! Praticamente em todas as festas a que íamos, depois dos treze anos, ele bebia até ficar anestesiado. Eu percebia que ele se sentia sufocado, só não sabia que o principal motivo tinha a ver com a homossexualidade dele!

Fabiano arregalou os olhos, provavelmente, assustado com meu rompante e Helen apenas fechou a cara, nervosa.

— É... — Helen estalou os nós dos dedos das mãos magras. — Esta pode ser uma teoria...

— Não é uma teoria — eu a interrompi. — É a verdade. Acho que se me convidaram para vir até aqui é porque de alguma forma vocês querem saber o que se recusaram a ver quando o Thiago estava vivo... Me desculpem, mas é que passei esses meses todos da minha vida entalado com coisas a serem ditas, presas dentro de mim. O Thiago era gay, sim, mas e daí? O que isso mudava no caráter dele? Pra mim, ele continuava sendo um dos caras mais sensacionais que tive a oportunidade de conhecer e é uma pena que o Thiago, que foi o meu melhor amigo, não seja o mesmo que vocês conheceram. O que restou do Thiago para vocês? Um grupo de fotos em que ele aparece sorrindo desconfortável e posando como um menino perfeito? Querem saber de uma coisa? Ele não era assim. Ele adorava peidar na cara dos outros. Gostava de arrotar o mais alto que podia depois de tomar refrigerante, porque dizia que na casa dele era proibido. O Thiago colava algumas vezes nas provas e não gostava de estudar! Não mesmo! Sabem a faculdade de engenharia que ele dizia que queria fazer? Era tudo por causa da pressão que vocês faziam. O Thiago não queria isso. O sonho dele era viajar pelo mundo, conhecer culturas diferentes... A verdade é que o Thiago tinha medo de vocês e ficou desesperado ao imaginar como reagiriam depois de descobrirem que ele era gay!

Só então ouvi a voz do Fabiano, repetindo sem cessar:

— Gente, vamos nos acalmar... Por favor, se acalmem...

Ele parecia a única pessoa tranquila na conversa e, ao contrário dele, Helen chorava.

— Nós amávamos nosso filho... Só não queríamos que ele fosse gay! — ela quase gritou, exasperada.

Levantei do sofá, revoltado.

— Então vocês não amavam o filho de vocês, o verdadeiro, porque era assim que ele era! E desculpa dizer isso, mas o que esse ódio aos gays trouxe para vocês? — desafiei, com a imagem do Thiago em cima do prédio pronto para desabar no asfalto latejando na minha mente.

O meu amigo estava morto por causa da intolerância de muitos. Quantos Thiagos não estariam sofrendo violência tão cruel quanto ele naquele exato momento?

— Até onde sei, o Thiago está morto. Morto!!! A merda do preconceito só fez com que vocês perdessem o único filho que tinham!

Helen enfiou o rosto nas mãos brancas adornadas por anéis dourados e seu choro se tornou mais desesperado.

Tudo o que fiz foi sussurrar um pedido de desculpa, apesar de não haver nenhum pingo de arrependimento em mim, e saí pela porta da casa.

Quando eu já atravessava o quintal, Fabiano chamou meu nome e veio correndo ao meu encontro.

— Espere um pouco... — ele falou, chegando até mim.

— Eu não queria deixar a Helen naquele estado. — O que era a pura verdade.

— Eu entendo. É que pensar que você e ele não eram namorados traz mais uma reviravolta a minha cabeça... E eu queria tentar entender tudo isso. Por favor, vamos conversar mais...

Assenti, e eu e Fabiano sentamos no balanço de dois lugares nos fundos da casa da família Freitas. Era um balanço velho, da época em que o

Thiago ainda era criança, mas que usávamos sempre que estávamos na casa dele e precisávamos de mais privacidade.

Fabiano permaneceu em silêncio enquanto eu contava tudo o que acontecera com o Thiago, sob meu ponto de vista. As festas que frequentávamos, seu descontentamento em relação ao namoro com a Bruna, seus sonhos, medos e expectativas, e a decisiva festa, quando ele me deu um beijo.

Fabiano ouviu tudo como se estivesse tentando imaginar seu filho fazendo todas aquelas coisas… Parecia estar emocionado e, por algum tempo, enquanto víamos o sol se pondo em silêncio, apenas ficamos assim, balançando rente ao chão.

— Eu queria muito te agradecer por ter sido amigo do meu filho até o último momento — Fabiano disse. — Você estava lá com ele e não o abandonou quando eu e minha esposa não conseguimos fazer nada além de empurrá-lo para baixo.

— Tudo bem. Ele era o melhor amigo que eu poderia ter. Só não pirei quando meus pais se separaram pela ajuda que recebi dele.

Fabiano sorriu, feliz por ter ouvido aquilo.

— E obrigado também pelos dizeres na lápide…

— Pensei que vocês fossem surtar quando soubessem. Imaginei até que a lápide fosse ser trocada por outra — afirmei, com sinceridade.

— É, realmente, pensamos nisso… Porém, não queremos apagar a memória dele.

Sorri com uma lembrança.

— Acho que o Thiago é a pessoa no mundo que mais odeia *I Will Survive*, o que acho incrível, porque essa música é simplesmente amada por milhões! Era só a música tocar pra ele mudar de humor. Eu precisava zoar com ele mais uma vez.

— Sim… Mas eu não me referia a isso. Estava falando sobre o que você disse a respeito de Deus não odiar os gays…

— Ah… Isso… Não tem o que agradecer… Realmente acredito nisso.

— Acho que deixamos nossas crenças nos afastarem da pessoa mais importante do mundo para nós.

Olhei nos olhos do Fabiano. Parecia que aquela única conversa fora capaz de fazê-lo repensar alguns de seus conceitos mais enraizados.

— Eu só escrevi o que achei que devia ter sido dito desde sempre. — Então, me levantei do balanço, me despedi dele e saí.

Era visível no rosto do Fabiano o quanto ele estava agradecido.

Quando cheguei à rua, tive a impressão de ver a Laís encostada no muro, com um cigarrinho entre os dedos e um sorriso nos lábios. Se ainda estivesse viva, ela correria até mim, se penduraria em meu pescoço, diria que estava orgulhosa e me daria um beijo.

Mas era só um pensamento...

Uma saudade.

Na vida real, fui embora sozinho, feliz com o que havia feito pelo Thiago, mas me sentindo solitário e deprimido.

29 de novembro

Quando acordei, automaticamente, verifiquei meu celular na esperança de encontrar alguma mensagem da Laís. É estranho, mas eu dormia e acordava na esperança de que tudo não passasse de um pesadelo.

Não encontrei mensagem da Laís, mas havia uma do Acácio: "Preciso falar contigo. Assim que acordar, me liga."

E foi o que fiz. Acácio atendeu ao terceiro toque.

— Pensei que nunca fosse acordar.

— Quem dera — respondi, sonolento.

Acácio ficou em silêncio por uns instantes antes de voltar a falar:

— Bem... Noite passada eu meio que tive uma crise de insônia e não consegui dormir direito, pensando em um monte de coisa.

— Tipo o quê?

— Tipo... É difícil falar disso.

— Acácio, nós somos amigos! Por favor, fala logo.

— Bem... você já pensou que a morte da Laís pode não ter sido um acidente?

— Como assim?

— Vou dar um desconto porque você acabou de acordar. Mas é isso: você já pensou que a Laís, talvez... possa ter provocado o acidente?

A frase dele me atingiu de uma forma insana. Não, essa possibilidade não havia me ocorrido.

— Mas por que você está dizendo isso, Acácio?

— Cara, você conhecia a Laís não tinha nem um mês, mas pelo tempo que convivi com ela, juro, a menina podia estar mais bêbada que um gambá e ainda assim dirigir com apenas uma das mãos. Duvido muito que ela, simplesmente, tenha batido por acidente no caminhão que rodava em baixa velocidade.

O Acácio falava isso, mas nem ele nem a Natália conheciam todas as circunstâncias. Eu ainda não havia contado sobre a viagem da Laís para encontrar sua avó, nem sobre o caderno de desenhos e a nossa última ligação.

— Então, você acha que ela realmente bateu com a intenção de morrer? — perguntei.

— Talvez… Acho uma possibilidade.

Minha garganta ficou muito seca de repente.

— Eu… Eu ainda não havia conseguido pensar em nada… — Sentei-me na cama.

— Sério, me perdoa por ficar voltando nessa história, é só que eu sinto que ainda há algo que está na nossa cara e que não conseguimos enxergar. Eu estava pensando em passar na casa da Natália…

— Você pode me pegar aqui em casa?

— Lógico. Chego aí daqui a pouco.

Desliguei o celular e fiquei encarando o vazio, com a mente naquele estado em que pensamos tantas coisas ao mesmo tempo que um tipo de anestesia mental parece se alastrar e nublar todos os nossos pensamentos. Foi aí que minha cabeça pareceu se ligar em algo, e corri até a gaveta onde eu havia guardado a única lembrança física deixada pela Laís: o caderno de desenhos.

Ao pôr as mãos no caderno, quis abraçá-lo com força; era a coisa mais próxima deixada por aquela que se tornara em pouco tempo uma das pessoas mais preciosas da minha vida. Será que eu deveria compartilhar com eles o que eu tinha? Podia ser puro egoísmo da minha parte, mas aquilo era tudo o que restara da cabelo de raposa para mim. Era o único elo, completamente nosso, que me sobrara. Imaginar compartilhá-lo com a Natália e o Acácio, mesmo que eles fossem os melhores amigos dela, soava quase como uma invasão dos sentimentos, medos e aflições que ela escolhera compartilhar apenas comigo.

Coloquei o caderno dentro da minha mochila e decidi levá-lo, deixando para tomar a decisão na hora, se achasse conveniente.

Desci as escadas, tomei café, voltei para o quarto, tomei banho, escolhi uma roupa e, então, me veio um pensamento sobre aquilo, uma ficha caiu, por mais dura que fosse: a morte de pessoas importantes na nossa vida, como a do Thiago e, agora, a da Laís, vem a prestação em nossa rotina — nas pequenas coisas que vivemos e a que damos continuidade sem a participação dessas pessoas. Elas não amadurecem. Não envelhecem conosco.

Não é uma dor única, que destrói seu coração de modo abrupto e o deixa estagnado. Pelo contrário, ela vem aos poucos, a conta gotas, cada dia perfurando de uma forma diferente, até o dia em que você pensar que a dor está suportável e ela te provar que você estava errado.

Era irônico pensar que poucos dias atrás, por causa da Laís, eu estava conseguindo superar as dores causadas pela morte do Thiago... É claro que a perda do Thiago sempre me machucaria; afinal, ele era meu melhor amigo. Mas a gente aprende a seguir em frente, lidar com a saudade e a tristeza.

E agora a vida estava me dando outra rasteira, levando mais uma pessoa que eu amava...

Quando o Acácio me avisou que estava na frente de casa, eu disse à minha mãe que iríamos dar uma volta para conversar e não demoraríamos. Vi a preocupação latente nos olhos dela, mas garanti que eu estava bem e ela fingiu que estava tranquila.

Ao sair de casa e me deparar com a velha caminhonete vermelha do Acácio, meu coração parou por alguns segundos. Uma série de lembranças e sensações invadiu minha mente e meu peito numa viagem vertiginosa. Doía de verdade. Era uma dor psicológica, eu sabia, mas que fazia doer fisicamente também.

Acácio estava sozinho e saiu do carro, vindo ao meu encontro. Nós nos abraçamos e eu senti que ele me soltou mais rápido do que de costume, porque, se continuássemos abraçados, iríamos começar a chorar.

— Cadê a Natália? — perguntei.

Acácio encolheu os ombros.

— Ela disse que ficar perto demais de nós dois a faz lembrar muito da Laís... E que ela quer se recuperar.

Fui pego de surpresa com aquela resposta, mas logo concordei, porque fazia todo o sentido; há momentos em que tudo parece cruel e insuportável demais.

— Eu não tenho essa opção — afirmei, mais frio do que pretendia.

— Opção de quê?

Sorri, amargurado.

— Não lembrar o tempo todo da Laís.

Acácio concordou com a cabeça.

— É... Sinto o mesmo. Acho que desde o começo eu sabia que só você toparia fazer o que estou planejando.

— E o que é?

Acácio olhou para o chão e parecia que ele mesmo estava pensando se seus planos faziam algum sentindo.

— Vamos entrar no carro e eu te conto. Pode ser?

Fiz que sim. Nós entramos na picape e Acácio ligou o motor, mas permaneceu parado, até que falou:

— A questão é a seguinte: eu não consigo tirar da cabeça a ideia de que a morte da Laís não foi um acidente... Um descuido dela.

— Mas o que isso mudaria, Acácio?

Ele bufou ruidosamente.

— Tudo, garoto quase atropelado! Você não percebe? Se soubéssemos que a Laís se matou, que ela realmente quis isso, as coisas seriam diferentes! Pelo menos para mim. Isso não vai trazê-la de volta, mas acho que nos faria enxergar a perda dela de uma perspectiva diferente.

— Talvez... Mas como a gente faria isso?

— É uma ideia idiota, mas quero discutir com você... Eu estava pensando em ir até o local do acidente e procurar alguma pista.

— Alguma pista, Acácio? — perguntei, sem querer ser grosseiro. — O que você acha que a gente pode encontrar por lá? Um bilhete de despedida? Uma fita gravada dizendo o que iria fazer? O espírito da Laís?

— Olha, também não sei o que podemos encontrar. Só estou absolutamente perdido, em suspenso, e não me conformo com essa merda toda. Não têm um minuto sequer em que eu não pense no que aconteceu e isso está mexendo com a minha cabeça.

Enquanto ele dizia aquilo, o último desenho da Laís pipocava na minha memória: a menina pronta para morrer; a menina que não suportou as dores da vida.

E minha mente lutava para tentar achar uma conexão entre o desenho e a morte da Laís. Se eu revelasse o desenho para o Acácio, a Natália ou qualquer outra pessoa, ele poderia realmente ser uma resposta valiosa. No entanto, para mim, que fui aquele com quem ela passou algumas de suas últimas horas, a quem ela prometera retorno... Não! Aquilo não fazia nenhum sentido. A Laís estava feliz por estar viva e, assim como eu, ela só estava fechando portas deixadas abertas anteriormente pelo decorrer da vida. Ela não podia ter cometido suicídio... Não podia...

— E então? — Acácio indagou, com uma das sobrancelhas erguidas.

Fechei a porta do carro, decidido.

— Certo. Vamos lá!

★   ★   ★

A caminhonete vermelha do Acácio já estava na estrada fazia quase uma hora. Tudo o que eu via de um lado e de outro eram árvores gigantescas, vez ou outra, um pedacinho de algum rio e montanhas ao fundo.

— Você sabe aonde estamos indo? — perguntei.

— Estamos no início da descida da serra. Logo chegaremos ao local do acidente.

— Como você sabe que foi por aqui?

— Porque eu vi no jornal, gênio... Devemos estar perto.

Momentos depois vi uma faixa de isolamento preta e amarela estendida num pedaço do acostamento onde parte da proteção lateral estava destruída. Minha garganta se fechou e tive certeza de que tudo acontecera ali.

— Acácio! — gritei, e ele me olhou, compreendendo imediatamente do que se tratava.

Ele ligou a seta e estacionou o carro alguns metros à frente. Quando desligou o motor, nós ainda ficamos dentro do automóvel, sem saber muito como reagir. A coragem e a vontade do Acácio pareciam ter se ausentado pela tristeza naquele momento.

— Acácio? — chamei, olhando-o com atenção.

Acácio respirou fundo e soltou o ar com dificuldade.

— Vamos logo. — Ele saiu da picape.

Eu o segui, sentindo a mochila pesando nas costas.

A estrada estava praticamente deserta e nuvens escuras cobriam parte do céu.

— Vai chover — Acácio falou, caminhando à frente.

Mas eu sabia que isso era apenas para quebrar o clima tenso em que estávamos envolvidos.

Quando chegamos ao exato local do acidente, um sentimento estranho me invadiu. Parecia que alguma parte da Laís ainda estava ali... Que nós ainda poderíamos salvá-la da morte...

Olhei para o chão e encontrei milhares de pedacinhos de vidro no asfalto. Pareciam diamantes, jogando luzes e brilho para todas as direções.

— Pelo que entendi da descrição do jornal — Acácio falou, interrompendo meus pensamentos —, a Laís estava no outro lado da pista, na direção oposta, mas acabou vindo para cá, dirigindo na contramão. Foi quando se chocou de frente com o caminhão, que, com o impacto, jogou o Fiat Uno dela aqui, onde estamos...

— Sim. — Eu podia ver a imagem se desenrolar na minha mente.

O Acácio andava de um lado para o outro.

— Então... levando em consideração que ela, mesmo bêbada, era boa pra cacete ao volante, isso me faz considerar a tentativa de suicídio. Só falta saber a razão pra isso ter acontecido. E... E o que mais me intriga: a razão de a Laís ter cometido suicídio logo aqui. O que ela estaria fazendo tão longe de casa?

— Acácio — eu o interrompi, sem conseguir mais conter as lágrimas.

— Oi? — ele falou, parando de andar e me observando.

Eu apenas baixei a cabeça, me sentindo mal por uma infinidade de motivos.

— Tem uma coisa que eu estava escondendo de você... — sussurrei, por vergonha.

E assim contei tudo: a minha conversa com a Laís, o caderno de desenhos, a viagem dela atrás da avó e a última ligação.

Quando acabei de falar, eu ainda chorava e, agora, o Acácio também.

— Seu traidor! — ele me acusou, com raiva. — Ela era minha amiga também! Você devia tê-la impedido! Você devia ter feito alguma coisa!

Eu abri a boca para me defender, mas, para minha total surpresa, o Acácio me deu um soco na cara. Caí como um boneco no chão asfaltado e senti na hora meu corpo sendo cortado em pequenos pontos, pelos caquinhos de vidro.

Fiquei no chão, deitado de barriga para cima, chorando e sem vontade nenhuma de me levantar dali. A minha dor pela Laís parecia ter chegado ao ápice e tudo o que eu queria era morrer por algum tempo, apenas para não sentir mais dor.

Eu amava a Laís... Amava muito. E o pior era que eu amava tudo nela; desde as suas qualidades, seus atributos físicos, até os seu defeitos. E era uma injustiça tremenda da vida que me fosse dada uma pessoa que me fazia tão bem, por um período relativamente tão curto, para depois ela ser tirada de mim assim, de forma tão cruel e avassaladora.

As nuvens se moviam no céu. E o tempo estava passando. A cada segundo eu me tornava mais velho e mais próximo da morte. E ninguém mais parecia estar se importando com isso… Ninguém mais parecia se importar que o destino tenha me tirado duas pessoas que eram partes da minha alma e do meu coração…

E meu ódio parecia ter chegado à corrente sanguínea, inundando tudo, levando embora minha consciência e deixando apenas a dor.

A dor…

A dor…

E eu chorei…

E eu sangrei…

E a dor não se foi.

E a dor permaneceu.

Não sei quanto tempo se passou… Só lembro da sombra do Acácio me cobrindo e ele me ajudando a levantar, me dando um abraço em seguida. O rosto dele estava molhado, tanto quanto o meu. Lembro-me de ouvi-lo dizer:

— Desculpa. Desculpa, amigo.

— Tudo bem — respondi, ainda me sentindo atordoado.

E nós dois ficamos um tempão assim, abraçados no meio da estrada fria e coberta por sombras, tentando dividir um pouco da nossa dor.

Quando caminhamos de volta para perto do carro, já não chorávamos mais. Após o momento de crise, ficamos sentados na proteção de ferro que ladeava a estrada, apenas olhando as nuvens se movimentando e a imensa floresta que se exibia ao nosso redor.

Foi quando um pensamento me ocorreu…

Todos os dias pessoas morrem. Às vezes, gente próxima a você, às vezes, distante. Por algumas pessoas que perdemos, a dor é quase insuportável; por outras, nem tanto. Mas a verdade inegável é que, apesar de todos os dias muita gente deixar este mundo, há uma quantidade mínima de indivíduos que, ao morrerem, levam parte de você para dentro do caixão. E deixam os vivos assim, com algumas partes de si mesmos mortas também.

Porém, quantas pessoas, neste exato momento, devem estar sentindo algo parecido com o que sinto? É fato que milhares de indivíduos morrem todos os dias, a cada hora, minuto e segundo. Mas e agora? Agora mesmo. Será que há dois amigos sentados em algum lugar, com os rostos vermelhos de tanto chorar e um sentimento opressor de tristeza corroendo seus corações? Será que algum deles sabe a saída desse labirinto de dor?

Quando o sol já estava se pondo, eu e o Acácio voltamos para a caminhonete, nos sentindo tristes, mas leves de alguma maneira. Acho que ter contado tudo para o Acácio fez com que um peso saísse das minhas costas. E na verdade, ficar sabendo mais profundamente dos problemas que a Laís enfrentava em segredo deu ao Acácio a nova perspectiva que ele tanto buscava.

Assim que entramos na caminhonete, ele me pediu para ver o caderno de desenhos e eu deixei.

Ele folheou tudo, bem rapidamente, parando apenas no último desenho: o da menina com "a arma" na cabeça. Acácio ficou olhando pra ele por um tempão, até me devolver e dar partida no veículo.

— O que a gente vai fazer agora? — perguntei.

Depois percebi que minha pergunta gerava uma série de interpretações. Podia soar como "o que vamos fazer exatamente agora?" ou "o que vamos fazer agora que já não temos nada para buscar?". Ou "o que vamos fazer agora que não temos mais a Laís conosco?".

Sinceramente, eu queria respostas para todas elas.

Acácio mordeu o lábio.

— Não sei — ele me respondeu.

Ficamos em silêncio por um tempo, apenas percorrendo a estrada com o som do vento nos ouvidos, até que Acácio falou.

— Ei, me ocorreu uma coisa.

— O que foi?

— Você topa ir comigo até a avó da Laís?

— Tá falando sério?

— Sim, garoto quase atropelado. Juro que será nossa última parada antes de deixarmos a Laís descansar em paz.

A verdade era que eu que não queria deixá-la em paz.

— Tudo bem. Vamos lá.

Acácio assentiu, satisfeito, pisou mais fundo no acelerador e lá fomos nós.

★ ★ ★

A casa da avó da Laís ficava a uma hora de onde estávamos. Era um imóvel enorme, em estilo colonial, com muros de cerca viva e uma piscina aparecendo entre as grades do portão de ferro.

Ficamos parados diante da residência, ainda dentro do carro.

— Quando você veio aqui? — perguntei ao Acácio.

— Acho que foi quando a Laís ganhou o carro. Mas fiquei esperando do lado de fora. Nunca vi a avó dela.

— Entendi.

— A Laís e a avó nunca se deram bem...

— Sim. A Laís tinha suas mágoas.

— Pois é. Vamos? — Na mesma hora, o celular do Acácio começou a tocar.

Ele olhou o visor e me mostrou: a Natália.

— Atendo ou não atendo? — ele indagou.

— Atende — respondi, de pronto.

Acácio revirou os olhos, dizendo:

— Você é sempre bonzinho demais. — E levou o celular ao ouvido: — Oi... Pra que você quer saber? Não, Natália, não estamos perto de casa e não tem como ir aí te buscar... Não posso fazer nada se você não quer saber o que aconteceu com sua amiga... — Acácio suspirou — Ah, tá bom, desculpa. Eu sei que você a amava também... Sim, sim, tudo bem. Quando eu chegar em casa te ligo... Ok, Natália. Beijo.

Quando desligou, Acácio me olhou.

— Arrependida por não ter vindo com a gente.

— Imaginei que ela fosse se arrepender.

— Eu pensei o mesmo. Mas agora já foi, então, somos só nós dois.

Concordei, sentindo um nervosismo no fundo da barriga. O pior problema para mim não era encarar a avó da Laís, mas, sim, acabar dando de cara com o marido dela. Eu não sabia qual seria a minha reação.

Quando saímos do carro, quase no mesmo instante os portões de ferro se abriram e uma senhora saiu. Tinha cabelo volumoso, liso e tingido de vermelho-cereja. A pele era bem enrugada com fortes linhas de expressão. Seu corpo era até bem conservado, atlético, e ela usava uma blusa de estampa de onça e calça *legging* roxa. A senhora mantinha um cigarro nos lábios e carregava numa das mãos uma garrafa de vinho.

Acácio sussurrou para mim:

— Essa aí frequenta a casa. Vamos falar com ela?

— Ela deve ajudar a chegarmos até a avó da Laís, né? Vamos.

Fomos então atrás da senhora, que ao ser interceptada por nós, jogou uma nuvem de fumaça na minha cara, me provocando uma onda de tosse.

— O que querem? — ela indagou, ríspida.

— Olá, senhora. Nós éramos amigos da Laís Moura — Acácio falou —, que é neta da dona desta casa. E queríamos muito falar com ela.

A senhora encostou no muro da casa, dando uma boa golada no vinho, no gargalo mesmo, e nos encarou com desprezo. Um de seus olhos, o esquerdo, estava com uma terrível mancha roxa.

— Sou eu a avó dela — ela afirmou, seca.

O choque bateu em mim e no Acácio e, por alguns segundos, não soubemos bem o que dizer. Ela não parecia uma senhora rica e poderosa. Na verdade, parecia terrivelmente decadente.

— Eu já soube da morte dela — a velha voltou a falar, nos olhando meio torto. — Fui eu que paguei as despesas do enterro.

Respirei fundo, tentando colocar a ira que a avó da Laís estava provocando em mim em segundo plano, e comecei a falar:

— A questão é que minutos antes de a Laís morrer ela estava aqui, na casa da senhora.

— Sim. E daí?

— E daí que nós queremos saber o que aconteceu aqui — eu afirmei, ainda paciente.

A forma como o cigarro pendia da boca daquela senhora era assustadoramente parecida com o jeito que costumava pender da boca da Laís.

— Apesar de ser minha neta, ela adorava perturbar minha vida. — Ela soprou a fumaça. — A Laís era louca... Louca mesmo. Eu costumava dizer que aquela menina tinha a mente torta...

Fui tomado pela lembrança do sussurro da Laís dizendo que tinha a mente torta. Eu queria muito que ela estivesse viva para dizer que não era louca... Para provar que ela era só uma pessoa que precisava de ajuda.

A avó da Laís continuou:

— Impressionante como a menina pareceu sentir que ia morrer e veio aqui só para fazer o que ela sabia fazer de melhor: destruir a felicidade ao seu redor.

Fechei o punho, sem perceber. Doía ver a forma como a avó da Laís se referia a ela, mesmo depois de sua morte.

— O que a Laís veio fazer aqui? — Acácio perguntou.

A mulher soltou um risinho cínico.

— Aquela peste adorava inventar histórias. Ela vivia me dizendo que o meu marido dava em cima dela e coisas do tipo. Era vadia desde pequena.

— Pra mim, chega! — acabei explodindo, pegando a garrafa da mão dela e a jogando longe; o vidro fez barulho ao quebrar. — O seu marido devia ser preso! Ele abusou da Laís desde quando ela ainda era apenas uma criança! O que vocês fizeram foi crime!

A avó de Laís apenas me olhou como se estivesse entediada demais.

— Seu merdinha, eu quero o meu vinho de volta, senão...

— Senão o quê? — eu a interrompi, bruscamente. — Vai mandar seu marido me dar um soco no olho como esse que ele deu em você?!

No mesmo instante, como reação, ela pousou a mão sobre o olho roxo. Estava óbvio para mim que ela havia apanhado do marido.

— Isso foi um acidente... Ele não teve a intenção.

Soltei um riso irônico.

— Vá se danar! Nem você mesma acredita nisso! Eu só tenho é pena de você, por ter optado por um cara que não vale nada em vez de sua neta. A Laís era uma pessoa excepcional, boa e generosa. Ela sempre colocava a felicidade dos amigos na frente da dela, e agora, depois de conhecer a senhora, eu admiro a Laís ainda mais! É incrível ver como tudo conspirou pra que ela se tornasse uma pessoa podre por dentro e isso não aconteceu. A Laís preferiu ser diferente. Preferiu ser especial.

Nesse ponto, o Acácio já estava me segurando pelo braço e me levando de volta para a caminhonete, enquanto a avó da Laís gritava às nossas costas que éramos tão cretinos quanto a neta dela.

Entrarmos na picape e Acácio começou a se afastar rapidamente dali. Tudo o que eu consegui fazer foi colocar meus pés no banco, abraçar as pernas e chorar como uma criança inconsolável imaginando como teria sido terrível viver anos naquela casa.

A Laís não merecia isso...

A Laís não merecia...

Era o único pensamento que se formava em minha mente.

Quando chegamos, Acácio parou o carro na frente da minha casa e me puxou para um abraço.

— Sabe o que é melhor do que enfrentar seus medos com os amigos? — ele perguntou.

Balancei a cabeça em negativa.

— É voltar para casa acompanhado de um deles — Acácio afirmou.

Abri um sorriso.

— Eu não imaginava ninguém mais do meu lado para descobrir tudo isso, garoto quase atropelado — ele completou.

— Obrigado. É muito bom ser seu amigo. — Então saí do carro e fui direto para o meu quarto.

Tudo o que a avó da Laís falou e o que cada palavra e insulto representavam ficavam voltando à minha cabeça em vozes fantasmagóricas...

Dormi me sentindo quase atropelado, mas da maneira ruim.

♥

30 de novembro

Hoje, ao acordar, fiquei olhando as paredes do quarto por um tempão. Eu aguardara esse dia, 30 de novembro, com ansiedade, mas agora que tinha chegado...

Quando a psicóloga me propôs escrever o diário por um mês, eu resisti muito à ideia, até perceber que teria de tentar, pelo menos para acabar com a irritante insistência da minha mãe, e decidi escrever por esses trinta dias. Que mal haveria? Não acontecia nada na minha vida, de qualquer forma... Mas devo confessar que até conhecer a Laís, o Acácio e a Natália, o diário foi o único amigo que tive. Meu único confidente.

Dói me despedir dele, porque, na verdade, eu não queria mais deixá-lo... Meu diário se tornou o único local do mundo em que não havia julgamentos — ele apenas me escutava e entendia.

Levantei da cama, ainda me sentindo triste pela nova despedida, e fui direto para o banho. Devo ter ficado meia hora embaixo do chuveiro, apenas recebendo as pancadas de água nas costas para tentar aliviar a tensão em meu corpo.

Aí, desci, tomei o café da manhã com a minha mãe e jogamos conversa fora. Ela demorou um pouco, mas, por fim, perguntou o que eu e o Acácio havíamos feito ontem. Eu contei que tínhamos ido colocar alguns pingos nos is na história da Laís. Não sei nem por que eu disse isso, mas achei que a expressão cabia bem para a ocasião.

Depois de um tempo, ela me deu um beijo e um abraço apertado, despedindo-se para ir a uma reunião importante. Eu lhe desejei sorte e voltei a ficar sozinho, mas por pouco tempo, porque logo o Henrique e a Valéria apareceram de mãos dadas e se juntaram a mim à mesa.

Para minha sorte, nenhum deles ficou perguntando se eu estava bem. Eles apenas me convidaram para ir ao cinema uma hora qualquer e ficamos conversando divertidamente sobre as possíveis opções que agradariam a todos, o que era quase como realizar um milagre em se tratando de três pessoas com gostos diferentes e o número reduzido de opções de cinema numa cidade como a nossa.

Hoje a minha consulta seria na parte da manhã, então, fui me arrumar logo, para não me atrasar. O dia estava quente e ensolarado, então optei por uma blusa vermelha e calça jeans. O vermelho me lembrava irrevogavelmente a Laís e achei que seria uma forma de homenageá-la também.

Saí de casa, com o diário na mão, e fui caminhando até o consultório. Muita coisa passou pela minha cabeça durante o trajeto. Era como uma retrospectiva da minha vida, só que focada neste mês de novembro. Era estranho lembrar de mim no início do diário, porque, agora, eu me sentia completamente diferente. Era como se após a morte do Thiago a minha vida tivesse entrado em um estado de paralisia e eu só tivesse retomado seu curso natural depois que o diário começou a ser escrito.

Sinto às vezes como se o destino pregasse essas peças em nossas vidas. Porque eu só fui conhecer a Laís após ceder aos pedidos da minha mãe e da psicóloga para começar a escrever… É doido pensar em como o universo parece estar interligado. Quando a gente olha com alguma distância, parece algo mais elaborado, como um sistema de ações resultante de outras.

Acredito que todas as pessoas que entram em nossas vidas o fazem por algum motivo. Não é algo meramente casual. E eu sei que ter conhecido a Laís e os outros mudou meu interior significativamente.

Cheguei ao consultório e logo fui atendido. A Cristiane me recebeu em sua costumeira poltrona de couro marrom, com as pernas cruzadas e os óculos na ponta do nariz. Ela sorria e, de certo modo, parecia satisfeita. A impressão que eu tinha era de que ela olhava para mim, com meu diário na mão, e se sentia feliz por sua proposta ter alcançado êxito comigo.

— Olá. Vejo que trouxe o diário — ela falou, ainda sorrindo.

— Sim — respondi, esticando o braço para entregá-lo a ela.

— Não, não… — Cristiane moveu a cabeça de um lado para o outro.

— Esse diário não é meu…

— Eu sei, mas eu pensei que a senhora fosse lê-lo.

— De modo algum. Aí estão os seus segredos, certo?

Fiz que sim.

— Eu só sei — ela continuou a falar — dos segredos que você escolhe compartilhar comigo. Quero que você encare esse diário como uma parte íntima da sua alma. Ele é seu.

Automaticamente, baixei a mão e abracei meu diário com carinho, com proteção. Ele representava muita coisa para mim. Na verdade, ele era o meu maior elo com tudo o que eu sentia pela Laís.

— Obrigado — eu disse.

— Por nada. Na verdade, quando bati os olhos nesse diário na papelaria, eu achei que ele combinava muito com você...

— Não. Não estou agradecendo pelo diário.

As sobrancelhas da doutora Cristiane se arquearam.

— Foi por ter me feito achar as partes de mim que eu mesmo não conseguia encontrar e juntar.

Ela sorriu, se levantou e me chamou para um abraço. Aquilo soou terrivelmente como uma nova despedida, já que aquela era a última sessão que faríamos.

No final, agradeci à Cristiane e já estava atravessando a soleira quando ela me chamou. Ao me virar para trás, vi os olhos dela cheios de lágrimas.

— Os adultos, infelizmente, seja pelas dificuldades ou pelos problemas do dia a dia, se esquecem dos pequenos prazeres da vida. Dos pequenos *big bangs* de felicidade que podemos desfrutar nos momentos mais simples... Então, faça um favor para esta velha psicóloga e para si mesmo. — Ela me olhou no fundo dos olhos. — Nunca se esqueça nem deixe de se permitir sentir-se quase atropelado. Isso não impedirá que os momentos ruins aconteçam, mas fará os momentos felizes valerem ainda mais a pena.

Sorri, e acenei de leve com a cabeça, em concordância.

Naquele tchau, acho que nós dois nos sentíamos quase atropelados da maneira mais legal possível.

★ ★ ★

Quando voltei para casa, eu a encontrei completamente vazia. O Henrique e a Valéria haviam saído e me bateu uma sensação imensa de solidão.

O pior de tudo era que meu estado emocional parecia preso a uma eterna oscilação, como uma montanha-russa. Eu ia da mais espontânea felicidade à mais expressiva tristeza, passando pela indiferença. Não sabia o que fazer para mudar isso; esperava que fosse passageiro, mas os eventos em minha vida vinham um atrás do outro, e quando parecia que uma dor estava para acabar, chegava outra, e outra...

Deitei na minha cama. Ao meu lado, meu diário e o caderno da Laís. Ao olhar pra ele, me veio uma enorme vontade de chorar. Eu estava com uma sensação de vazio, como se todas as coisas ao meu redor, tudo o que mais valorizava, começassem a perder o sentido. A vida me parecia agora um triste jogo orquestrado por uma força sobrenatural, que parecia gostar de nos testar até o limite de nossas forças só para ver até quando seríamos capazes de suportar. Um pensamento totalmente esquisito, eu sei, mas que não saía da minha cabeça, visto que a razão da vida ainda era um assunto nebuloso para mim. Era tudo tão frágil... Tudo tão delicado...

Segurei o caderno da Laís e um repentino ódio por ela ter me deixado tão sem respostas se abateu sobre mim.

Por que ela teve que ir embora se sabia que eu a amava tanto?

Por que teve que ir embora se havia prometido que voltaria?

Por que me deixar com outra eterna chamada em espera?

AAAAAAAAAAAAAAAAAAAAAAAAAAA!
AAAAAAAAAAAAAAAAAAAAAAA!
AAAAAAAAAAAAAAAAAA!
AAAAAAAAAAAAA!

Gritei com raiva o mais alto que pude, sem controle algum. Isso deve ter durado alguns minutos... Depois, joguei o caderno dela o mais longe possível.

Por mais recente que fosse, eu já havia me conformado com a morte da Laís. Ela não voltaria. Mas isso não me impedia de sentir a dor latejando forte em meu peito. E doía mesmo... Eu só queria mais uma chance com ela, para poder olhá-la nos olhos, segurar seus cabelos de raposa e poder beijar sua boca. Eu queria poder dizer a ela que a amava, que ela era essencial na minha vida e que eu faria de tudo para que ela fosse feliz.

A Laís era fogo e eu era floresta.

E por mais que isso me consumisse por inteiro, eu não conseguia parar. Por mais que eu soubesse que no final só restariam as minhas cinzas, não conseguia evitar estar bem próximo dela. E mesmo sabendo disso tudo, agora que o fogo da Laís se apagara para sempre e minha floresta fora toda destruída, eu não conseguia evitar reviver a dor. Reviver as cinzas do que sobrou de mim...

A dor é a única coisa que me restou...
A dor é minha amiga...
A dor me entende...
A dor me dilacera...
E eu permito...
Porque a dor não vai embora...
A dor permanecerá comigo até quando eu quiser...
A dor será fogo, e eu, a floresta...
E a dor é a única coisa que resta da Laís.
A única.

Passado algum tempo, quando minha respiração começou a se normalizar e meu peito foi parando aos poucos de doer, rastejei para fora da cama e caminhei para onde o caderno da Laís havia caído. Eu o achei próximo ao guarda-roupa, totalmente aberto.

Conforme me aproximei, me surpreendi ao constatar que havia uma página com frases escritas na caligrafia torta da Laís, lá pelo final do caderno. Meu coração batia mais forte à medida que eu lia:

Dying is an art, like everything else.
I do it exceptionally well.
I do it so it feels like hell.
I do it so it feels real.

Em tradução livre:

Morrer é uma arte, como todo o resto.
Eu o faço excepcionalmente bem.
Desse jeito faço parecer infernal.
Desse jeito faço parecer real.

Aquele era o trecho de um famoso poema da britânica Sylvia Plath, "Lady Lazarus". Eu a conhecia das aulas de literatura. Geralmente, os poemas dela envolviam temas como tristeza, melancolia e suicídio... A própria Sylvia Plath havia se suicidado.

Será que era uma mensagem?

★　★　★

Quando o Acácio e a Natália chegaram na velha caminhonete, após a minha ligação, eu já estava na porta de casa com o caderno de desenhos nas mãos. Corri ao encontro deles, meio desesperado. Assim que entrei na caminhonete, me espremendo no mesmo banco que a Natália, os dois se inclinaram para me encarar.

— Aqui... — eu disse, ansioso, abrindo na página do poema.

A Natália pegou o caderno e o leu em voz alta. Primeiro em inglês, depois, traduzindo-o para o português.

— Merda! — Acácio balançou a cabeça. — Isso meio que explica tudo, não?

Natália fechou o caderno de desenhos, parecendo abalada demais, e o devolveu pra mim.

— Por que ela fez isso?

— Cara, você não conheceu a avó dela... — Acácio disse. — Nem sei o que eu faria se tivesse de viver com alguém como àquela mulher.

Natália roía a unha do dedão.

— Então... é isso? A Laís cometeu suicídio?

Todos nós ficamos em silêncio, sem saber o que responder. A verdade era que todas as evidências apontavam para isso.

Eu havia lido uma pesquisa recente que dizia que, no mundo, a cada quarenta segundos, uma pessoa cometia suicídio. E que, na maioria dos casos, a morte estava associada à depressão. Só que uma parte de mim ainda não queria acreditar nisso... Provavelmente, por puro egoísmo. Por querer ter sido o suficiente para ela.

— Não acho que a Laís deixaria esse poema escrito totalmente ao acaso... Começo a pensar que esse diário era uma resposta para nós. — Acácio era a pessoa mais preocupada em saber a verdade dos fatos.

Eu apenas apertei o caderno de desenhos contra o peito.

— Talvez a Laís tivesse escrito isso aqui em um momento de tristeza... Este caderno é bem pessoal... — eu murmurei, e era quase como se eu estivesse tentando me convencer disso, mesmo sabendo que a minha teoria parecia falha.

— Talvez. — Natália franziu as sobrancelhas. — Mas se eu bem a conheço, é muito a cara dela deixar sempre um mistério no ar, mesmo depois de morta. O que soa terrivelmente triste, mas cômico também, porque, se vocês pararem pra pensar, a Laís conseguiu nos manter ligados a ela mesmo depois de sua morte. E eu me pergunto: que tipo de pessoa deixa um poema como pista de sua morte?

Todos nós rimos, porque, por mais estranho que fosse, soava como verdadeiro. Aquilo era típico da Laís — algo que a tornava inesquecível, como se ainda precisasse disso.

— A polícia já deu o caso como acidental mesmo. — Acácio ligou a picape. — E agora que já sabemos a verdade, acho que o mais justo é deixarmos que a Laís descanse em paz.

— É. Eu concordo. Ela merece… — Natália falou.

A picape começou a se movimentar e eu me recostei no banco, olhando pela janela. O dia quente já ia dando lugar a uma tempestade. Nuvens negras e espessas se aproximavam rapidamente.

— Aonde a gente está indo? — a Natália quis saber.

Acácio deu de ombros.

— Não sei. Eu só queria estar com vocês.

— É. Eu também — eu disse.

— Então, dane-se o lugar. — Acácio bateu no volante. — Vamos só dirigir por aí.

— Por mim, tudo bem — Natália respondeu.

Eu continuei olhando para a paisagem lá fora. Já estávamos fora do condomínio e seguíamos por uma rua contornada apenas por árvores enormes, onde campos verdes se estendiam ao longe.

O mundo parecia infinito.

— Eu acho que a gente ainda não pode simplesmente deixar pra lá… — afirmei.

Os dois me olharam.

— Sobre o que você está falando? — Acácio indagou, como se eu fosse maluco.

— Sobre deixar a morte da Laís de lado… A gente não pode.

Natália mordeu de leve o lábio.

— Não é esquecê-la, mas também não dá para acordar todo santo dia e passar horas remoendo a maldita tristeza. — Ela encolheu os ombros. — Isso só vai nos fazer mais mal.

— Sim, eu concordo. Porém, acho que a Laís deve ter um final digno.

— Um final digno? — Acácio arqueou uma sobrancelha.

— É, Acácio. Pare a caminhonete só um pouquinho — pedi.

Acácio me olhou estranho, mas parou ao lado do acostamento. No mesmo instante, peguei um isqueiro que estava no recipiente de moedas do carro, abri a porta e corri para a caçamba; a mesma caçamba onde a Laís caiu por cima de mim quando estávamos indo para o mirante; a mesma caçamba onde me senti quase atropelado pelo amor, olhando as estrelas no céu e sentindo o corpo da Laís próximo ao meu.

Dei um tapinha na caçamba da caminhonete e gritei:

— Vamos!!!

Acácio sorriu, acelerando e aumentando o som do rádio ao máximo. A música *Death,* da banda White Lies, começou a tocar e eu apenas fechei os olhos, sentindo o vento me lambendo a cara e o barulho do trovão retumbando ao fundo misturado com os ruídos do vento e os gritos eufóricos da Natália e do Acácio cantando a música. E tudo isso fez com que eu me sentisse profundamente feliz, livre... Como se eu e a Laís estivéssemos juntos ali, uma última vez, nos sentindo quase atropelado juntos...

White Lies — *Death*

I love the feeling when we lift off
Watching the world so small below
I love the dreaming when I think of
The safety in the clouds out my window
I wonder what keeps us so high up
Could there be a love beneath these wings

Eu amo esse sentimento de quando nós decolamos
Vendo o mundo tão pequeno abaixo
Adoro sonhar quando penso na
Segurança das nuvens para fora da minha janela
Eu me pergunto o que nos mantém tão alto
Poderia haver um amor sob estas asas

Eu, então, abri os braços como se fossem asas e eu estivesse me preparando para voar, enquanto via o mundo passando ao meu lado numa velocidade mortal. E ali estava ela. A morte. Ao meu lado, me olhando com um sorriso. E a verdade da vida é essa: todos nós vamos morrer em algum momento, mais cedo ou mais tarde. A morte é algo inevitável.

Mas sabe o que faz a diferença entre simplesmente estar vivo e viver? Bem, eram instantes como esse. Os momentos em que nos permitimos ser felizes e sermos atropelados por eles.

Desde julho, com a morte do Thiago, eu apenas estava vivo, vendo a vida passar diante dos meus olhos sem poder fazer nada. Em novembro, ao conhecer a Laís, ela, basicamente, me trouxe de volta à vida. Colocou em mim fogo, combustível, vontade de viver.

— Faça a Laís ter o seu final digno!!! — Acácio gritou, com a cabeça para fora da janela.

— Ela merece!!! A cabelo de raposa merece!!! — Natália gritou da outra janela, com os braços estendidos.

Meus olhos se encheram de lágrimas e meu coração bateu mais forte. Eu ergui então o caderno vermelho de desenhos da Laís e, com a outra mão, mesmo com todo o vento frio que passava por mim, consegui acender a pequena chama do isqueiro e coloquei fogo na pontinha do caderno de desenhos.

Rapidamente, o fogo começou a consumir as páginas, levando aos poucos, em formato de cinzas, todas as dores, todos os medos, toda a melancolia, todas as tristezas e os sentimentos sombrios da Laís.

Ela estava, enfim, tendo o seu final digno.

O seu final épico.

Assim como a Laís fez comigo, pondo fogo em mim, me consumindo em suas chamas, eu, agora, incendiava a única coisa física e significativa que restara dela no mundo.

As cinzas da Laís foram se desprendendo lentamente do caderno, voando ao redor de mim, ficando para trás, se espalhando pelo mundo...

Era uma cena triste e linda de se ver.

Porém, eu sabia que o lugar do caderno de desenhos dela não era comigo, guardado numa gaveta no meu quarto. Laís nasceu para ser livre. E era isso o que eu estava fazendo por ela: dando-lhe toda a liberdade do mundo.

Os últimos centímetros do caderno de desenhos da Laís foram consumidos e as cinzas voaram pelo ar.

Voaram para o infinito...

Agora, Laís é mais que a saudade, que a lembrança, que a memória. Ela faz parte do mundo de uma forma irrevogável.

Lágrimas caíam dos meus olhos.

Finalmente, a cabelo de raposa se tornou eterna...

A chuva começou a cair do céu, o carro seguia agora em alta velocidade, a música estava no último volume e eu chorava, porque sei que ainda vou sofrer muito com a dor da perda da Laís e do Thiago em meu coração e muitas outras dores e tristezas que eu mal posso imaginar.

No entanto, agora, sei que haverá também a saudade e as lembranças das coisas boas que aconteceram e a oportunidade de poder viver novos momentos bons, como este.

Aprendi que só é possível sofrer menos quando a gente aceita a dor, aceita falar sobre ela. Senão, é como se a gente tentasse apagar uma morte matando uma pessoa duas vezes. E isso faz doer mais e para sempre.

Nada muda o passado. Nós seremos para sempre o triângulo com a bolinha dentro. Seremos para sempre o garoto quase atropelado, a cabelo de raposa, o James Dean não tão bonito e a menina de cabelo roxo.

E apesar de não saber se viverei momentos bons assim de novo, se farei novos amigos, se continuarei amigo do Acácio ou da Natália, se estarei vivo amanhã ou depois de amanhã e de não ter mínima ideia de como será o meu futuro, espero, do fundo da minha alma, que eu possa me sentir quase atropelado outras vezes — seja pela dor, pela tristeza e, principalmente, pela felicidade, pelo amor ou por qualquer outro sentimento...

O que importa é sentir...

Definitivamente, é isso o que faz a vida valer a pena.

30 de dezembro

É antevéspera de ano-novo. Em casa, todos estão na maior correria e eu senti uma necessidade urgente de voltar até aqui e fazer alguns registros. Apesar de ter certeza de que este não é o começo de um novo diário, há fatos e assuntos que acho que merecem ser compartilhados aqui...

Há duas semanas, saíram os resultados de algumas universidades, e — uau!!! — Acácio vai fazer faculdade! E isso é bom demais, porque ele vai estudar artes, o curso que sempre foi sua primeira opção. Ele está muito feliz.

O lado negativo é que ele terá que se mudar de estado... Mas, pelo menos, é como ele disse: agora terei um novo lugar para visitar. E, ah, sabe o namorado dele? O tal Alex? Bem, Acácio, finalmente, deu um pé na bunda dele. Pelo que ele fala, Acácio está muito bem solteiro e insiste em dizer que agora que entrará numa faculdade irá se dedicar única e exclusivamente aos estudos... Quando ele diz isso, juro, dá muita vontade de rir, porque acho que nem ele próprio acredita nisso.

Até onde sei, Natália continuou se encontrando com a doutora Cristiane e alguns dias atrás, pouco antes do Natal, nós fomos ao cinema ver um filme de super-heróis e depois passamos no Mc Donald's (por sugestão dela), e, sério, ela comeu tudo. Tudo bem que foi o menor hambúrguer que eles tinham e depois de acabar ela disse que estava totalmente saciada, mas isso é um grande progresso! Natália está conseguindo se livrar da bulimia e eu fico muito feliz por isso.

Acácio diz que eu e ela ainda vamos nos casar e teremos sete filhos, cada um com o cabelo tingindo com uma cor do arco-íris para homenageá-lo. A verdade é que eu não sei se vai acontecer alguma coisa ou até mesmo se Natália ainda nutre algum interesse por mim. Só sei que, independente de qualquer coisa, nossa amizade é algo que me faz bem e, pra mim, isso é o principal.

Devo dizer também que a ceia de Natal aqui em casa foi bem movimentada, como havia muito não acontecia. Os fatos:

a) Finalmente aconteceu: minha mãe está namorando, oficialmente, com o cara lá da empresa dela! Eles anunciaram enquanto ceávamos e foi cômico, porque no mesmo segundo Henrique engasgou com a farofa... E eu e a Valéria não conseguíamos parar de rir.

Mas, no geral, estou bem contente pela minha mãe. Dá pra notar o quanto ela está feliz com esse relacionamento. Ela fica toda animada só de falar dele! Parece até uma adolescente falando do primeiro namorado... O que é muito engraçado.

O nome dele é Rafael e, num jantar aqui em casa, depois do Natal, ele me deu sua palavra de que suas intenções para com a minha mãe eram as melhores possíveis. Até agora o Rafael não me mostrou o contrário.

b) O Henrique e a Valéria anunciaram o noivado — finalmente! —, e foi a vez de a minha mãe entalar. Dessa vez, fomos eu e o Rafael que rimos muito. Segundo minha mãe, ela foi pega de surpresa. Mas isso não era nenhuma novidade pra mim, porque eu fui com o meu irmão escolher as alianças — afinal, ele me convidou para ser o padrinho!

E... ahh... Eu fiz novos amigos: o senhor e a senhora Silva, aqueles vizinhos que ajudaram muito a Laís durante sua infância e que moravam perto da minha casa. Toda semana eu faço uma visita e eles sempre preparam café ou chocolate quente e têm um bolo delicioso e fresquinho pra me oferecer.

E é muito bom ficar lá com os dois, conversando sobre a Laís. Eles me contam histórias engraçadas da infância dela ou sobre a vida deles mesmo. É muito bom ter esses momentos, porque há um elo entre nós, como se eles fossem meus avós e falassem de uma vida que eu não tive, que não conheci.

Quando penso neles, tento acreditar que a infância da Laís não foi tão dura por tê-los cuidando dela em alguns momentos. Isso alivia um pouco a mágoa que ficou dentro de mim.

E, antes que eu me esqueça, ontem eu e minha mãe fomos confirmar minha matrícula numa nova escola perto de casa. É uma escola ótima e eu já me sinto completamente preparado para finalizar o meu ensino médio. Estou ansioso pela volta às aulas, acho que pelo tempo enorme que tive de férias...

Será uma delícia ficar remoendo aquela ansiedade pela nova escola, pelos novos amigos, pelos professores, pelo material. É doido pensar isso, eu sei, até porque, a esta altura do campeonato, todo o mundo só pensa em, simplesmente, acabar os estudos e poder ir para uma boa faculdade, para conseguir um bom emprego e ser rico e feliz. Pelo menos a maioria das pessoas pensa assim... Mas eu não. Estou feliz com a minha vida atualmente, e vivendo um dia de cada vez, aproveitando a felicidade escondida nos pequenos momentos.

A dor ainda está aqui, forte, recente, latente... Eu até pensei muito se não devia voltar a me consultar com a doutora Cristiane, porque, pra ser sincero, há momentos em que é difícil aguentar. E aí, tudo o que quero é fechar e abrir os olhos pra descobrir que tudo não passou de um terrível pesadelo.

E, então, ela estaria ali, perto de mim...

Seu cabelo de raposa estaria caído sobre seu rosto e seus olhos sorririam, assim como seus lábios. Ela diria que eu era um bobo, enquanto sopraria a fumaça do seu cigarro de menta para o alto e, então, me tomaria em um beijo doce, intenso e quente.

Porém, quando abro os olhos e encaro a realidade, vejo que estou apenas tentando fugir da verdade.

Minha mãe foi uma das pessoas que insistiram que eu deveria rever a doutora Cristiane, provavelmente, com medo de uma possível recaída. Mas eu pensei: se eu voltar a me consultar, que honra estaria dando aos ensinamentos que a Laís me deixou?

Ela, que me fez abandonar meu casulo de solidão, dor e tristeza, e enxergar que os momentos ruins acontecem para que os bons possam se sobressair. Ela, que pôs fogo na minha caverna de depressão e me fez sair de lá à força. Ela, que me ensinou que viver e estar vivo eram coisas completamente diferentes.

Não. A Laís me trouxe uma força que eu mesmo desconhecia. Ela não merecia que eu voltasse a me afundar em depressão depois de tudo o que me ensinou.

Eu tinha que ser forte por mim, tinha que seguir em frente por ela.

E é isso o que farei. Aliás, amanhã estarei com a Natália e o Acácio, na passagem do ano e, com toda a certeza, a Laís também estará lá.

Na verdade, ela estará para sempre conosco.

Além de já se fazer presente em nossas memórias e em nossos corações, nós três tatuamos o triângulo com a bolinha dentro: a Natália, na cintura, o Acácio, no ombro, e eu, no antebraço, no exato lugar onde a Laís fez seu desenho. Fora o fato de o símbolo nos lembrar da Laís, acho que as tatuagens também são uma forma de não nos deixar esquecer que, independente do momento e da dificuldade que estejamos enfrentando, sempre podemos nos sentir quase atropelados na vida.

Basta nos permitirmos isso.

Nota do autor

Este livro fala sobre amor, amizade e vida, mas, também, retrata muitas coisas ruins que estão por aí no mundo; é um livro de ficção, mas mais real do que eu, pessoalmente, gostaria que fosse.

Caso você ou alguém que você conheça sofra algum tipo de violência ou problema, procure ajuda. Os momentos ruins precisam ser vividos para que os bons sejam valorizados, mas isso não significa que a dor deva ser eterna.

Valorize a vida. Valorize-se.

Inclusive, a metáfora "quase atropelado" surgiu depois que o autor, realmente, quase foi atropelado após ter recebido uma notícia muito boa. Então, que aceitemos sempre que as coisas boas nos atropelem com tudo, com maior frequência que as ruins. Fechado?

Agora, duas observações:

a) Este livro é cheio de referências musicais e seria legal se, caso não conheça a música, você a escutasse. Mas se não quiser e tiver outra sugestão, tudo bem também.

b) Não conte *spoilers* para não estragar a experiência literária do seu amigo que ainda não leu! *Spoilers* ou entregar o final não são legais, ok? Caso queira falar sobre o livro e não tenha ninguém para conversar, manda uma mensagem para mim através de alguma das minhas redes sociais! Vai ser um prazer conversar com você.

E... ah! Espero, de coração, que você tenha se sentido quase atropelado lendo, da mesma forma que eu me senti quando escrevi.

Agradecimentos

Caro leitor, se você está chegando a esta página, muito obrigado! É uma felicidade infinita compartilhar este pedacinho da minha alma com você!

Mãe, obrigado por ser minha maior inspiração de amor no mundo. Pai, obrigado por confiar no meu sonho e ser meu motorista oficial. Patrick, obrigado por ser um apoiador melhor do que eu poderia querer. Gustavo, obrigado por acreditar que eu possa realizar grandes coisas. Bob, gratidão por ser o melhor cachorro do universo! Amo vocês, família.

Carlos, meu amado avô, sou muito grato por você ler meus livros de coração aberto e ser sempre sincero. Vó Lacir, obrigado por cuidar de mim, mesmo à distância. Wirley, minha gratidão por constantemente estar na torcida pelo meu progresso. Laura, codinome Tia Nem, obrigado por suas energias positivas. E a todos os membros da minha família (que é enormeeeeeee), que confiam no meu potencial, meu obrigado do fundo do coração!

Gostaria de agradecer também ao Pedro e a toda equipe da Faro Editorial; vocês são exemplos de qualidade e profissionalismo. Com vocês, me sinto em casa.

Minha eterna gratidão ao Caio, que foi leitor beta, conselheiro, aguentou minhas lágrimas, meus surtos, compartilhou do meu sonho adolescente e ainda arrumou tempo para fazer os desenhos que retratam a mente da Laís. Obrigado!

Blogueiros e incentivadores da literatura nacional espalhados por aí, que têm como único prazer disseminar ainda mais a literatura pelo país: GRATIDÃO! Vocês são exemplos!

E, claro, um muito obrigado a todos os meus amigos: os do Rio de Janeiro, os de Juiz de Fora, os virtuais espelhado pelo país, os mais presentes, os mais distantes, os que a literatura me trouxe. TODOS. Não vou listá-los aqui, porque aposto que vocês sabem quem são, então, nada de reclamações e ameaças! Mas saibam que eu os amo e sou muito grato por vocês me amarem, mesmo com minhas chatices e esquisitices. Nossas loucuras combinam. Nosso triângulo é o mesmo. Amo vocês!

Parte do adeus

Assim como o garoto quase atropelado, Acácio, Natália e eu próprio, Vinícius Grossos, fizemos, quando você, leitor, se sentir pronto, arranque esta página do seu livro (vamos lá, é só esta página, ou então apenas tire uma cópia, ok?) e, depois disso, queime-a.

Será o final épico da Laís...

Faça-a se tornar eterna...

E compartilhe esta experiência comigo, com o garoto quase atropelado e todos os seus amigos nas redes sociais.

Os primeiros 100 leitores que fizerem isso vão ganhar um marcador super-exclusivo.

Use as hashtags #OGQA e #ogarotoquaseatropelado

Seja a bolinha dentro do triângulo!

LAÍS MOURA